香りの消えた
バッグスバニー

ぼくと彼女の１８８日間

福岡涉

いそっぷ社

十一月十三日

ほんとによくとれていますね。この写真…渉(わたる)さんの指紋がベタベタとあっちこっちについてて、渉さんのため息がきこえてくるようです。運命の九月十二日が、この四角い一枚のカードの中に封じ込められています。渉さんが、そして私が動いて、二人で手をとりあったままどこかへ行ってしまいそうな気がします。たった一枚だけれど、こんなにすてきな写真がこの世に残されたのも神の御意志だろうと思います。

十二月三日

今、私の目の前には、結婚式の夜、なんの屈託もなく微笑(ほほえ)んでいる二人の写真があります。今度、私がこんな風に心からにっこりできるのは、いつの日でしょうか。

十二月十日

まだ、渉さんのもとに二人の写真があるなら、永遠に銀色の世界にとじこめて下さい。
そしたら二人は、ずっと笑っていられます。
そしたら二人は、ずっと腕をくんだまんまです。
お願いします。

Mariko

その写真の裏には二人が別々の場所で書いた文字が並んで残っている。

1982.9.12　Sun
真理子　渉さんに出会う。
出会ってはならぬ人だけに
きらめいて　燃えました。

1982.9.12　日曜
渉　真理子さんに出会う。
出会うべき人だけに
二人で歩く旅路を　夢みました。

1

一九八二年九月十二日

ポセイドンは海の中道にあるウィンドサーフィンのショップで、僕たちはこの夏のほとんどをここで過ごした。七隈にある大学を出て博多湾沿いに〝つ〟の字を逆になぞるように進み、天神からは高速に乗る。左手に海がひろがり、汐風が車内にながれこんでくる。解き放たれた爽快な気持ちが体中にひろがってゆく。高速を降りて街並みをしばらく走り、和白から左に九十度曲がると海の中道に至る。九州本土と志賀島を繋ぐ全長八キロ、最大幅二・五キロの巨大な陸繋砂州だ。潮の香りと視界を魅了する海原に心がときめく。左手に内海の博多湾がひろがり、右手には外海の玄界灘がひろがっている。志賀島を目のまえにしたところにポセイドンはあった。

ポセイドンは博多湾に面していて波が穏やかなのでウィンドサーフィンの初心者にはもってこいの練習場だった。僕らは朝から日が暮れるまで海にサーフ艇（ボード）を走らせて遊んだ。

ボードの中央にダガーを差し込み、バランスをとってボードの上に立ち、マストにつながるロープ（アップホールライン）を握る。体を反らして体重と腕の力を使ってロープを引きセイル（帆）を海から引き上げると、光に反射する海水がキラキラと落ちてゆく。腕はスッと軽やかになり、自然に風を背中に感じる位置にボードが動く。セイルをぐっと引き込んで風を呼び込むと、帆はふくらみサーフ艇が走り出す。体が吹き飛ばされないように脚に力をいれて、セイルのブームを握りしめ体を後ろに倒すと、ボードは空を飛ぶように加速する。ウィンドサーフィンは麻薬だった。

　今日の空はややどんよりとしている。僕は皆よりも一足早く海からあがってシャワーを浴び、着替えをしてポセイドンの店内のカウンターに腰かけた。白を基調にした室内の壁に大きくくりぬかれた窓から海がみえる。そこに浮かぶウィンドサーフィンの帆のカラフルな色彩に心が弾む。

「渉くん、どうしたの。スーツなんか着ちゃって」

　窓から汐風が流れ込み、仄(ほの)かな花の香りがとどいた。アルバイトのサチがカウンターにグレープフルーツジュースを置いた。大学四年生で文学部。白のボタンダウンにアイボリーの短いスカート、白のコンバースを履きカレッジジャケットをふわりと着ている。窓からの明かりを受けたボードやセールの海のグッズが並ぶポセイドンに、セミロングのポニーテールは絵になっている。

「これから結婚式なんだ」

「誰の？」

「サチの知らない子」

「子って、女の子なの？」

「同級生だよ。小学校からずっと」

「結婚式に普通は男性を呼ばないいんじゃない」

「だよね」

「初恋なの？」

「中学って毎日初恋するからなあ」

「なわけないでしょ。君の人生はほんとに面白そうだな。彼女は渉くんに自分の幸せを見せつけたいのかな」

「怜子(れいこ)とは卒業式の屋上で小さな思い出があったな。制服のボタンを欲しいっていわれたけど交換するボタンがなくってスマイルバッチをあげた」

「それ、ひどくない」

「喜んでたよ」

「傷ついてます。だって二番目のボタンはすでに誰かにあげたってことでしょ」

「誰にあげたんだろ。候補は三人くらい思い浮かぶけどな」

「君はひどいヤツだね」

「彼女は女子高、僕は西高で別々になったけど、クラブが同じでグループでの交流はしてたよ。でも不思議なことに何もなかったな」

「何もしなかったのか。これは問題ね。うーん、怜子さん、何をたくらんでるのかな。二次会が楽しみね。あっ、『悪女』だ。この歌いいよね」

　ショップのスピーカーからは最近よく耳にする曲が流れてきた。なにげない、ほんとうになにげないギターの爪弾きにつづいてピアノだろうか、凛(りん)とした音色がはじけ、歌い手が軽快なメロディーにのせて心の扉を開いてゆく。まるで物語を聞いているようだ。

　　マリコの部屋へ　電話をかけて

男と遊んでる芝居　続けてきたけれど
あの娘（こ）も　わりと忙しいようで
そうそう　つきあわせてもいられない

「悪女にしてはずいぶん優しい子だな。男の僕にはわからん」

「渉くんは女泣かせだからなあ。この歌聴くと胸が痛いでしょ」

「振られるのは僕なんだ。いつも、いつも」

「出会ってないのよ。ねえ渉くん、言葉ってものは即座に聞いた人のものになっちゃうのよ。歌い手の思いは聞き手の魂に変わるの。無邪気に心のままに使うのは楽しいけど、言葉は危険なおもちゃなのかもしれない」

「文学部の女は難しいことというな。理系の落ちこぼれにわかるように話してくれよ」

「よくいうよ。早稲田の文学部に行って五木寛之になりたかったくせに。運命だったのよ」

「夢破れて山河あり、だよ。ため息しかねえや」

「国破れて山河在りでしょ。杜甫（とほ）の『春望（しゅんぼう）』でしょ」

「さすが現役。国だった。城春にして草木深し　時に感じては花にも涙を濺（そそ）ぎ　別れを恨んでは鳥にも心を驚かす、だっけ」

「いい詩ね」

「春を望んでるのに、別れは悲しくて鳥の声を聞いても心が痛む……つまり春を迎えるためには悲しい別れが必定だっていってる気がする」

「ふーん、そっちに行くのか……。普通は戦争や台風や地震でこんなに国や故郷はずたずたに破壊されてしまったけど、ほら、花は咲いてるじゃない、希望を持とうよって解釈するのよね」

「それって運命を受け入れてるみたいで嫌なんだ」

「運命を導けるとでも思ってんの」

「サチ、人生は冒険だよ。で、どうして言葉は危険なおもちゃなんだよ」

「渉くんが悪女であってもいいわけよ。彼氏のいる女の子に君が軽い気持ちでからんで、二人は恋に落ちて、気が付けば君の心は食い荒らされて歌を口ずさむ……悪女になるなら　月夜はおよしよ　素直になりすぎる　隠しておいた言葉が　ほろり　こぼれてしまう　イカナイデ」

「イカナイデか、……重いな。人生は軽やかにだろ。悪女よりサチ様の燕(つばめ)になりたいよ」

「お医者様の卵が何をいってんの」

「試験さえなければ天国なんだけどな。ウィンドサーフィンに明け暮れて、空と海と風のなかで詩や小説を気ままに書くんだ。ゴミばかりが輝いている世間とは無縁に気ままに生きていきたいよ」

「あたしは何をすればいいのよ」

「そばで笑っていてほしい」

「よくそんな言葉がポンポンでてくるね。つい心が持ってかれそうになるけど文学部女子としては挑戦されてる気にもなるんだな。そうね、この詩を知ってる？〝夢みたものは　ひとつの幸福ねがつたものは　ひとつの愛〟」

「立原道造の『夢みたものは……』だろ。教科書に載ってた」

「告げて　うたつてゐるのは
青い翼の一羽の小鳥
低い枝で　うたつてゐる
夢みたものは　ひとつの愛
ねがつたものは　ひとつの幸福
それらはすべてここに　ある　と」

「平和で幸せだらけって感じだな。このとき立原には水戸部アサイという十九歳の恋人がいたんだろ」

「〝愛も幸福もここにあります〟って断言してるのよ。ここってどこだと思う?」

「軽井沢だよ。ふたりで小旅行してるから」

「水戸部アサイよ。彼女と同じ風景を見て、同じ鳥の唄をきいて、同じ空気を吸って、彼は生きる希望を持ったのよ。水戸部アサイこそ愛であり幸福なのよ。ソネットの名手で優しすぎる立原の詩にしては強い覚悟を感じる」

「愛ってさ、まだよく分かんないんだ」

「この詩を書いたときに彼はすで結核を患っていたのよ。そんな彼の前にあらわれた健康で母性を感じさせる十九の水戸部アサイを立原は心から愛した。立原は翌年二十四の若さで亡くなり、彼の作家になるという夢は潰(つい)えた。渉くん、言っちゃ悪いけどさ、愛を知るまでは小説なんて書けないよ」

「可愛い顔していうことき つ いなあ。水戸部アサイは、立原から送られた十五通の手紙を、彼の死後も三十数年のあいだ手元に秘めていたって何かに書いてあった」

「彼女の人生は十九で終わらず、紙に書かれた文字とともに生き続けたのよ。……女ってのは価値を感じる男ならすすんで燕にしたくなる、そんな生き物よ」

「容姿端麗で言葉もお洒落、文学部の才媛の燕になるのはハードル高そうだな」

「もう、渉くんって中洲でホストやったらナンバーワンとれそうね。あっ、みんな海から上がってきたよ。渉くんは〝ほっほクラブ〟の会長さんでしょ」

稲場が指を横に振って笑いながら近づいてきた。

「サッちゃん、正式には〝ほっほっほクラブ〟だん。渉さんがホッホッホって笑うから」

稲場の熊本弁は可愛い。端正な顔をしたクラブの発起人だ。童貞で大学に入学し、彼女を見つけるために合コンクラブを設立したのだ。しかし結婚は母親が気に入る女性じゃないとダメらしい。

「そんな笑い方はしないぜ」

「気に入った女の子をみるとそんな笑い方をする。適当なクラブだから〝ほっほクラブ〟でいいよ」

至坊（いたぼう）が甘い顔を崩している。開業医の息子で坊やのようなところがあってそんなニックネームがついている。夏休みには家族でハワイに行き、テニス三昧（ざんまい）の日々を過ごす。本人は大病院を継ぐ重圧と闘っているようだが、真実味がなかなか伝わってこないところが至坊の魅力だ。

「あたしには渉くんはそんな笑い方しないよ」

サチが軽く頬（ほお）をふくらます。餅（もち）のように膨らんだほっぺたに愛嬌（あいきょう）がただよう。

「サッちゃん、それはね、渉さんはブスが好きだからです」

清三郎の鹿児島訛り（なま）が毎度ながら核心をつく。僕らのなかでは唯一の現役で成績が一番いい。試験が近づくと彼のもとには貴重なコピーが集まるので、僕にとって清三郎はＶＩＰだ。

「渉くんに口説かれないあたしは可愛いってことか」

サチが大げさにうなずく。ほっほクラブの三人もうなずく。

「渉さんの弁明をします。外見ではなく中身を愛する。だからブスに惹かれるっちゃわ」

作田の宮崎弁が僕を応援する。スラップショットというバンドのマネージャーのようなことをやっていて、医者になるのをやめて音楽の世界へ行こうかと悩んでいる。歌が上手で彼が村下孝蔵を歌うと、ざわついている飲み屋が静まりかえる。酒が好きで朝まで飲んで授業中に爆睡するクセがある。

僕は作田の大きな手を握りしめた。多浪と酒飲みに悪人はいない。優しすぎて断れないのだ。僕のつまらない愚痴につきあって朝まで酒につきあってくれるにちがいない。

「ほっほクラブか、君たちいい感じだな」サチがカウンターの向こうで腕を組んだ。「私立の医学生なのに貧乏感があって中古のボードでウィンドはじめるし、車は911やＢＭじゃなくってトヨタやホンダだもんね。女の子の話はしょっちゅうしてるけど下品じゃないのよね。節度と華やかさと庶民感覚のバランスがよくって鼻につかない。君たちみたいなのが案外いい医者になるのかもね」

「案外とは失礼な。やっぱりでしょ、やっぱりいい医者になるの」稲場が笑い、僕らはサチに別れをつげてポセイドンの外へでた。潮の香りが胸にひろがる。堤防では数羽のカモメが羽をたたんでくつろいでいる。空に茜色（あかねいろ）がにじみ夕暮れの気配がただよいはじめている。

　ボードの整理をしているオーナーの伊藤さんが声をかけてきた。

「学生さんたち、ずいぶんうまくなったな。そろそろ外海に行くといいよ。波もあっていい風が吹いていて楽しいよ」

　伊藤さんの上腕と大腿（だいたい）は筋肉で盛り上がっている。湘南の海でウィンドサーフィンに魅せられて数年を過ごし、地元の福岡にもどり志賀島にショップをオープンした。僕らにはやさしくて「学生さんからお金なんかとれないよ」が口癖でウィンドサーフィンのことをいろいろと教えてもらっている。台風が近づくなかを僕らがボードを買いにきたことも印象深かったのかもしれない。

　中古のボードを買うから今から乗らせてと稲場が交渉すると、荒れる海原をしばらく見てから伊藤さんは承諾し、ボードと陸をロープでくくりつけた。そのボードを海へ浮かべるとボードは沖へ流されたが、ロープの距離になると止まった。「ここは流されても必ず海岸に着く。ロープが切れてもボードにつかまっていれば、海が浜辺に連れてってくれるからあわてちゃだめだよ」そして吹き飛ばされそうな風と横なぐりの雨のなかで、僕らは一台の中古のボードにかわるがわる乗った。足元の海はうねるし風は強いしで何度も何度も海に落ちたけど、がむしゃらに繰り返すうちに、なんとかボードに立つことができ、アップホールラインを持って帆を上げることができるようになった。そのうちまぐれで帆が風をとらえてボードが走り出した。魂が解き放たれるような快感が体中を駆け巡った。堤防では海に出るのをあきらめたサーファーたちが呆れ顔で僕らを見ていた。日が暮れるころにはみんな数秒だけどボードを走らせることができた。くたくたになって浜辺にあがった僕らに声がかかった。「学生さんたちよくやるなあ。できたじゃん」僕らはウィンドサーフィンの虜になっていた。

僕は稲場のセリカの助手席に座った。ウィンドサーフィンのあとは〝牧のうどん〟か〝ちゃんこ鍋〟に行くのだが、僕は結婚式の披露宴の会場のニューオータニ博多でおろしてもらった。

「二次会で合コンのメンバーを集めてね」稲場が口元を緩めて笑った。「スーツ似合ってる」至坊の車の助手席から清三郎が声をかけた。「家に帰らんといかんよ！」後部座席から作田が笑った。稲場が唐突に言い出した。「そうだ！　ホテルのフロントのお姉さんたちと合コンやってないよね」至坊が反応した。「稲場くん、天下のオオタニだよ。ちょっと顔だけでも見にいかん」稲場と至坊は車を降り、僕と並んでニューオータニのエントランスにはいった。


僕はロビーのトイレの鏡の前でネクタイを締めた。鏡のなかの自分は別人のようにみえた。真っ黒に焼けた肌に濃紺のスーツと白いワイシャツと赤いネクタイ。披露宴に高校のときの同級生で同じクラブだった滝澤も招かれていて、男性が一人じゃないことにほっとした。新郎はハンサムな人だった。彼から怜子にチャージをかけた裏話を友人に暴露されて赤面している。怜子の顔からは笑みがこぼれつづけている。

用事があるので先に帰るという滝澤をホテルの玄関まで送った。製薬会社のプロパーで病院を廻り、売り上げはよくて同級生の中でも断トツの給料をもらっている。

「怜子さん幸せそうだったな」

滝澤の言葉に僕はうなずいた。外に出ると夜風が心地よい。

「渉、真っ黒だな」

「ウィンドサーフィンやってるんだ」

「もう四年生か。大学には行ってるのか」

「皆勤さ。臨床医学の講義は量が半端じゃなくって、大変だよ」

朝から夕方まで続く講義をノートにとると軽く二十頁になってしまう。

「遊び人の渉に立派な医者になれとはいわんが、勉強はちゃんとして医者にはなってくれよ。四年も浪人して医学部にやっと入ったんだ。親父さんにあまり心配かけちゃいかんぞ」

「遊び人とは失礼だな。自分の心に素直なだけだ」

「俺は仕事で医者とよく中洲に行くだろ。もちろん会社の金だけど店の子と飲むうちに分かってきた。金っていうのは男と女の間に綺麗な線を引くんだなって」

「金で笑顔を買うなんて不純だな」

「でもな、純粋であればあるほど女の子は本気になって傷つくんじゃないか」

「俺だって無傷じゃないさ」

「お前は高校の時から変わらんな。中洲を案内するぞ。医大生よ、ネオン煌(きら)めく那珂川(なかがわ)をわたれ！　渉だって医者の卵だから金は会社持ちだ。医学生に恩を売れ！　これは会社のスローガンだ。毛筆で書かれ、額に入れられて壁に掲げられてんだ」

「学生を接待しても一文にもならんやろ」

「投資だよ。鉄は熱いうちに打つんだ。医者になったらわが社の薬を使ってもらう。これがリアルな社会だよ」

滝澤は僕の肩をポンと叩いてホテルをあとにした。

二次会は照明を落とした薄暗いラウンジだった。僕は自分の名前札が置いてある緑色のソファーに座った。背の壁には褐色のカーテンがかかり、淡いライトに浮かび上がった丸テーブルには、ウイスキーのボトルと氷の入った銀色のアイスペールが置かれ、その横にふたつのグラスが寄り添うように並んでいる。しばらくすると怜子が色白の女性を連れてあらわれた。彼女の席は僕の右隣りだった。白銀(しろがね)のワンピースがスタイルのいい身体にフィットし、仄かな色香が漂っている。ショートの黒髪は今日の晴れの日のためにセットされ光沢を放っている。

「渉くん、来てくれたのね、ありがとう」

今夜の怜子は笑顔が素敵だ。

「怜子ちゃんの幸せな姿が、風に追われるように、僕の胸には痛すぎる」

「あいかわらずね。それは中島みゆきのパクリ?」

「さすが怜子ちゃん。才色兼備やねえ」

「だって『怜子』って歌じゃない。私も怜子だからわかるわよ。パクリは卒業してそろそろオリジナル書いてよ。こちらは石井さん。別府から来てもらったの。大切な親友なの。お一人なの」

「福岡渉です。ぼくも一人です。孤独な魂の邂逅(かいこう)ですね」

「そうですね。はじめまして。石井です」

横で笑っていた石井さんはニッコリと社交辞令の笑顔を上書きした。

「席は私が決めたの。渉くんの横なら石井さんも退屈しないから。お願いね」

「まかしてくれよ」

怜子のゆるぎない笑顔を見ていると、人は出会いによってこれほど幸せになれるものかと教えられる気がした。

「いいお式でしたね」

石井さんが僕のグラスにトングでとった氷をいれている。横顔は色白でちょっとすましたようで、淡い照明の光をうけた瞳が愛くるしく動いている。

「ショックですよ」

「怜子さん綺麗ですからね」

注がれる琥珀色のウイスキーがグラスを満たしていく。

「海や空よりも青かったぼくの十五の夢は死にました」

「詩人ですね」

「え、ええ、まあ、目指してましたから」

「言葉は誰のものでもないですよ。パクリなんて言ったらこの世に出回っている文章や歌詞や台詞はだれかのパクリになっちゃいますよ」

「は、はい」

「自分の言葉を裏付ける嘘のない心があれば大丈夫」

「おっしゃる通りです」

「十五というと中学ですね。ショックってわりには渉さんの目が笑っていますよ。でも、女にとってショックっていうのは最高の褒め言葉かもしれませんね。少なくともその言葉の裏には心の揺れ、なんていうのかな、人生の基軸ともいえるトキメキがあってうらやましいです」

「ひょっとして文学部ですか」

ポセイドンのサチを思い出した。文学好きの子たちの口からは聞いたこともない詩や和歌や比喩が飛び出してくる。そして困ったことにぼくはそんな知性と感性を身にまとった女性に弱い。

「医学部です」

「えっ」

「ええ」

「まじ」

「はい」

「先輩ってことすか?」

石井さんは軽く頷いた。怜子と同じ東京の予備校に通ったのだが初対面から二人は意気投合した。関西の医学部に合格し六年の医学部生活を経て、今年三月に医師国家試験に通り、四月から大分の別府の大学病院で研修医をしているそうだ。

「渉さんは真っ黒ですね」

「ウィンドサーフィンやってます。今日も志賀島の海から来ました」

「ひょっとしたら式の前に茶店に入ってきませんでした?」

「やっぱり石井さんでしたか。きれいな人がいるなって思ったんです。サーフィン仲間の稲場と至坊だけど、ニューオータニのフロント嬢をみたいっていってぼくについてきたんです」

「あたし〝シティ情報ふくおか〟が面白くって気分よく読んでたら真っ黒な三人組が入ってきて。一人はスーツだったけど、二人がアロハシャツに短パンとビーサンで、きちゃなかった」

「あのー、二人が着てたアロハはサンサーフとデュークカハナモクですよ。ベストブランドで一万では買えません。それをキチャナイとは稲場も至坊も泣いちゃいますよ」

「へー、あのペラペラが一万するんですか。あれに一万払うならあたしはエプロンがいいな。森英恵さんの蝶が舞っているやつ」

「蝶はジプシーバタフライのほうがいいですよ」

「なんですか」

「東南アジアから風にのって日本に飛来するんです。なんか自由で気ままな旅のようでよくないですか」

「自由で気ままな旅……、いいですね」

「いいでしょ、軽やかな人生、憧れるなあ。ただね、この蝶は奄美大島や鹿児島に棲息して蘇鉄（そてつ）を食っちゃうんですよ。やっぱり外来種というか新参者は迷惑なんですよね」

「そんなことといったら旅なんかできませんよ」

　石井さんは笑った。

「旅から旅へとつづければ大丈夫ですよ。旅先で人を傷つけることなく出会いと別れを繰り返して常に未知の世界を旅するんです。人生は旅路です」

「若いときはそれでいいけど、人はいつか決められた場所に棲家（すみか）を定めるものでしょ」

「決められた場所なんてつまらない」

「運命ってものを人は背負っています」

「運命なんて都合のいい言い訳だよ」

「神様が決めた人生があってそこから人は逃れられないんです。若いときは気ままに生きていると思うし、じっさいに蝶のように自由に飛び回っている。でもね、いずれみんな気づくんです。自分の人生は自分だけのものじゃないって、定められた人生なんだって」

「だれのものなんですか」

「もちろん自分が一番大切です。でもね、家族を切り離せない。たとえば両親。両親から私たちは生を受けて成長していく。反抗期はあるけど大人になって父や母の幸せを願わない人はいないでしょ。運命共同体っていうのは誇張しすぎかもしれないけど、人生における両親の存在は大きいの」

「動物のような子離れがないんだよな。親離れをしたい子どもはたくさんいるのに。たとえば高校まで、もしくは二十になるまでは命をかけて護るけど、あとは親は子から離れるべきだよ。人間の親って異常だよ。子どもに自分の夢を託し、いつまでもベタベタと面倒くさい」

「私立の医学部って学費が高いでしょ」

「六年で三千二百万円」

「それを出してもらって両親の批判ですか。福岡さんが高校生なら耳も傾けるけど、いまは四年生であと二年したら医者になるんでしょ」

「人の家庭はわからないものだよ」

「たしかにそうですね……。ちょっと言い過ぎたかな」

「いいんです。父は勤務医なんです。でもね、僕は文学部に行きたかったんですよ」

「なるほど。医者になっても文学やっている人いますよね。渡辺淳一とか」

「彼はダメだよ。医者は患者の秘密を守らないといけないのに、彼はそれをバラして書いてるからね。大嫌いだ」

「…大嫌いなのか」

「そう、大嫌いだ」

　彼女の口元がゆるんだ。

「何がおかしいんですか」

「だって、大嫌いってことは、大好きってことかなって思って」

「何いってんですか、大嫌いってのは、たくさん嫌いってことに決まってるでしょ」

「彼の作品は深く考えさせられます」

「渡辺淳一が深いんじゃなくって医療が深いんですよ。命が深いんです。病院や患者の秘密を暴露して書くから素人に受けてるだけだよ。ヒポクラテスの誓いに違反してるじゃないですか」

「ヒポクラテスの誓いってギリシャ神への宣誓文でしょ、医の倫理とか仕事についての。渡辺淳一は日本の医学の神は大国主命（おおくにぬしのみこと）だと考えてるかもよ」

「因幡（いなば）の白兎（しろうさぎ）の誓い……教訓かな。間違った医療をしたらいけないってことか」

「皮をはがれた兎は八十神（やそがみ）にだまされて皮膚に海水を塗られ、大国主命が助けるでしょ」

「日本の神様は悪戯（いたずら）好きで倫理なんて細かいことは言わないで、けっこう抜けてんだよな」

「そうね、日本神話はおおらかですね。きっちりしすぎたら本質から遠ざかるものよ」

「……ところで杜甫の『春望』をどう思いますか」

「国破れて山河在り　城春にして草木深し　時に感じては花にも涙を濺ぎ　別れを恨んでは鳥にも心を驚かす……。情景が浮かんでくるようね。福岡さんの考えをまず聞きたいな」

「春望に目がいくんです。すると、春を望む人は美しいはずの鳥の鳴き声にも心が痛むほどの辛い別れを体験する、そういってる気がする」

「ロマンチストだな…。あたしの番かな」

「そう」

「いわなきゃだめ？」

「パスしていいですよ」

石井さんはしばらくぼくの目をみていたが、話し出した。

「国が破れるような体験ってあたしには戦争の体験はないから、恋の悲惨な末路が心に浮かぶな、それは体験したわ。そのあとに涙するような花、つまりこころが震えるような恋が訪れるってことだとすると、そんな人はあたしにはなかったな。出会ってないから、鳥の声にも心が痛むように愛してしまった人との別れなんてない。つまり『春望』の深みを知らない平凡で浅薄な二十六年があたしの人生よ」

「…すごいな」

「からかってるんですか…平凡で浅薄な人生のどこがすごいんですか」

「起承転結の起が重い。そしてそのあとにつづく回想が深い……。すごいですよ」

「承がないことはないのよ。あれ、この詩はあと四句あって合計すると八句の律詩でしょ」

「四句でおわったほうが余韻があっていいでしょ」

「余韻かぁ…、五言絶句にしちゃうわけね」

「そうです。話題を変えましょう」

「気にしなくていいのよ…、そうね、いろんな話がしたくなってきたな」

「じゃあ、ぼくの体から潮の香りがしませんか」

石井さんはぼくの正面を向いて鼻を近づけた。前髪が涼しげに揺れる。

「海の香りかな」

ぼくはハイライトの箱を取り出した。箱を包む透明のセロハンの中央にタバコの火で穴をあけてそこに一本のタバコを立て、箱を机の上に置いた。

「この箱が海に浮かぶボード、ここに立ったタバコがマスト、風が吹くとマストは膨らみます」

手の振動が伝わって雄々しく立つタバコが微妙に揺れた。「ボードは白い飛沫(ひまつ)をあげてはしります」

「あっ、渉さん、タバコが倒れちゃったよ。マストが雄々しく揺れて白い飛沫があがるんですね。ここは笑うところじゃありませんよね」

あわててタバコを再挿入している僕に石井さんは手を口にあてて笑いをこらえている。

なんだか楽しくなってサーフィンとヨットのいいとこ取りをしたウィンドサーフィンの魅力について話しだした。風を受けて波のうねる水面を走る爽快感を知ったぼくらは、一九六七年生まれの海のスポーツに魅せられてしまった。はじまりは今年の夏休み、稲場の茶店からの電話だった。しぶしぶ茶店に集まったぼくらの前で、彼は〝シティ情報ふくおか〟を広げて、志賀島のショップのウィンドサーフィンの宣伝を指さし、〝時代はこれ！　女の子にぜったいもてる！〟と断言した。翌日、ほっほクラブのメンバーはポセイドンに行き、中古のボードを買って台風が近づく海でウィンドサーフィンをはじめた。

楽しそうに相槌をうつ石井さんを相手にぼくは饒舌になった。〝シティ情報ふくおか〟に合コンの募集を載せると応募が殺到して第一薬科、香蘭、西南の女子大生のほか博多博覧会のコンパニオンや天神地下街の案内嬢も加わっての大合コンになったことも話していた。

「青春してますね。合コンで断られることはないのですか」

「稲場が福岡空港に行き、向かいから歩いてくる人がすごく綺麗で声をかけたんです。彼女は微笑んで左手をさっと上げると薬指にリング。断り方がカッコいいって興奮してたな」

「稲場さんはそこでひきさがったんですか」

「結婚してんですよ、誘えないでしょ」

「そうよね。楽しそうだな。あたしも仲間にいれてほしいけど仕事があって無理かな」

「一年目の医者ってめちゃくちゃ忙しいんでしょ。先生、僕に虫歯ありますか？」

「専門じゃないけど大きな齲歯はわかるかな。けどここは暗くてだめね。先生が今度もっと明るいところで診てあげますからね」

　ぼくは口を閉じて、目を細める彼女に右手の小指を差し出した。約束。ためらうことなく白い左手の小指がからみ、冷たい皮膚の感触が心に届いた。刹那、目にとびこんだモノにぼくは凍りついた。ぼくの小指に心地よげにからんだ彼女の小指の隣、つまり薬指に光彩を放つ宝石を発見したのだ。

「……これ、ひょっとしてダイヤモンドですか」

「はい」

「左手の薬指にダイヤ、ということは」

「婚約指輪です」

石井さんの顔は笑っていない。僕の心から潮が引いてゆく。頑張って言葉をつづけた。

「でかいですね」

「1・5カラットかな。縦爪のダイヤで流行ってるそうですよ」

「そうですって……」

「あたしが買ったわけじゃないから」

他人事のように冷ややかな言葉だ。

「いくらなんだろう」

「百万」

「ひゃくまん！」

「もっとかな」

「式はいつですか」

「決まってないんです。しばらくなさそう」

なんと応じていいかわからず、迷子になりそうなぼくに彼女はいった。

「ときめきのない道中なんです」

「ときめき……」

「危うくて、ひやひやわくわくすることかな。福岡さんがさっき話してた『春望』の三句よ」

「涙せずにはいられない花のような恋人」

「不安や仄(ほの)かな期待でどきどきする……そんな人があらわれればときめくんでしょうね」

石井さんはぼくをみて軽く笑った。

「でも婚約って二人が結婚するという同意ですよね」

「福岡さんのいうとおりね。一人きりじゃできません」

「なのに、ときめきのない道中なんですか」

「はい」

石井さんはゆっくりとうなずいた。

「…ダイヤって割れないんですよね」

「もとをただせば石ころよ」

「石で叩いても割れないんだろうな」

「トンカチなら粉々になるそうよ」

「割れるんだ。知らなかった」

「割ってみますか」

「……いやあ、トンカチないし」

テーブルの上に置かれた名前札が目に入った。〝石井真理子〟

「マリコさんなんですね」

「そうです」

「マリコさんってよく電話がかかってきませんか。でも忙しくってなかなか友達とつき合えなかったりして」

「電話好きですよ。手紙も大好き。渉さんのいうとおりでほんとうに忙しいの。医者といっても研修医よ。内科や外科を廻って入院患者さんを受け持って指導医からは毎日叱られてるの。今は小児科で採血に時間もかかるし、患者さんの御両親にも病状を説明しなきゃいけないしで大変。えっ、ちょっと待って、それ謎をかけてるの。マリコによく電話をかける人がいるってことね……」

「綺麗な月夜が近づいてます」

「中秋の名月」

「その人は月夜には素直な気持ちになります」

「『悪女』？」

ぼくがうなずくと石井さんの顔が輝いた。

「最近この歌がよく流れてますよね。今日ポセイドンでサチにいわれたんです。あ、サチってのはプレッピーが似合う文学部の学生バイトなんです。言葉は危険なおもちゃで、歌い手から離れた瞬間に聞き手の魂になる。男の僕が悪女になるのもありって」

「サーフショップのアルバイトか、どう考えても可愛いわね」

「中森明菜のようなとろける笑顔、笑うたびにさざ波のように揺れる胸には思わず視線がいくんだな」

石井さんは姿勢を正して胸をそらした。

「前半は無理だけど、後半はあたし勝てる自信があるかな」

「大波ですね」

「あふれる自信、みなぎる自信。で、さざ波は心地よかったの」

「指一本触れていません。指を触れたのはマリコさんだけですよ」

「今日は、でしょ」

「マリコさんって怒ったふりする顔がチャーミングですね」

「誰にでもいってそうね」

「怜子からの至上命令ですから」

「親友の石井を退屈させるな」

「そうです」

「とっても楽しんでますよ。……『悪女』に戻るけど、月夜には悪女にはなれない素直な女が頑張って捨てゼリフを吐くのよね。あなたの隠すあの娘のもとへあなたを早く渡してしまうまでって。……渉さんが悪女だとしたら、例えばよ、渉さんが捨て台詞を吐いて、あたしを婚約者のもとに走らせるってことなのかな」

「かなり段落が飛んでますよ。それに重い」

「渉さんの憧れる軽やかな人生じゃないですね。……たしかに一人では描けない段落が抜けてる。でもね、イカナイデって心の底から叫ばれたら物語は違う展開になるのかな」

「石井さんは医学部っていうより文学部ですね」

「本は好きだし書くのも得意なほうかな。なんでも文字を読むの。お菓子の説明書きなんかが箱の中に入ってるでしょ。それまで全部読むんです。本なんかも先走ってあと書きを読んじゃうの。父によくいわれたわ。〝お前は目がいやしい〟って。でもありがとう、渉さん。ひさしぶりだなあ、こんな気持ちになったのは」

「よかったです」

「……」

「えっ」

「とっちゃえ」

小さな声だった。

ぼくは水差しを取って彼女のグラスに注いだ。彼女は笑って繰り返した。

「とっちゃえ」

「心をですか」

「そうよ、心は誰のものでもないでしょ」

「心だけ連れて行くんですか」

「心はあたしのもの。誰にも文句をいわれる筋合いはないでしょ」

「それって好きになった人を置いて行くってことですよ」

「……婚約が決まったのは三年前なの」

「三年……、ずいぶん昔ですね。ぼくは生まれてないな」

「生まれています。渉さんは医大の一年生よ。長く暗かった浪人生活が終わって、さあ合コンだってはしゃいでいたはずよ」

「お見通しだな。医大に入って最初の授業が英語で、その授業中に初対面の稲場がいきなり〝合コンしよう〟って声をかけてきたんです。自己紹介もなく僕の顔をみて第一声ですよ」

「なんて答えたんですか」

「Sure!」

「いいなあ。人生がもう一度あるなら、今度は男に生まれて絶対に福大の医学部にいきたいな。そして〝ほっほクラブ〟にはいる。入れてね」

「また女に生まれてください」

「どうして」

「仲良くなれそうじゃないですか」

「……婚約の話ですったもんだしているとき、母はあたしにいったの。あなたは手に職があるから好きな人と好きな時に会って生きていったほうがいいんじゃないのって。母は父との結婚で苦労した人なの」

「惜しかったなあ。燕になりそこねた」

「ほんとですね」

「お母さんは石井さんに似てるんですか」

「似てます。あたしよりもっと美人だけど」

「そんな美人がこの世に存在するんですね」

「ブスに向かってよくいいますね」

「可愛いじゃないですか」

「録音してウォークマンで何度でも聞きたいな。でも、どうして燕になりたいんですか」

「ゴミばかりが輝いている社会で生きていくよりも、空や海や風のなかで詩や小説を書いて気ままに生きていけたら素敵じゃないですか。燕は軽やかに大空を飛べるんですよ」

「その台詞ってサチさんにもいったんじゃないの」

「どうしてわかるんですか」

「素直で正直なんだから」石井さんは声をたてて笑った。「で、あたしは何を、違うな、サチさんは何をすればいいのって聞いたはずよ」

「なんでもわかるんですね」

「わたるクンはなんて答えたの」

「そばで笑っていてほしい」

「渉さん、あなたって医者にするにはもったいないわ。でもね、あたしは笑ってるだけじゃ満足できないの」

「たくさんしゃべりそうですね」

「ばれちゃった」

カメラを持った人が順番に席を回り披露宴の写真を撮っている。そして緑のソファーの端に座るぼくらの前に立った。ぼくは脚を組み両手を膝の上で重ね、口にしていたタバコを左指の間にはさんだ。石井さんがぼくに寄り添い、ぼくの右腕にスッと両手をまわした。柔らかい肢体と温もりと甘い香りが伝わってきた。なんの屈託もない微笑。ぼくらが心からにっこりできた瞬間。カシャという音が聞こえ、写真は銀色の世界に二人を閉じこめた。そこでは二人は永遠に笑い、永遠に腕を組んだままでいられる。

怜子が部屋に入ってきた。彼女の笑顔はバージョンアップしていて至福のときを楽しんでいるようだ。「みなさん、新しいカップルができました」そういって石井さんと僕を紹介した。二次会の間、ぼくらは二人でずっと話をしていたからそんな風に見えたのかもしれない。隣の石井さんが笑い、周囲の拍手を聞きながら、僕は怜子の言葉が質（たち）の悪い冗談に聞こえた。婚約者のいる女性とどうしてカップルになれるんだ。彼女とすごす時間は夢のように過ぎたけど、彼女の薬指にはでっかいダイヤが勝ち誇ったように輝いているというのに。

外にでると風がちょっぴり涼しくて、うだるような夏の熱気のなかに微かに秋の気配が流れている。石畳を照らす月明かりに導かれるように、バスで別府に帰るという石井さんと肩をならべて歩いた。

「渉さん、待っている人はいないんですか」

「いません」

「信じられませんね」

「振られるんです。出だしだけはいいんだけど」

「なぜだろう。ちょっと考察してみようかな」

「石井さんこそ早く帰らないと彼が心配しますよ」

「ひとりなんです。婚約者とは別居なの」

天神への橋の歩道で若い女性がギターを肩にかけて路上ライブをやっていた。石井さんはその子に近づいた。

「リクエストできますか」

ショートヘアでTシャツとデニムをラフに着こなしたストリートシンガーは白いスニーカーの

踵でリズムをとっていた。トワという名前だった。

「できますよ。何がいいですか」

「『悪女』をじっくり聞いてみたいな」石井さんはぼくをみて笑った。「マリコだからね」

中島みゆきか、とつぶやいて路上の歌姫は笑窪を浮かべて夜空をみあげた。

「今夜は月夜なので悪女にはなれないけどいいですか」

「あたしは悪い女だから月夜でもいいの」

トワはニッコリ笑うと、ギターのメロディーに透明感のある声をのせて歌い出した。すーと心にとどくきれいな歌声だ。石井さんは息をこらして聴き入っていた。

悪女になるなら　月夜はおよしよ
素直になりすぎる
隠しておいた言葉が　ほろり
こぼれてしまう　イカナイデ

「こんな歌詞だったのね。……行かないでか。そうだ。渉さん、ダンス踊れる?」

「ジルバなら、少し」

「いいわね。踊らない?」

「ここで、ですか」

石井さんはぼくに片目をつぶって答え、トワに『スローモーション』をリクエストした。中森明菜の曲でこの夏の海辺でよく流れていた。トワは眉間に少し皺を寄せてギターでコードを確認している。その和音を聴いてぼくはいった。

「ジルバにはちょっとスローじゃないですか」

「あたし大学ではダンス部だったの。お花や茶道や陸上と掛け持ちだったけどね。大丈夫、渉さんはフォー・ステップをきっちり踏んでいればいいの。あたしがリードするから安心して」

「あふれる自信ですね。ぼくの兄ちゃんも大学でダンス部でしたよ。あの人たちの踊りは別格ですからね。リードしてもらえれば安心して踊れます。で、どこまで踊るんですか」

「どういうこと？」

「僕のレベルだとストップ・アンド・ゴーくらいまでかな」

「全部踊っちゃいましょうよ。あたしがついていれば何の問題もないわ。あふれる自信、みなぎる自信のマリコさんにまかせて」

「スイート・ハートまで行くんですか」

「そういうことか。指輪ね」

「石井さんの左手と僕の右手がからむでしょ」

「指輪が邪魔ね」

「邪魔っていうのは婚約者に失礼でしょ。愛がなければ百万も出して買わないですよ」

石井さんはぼくの目をしばらくみつめた。

「愛か、ずいぶん久しぶりに聞く言葉ね」

「石井さん、僕はそのダイヤで指を怪我しそうで怖いだけなんです」

彼女はさっと指輪をとって裸の左手を僕の前にひろげた。

「もう時間はあまり残ってないの。マリコって呼んでもらえませんか」

「マリコ、マリコ、マリコ、なんか馴染んできたぞ」

「いいなあ。マリちゃんでお願い」

「マリちゃん、マリちゃん、マリちゃん」

「いい響きだな。『スローモーション』の歌詞がなんだか今のあたしにぴったりくるの」

「明菜ちゃんか…若いのに上手いのよね」少し迷っているようだったがトワは歌いだした。彼女の歌声は繊細なギターの曲とひとつになって、ぼくは旅情に抱かれるような気持ちになった。

砂の上　刻むステップ　ほんのひとり遊び
振り向くと遠く人影　渚を駆けて来る

ふいに背筋を抜けて　恋の予感甘く走った

出逢いは　スローモーション
軽いめまい　誘うほどに
出逢いは　スローモーション
瞳の中　映るひと

マリコはダンス部だっただけあってなかなかの踊りだった。すっと背筋がのびて身のこなしは軽く、ぼくの腕に余計な負荷がいっさいかからない。強いるようなリードでもなかった。ぼくは気持ちよく彼女について踊った。

ストライド　長い脚先（あしさき）　ゆっくりよぎってく
そのあとを駆けるシェパード　口笛吹くあなた
夏の恋人候補　現われたのこんな早くに

踊り終わると数人の通行人が拍手をした。トワは満足そうに笑っている。

「ふー、楽しかった。ありがとう、渉さん」

「マリコさん、さすがダンス部ですね。かっこいいよ。うまくリードしてもらったおかげで自分がジルバの天才になった気分ですよ」

「渉さん上手よ。踊りなれてる。どこで覚えたの」

「ディスコでみようみまねかな。それと作田と七隈プラザに習いにいってるんです」

「作田さんってサーフィン仲間のお酒が好きな人ね」

「そう、バンドのマネージャーみたいなことやってて歌がすごくうまい。村下孝蔵の『ゆうこ』を歌うと酒場がシーンとなりますからね」

「言い出せない愛は海鳴りに似ている……。いい歌ね。渉さんって友達に恵まれていますね」

「マリコさんも愛されてるじゃないですか。待つ人の住む大分にはやく帰んないと」

「そうね。明日は仕事だし」

「ぼくらは夏の間ずっとポセイドンの海でウィンドサーフィンやってたでしょ。明菜の『スローモーション』がよく流れてたんで、潮の香りを感じちゃったな」

「砂の上を軽やかにステップを踏むようね。でもね、実際は砂の上では足は深く沈むのよ。恋に足をとられるものよ」

「ふーん、婚約者の人とはいろいろあったんですね」

「渉さん、今踊ったのは誰と誰」

「マリコさんとぼく」

「渉さんとあたし。ふいに背筋を抜けるものは何？」

マリコは笑っている。

「恋の予感」

「恋の予感が甘く走るの」

「あのー、ぼくらは知り合って二時間ちょいですよ。楽しいですよ。でも、ぼくはそんなに脚は長くないし、夏の恋人候補っていわれても、夏はもう終わりますよ」

「秋ならいいのかな」

「……」

「ごめんなさい。一年後、いや半年後に物語ができるかなって夢想したの」

ちょっぴり悲しそうな目になった。

「マリコさんだけにぼくの未来をこっそり教えますね。半年後のぼくは五年に進級できるかどうかで頭の中はいっぱい。来月から地獄の試験がはじまり、運よく進級できたとして、一年後は臨床実習に突入して教授に叱られながら病院のなかをうろうろして、迫りくる国家試験の恐怖におびえる日々を送っています。つまり…」

「物語なんてできっこないわね。そうね。医学部の四年は難関で、五年は臨床実習、六年は国試対策、そうよね。あたしもそうだったな。ごめんなさい。トワさんのギターと歌をきいていたら、一瞬、歌詞の主人公になっちゃった。気にしないで」

「言葉は玩具だから大丈夫です」

　ぼくは笑った。

「危険な玩具ね」

　マリコも微笑んだ。

「今夜は楽しかったです。希代のハッピートークに出会えたし」

「希代のか…、渉さんにそう言ってもらって嬉しい」

「少しはトキメキましたか」

「うん、動悸（どうき）になりそうよ。このまま細動をおこして死んでしまいたい」

「蘇生しますよ。えっ、胸に触れちゃいますね」

「気持ちよさそうだから死んじゃおうかな、冗談よ、冗談。そんな顔しないで」

「なんだか鏡をみてる気がする」

「あたしたち似てますね」

「ぼくが右手をあげたら」

「あたしの左手があがる」

「笑っちゃうな」

「ほんと…。あたしには婚約者がいて、その人と結婚するの。でもあたしの心は誰のものでもない」

「たしかに」

「このままバイバイっていうのはなんだか残念だな」

「友達になりますか」

「電話番号を教えてもらったら試験対策の相談を無料でやるわ」

「いいですね。じゃあ、ぼくはマリコさんの住所」

「電話番号じゃないの」

「普通は結婚を控えている女性に電話しないでしょう」

「いえてる」そう言って、マリコは薄いピンクのメモに走り書きをして二つに折り、僕の背広のポケットにいれた。「あたしの電話番号よ」

「えっ、言ったじゃないですか、結婚を控えている女性に…」

「自由で気ままな旅、軽やかな人生が渉さんの憧れじゃないの」笑顔が浮かんだ。「電話はしなくていいの。でも、必要になることがあるかも。だから人生は面白い、そうでしょ」

「…たしかに、そう、だけど」

「ひとつだけ文句いっていいかしら」

「何か、俺やらかしましたか？　お尻は触ってないと思うけど」

「まだね」

「お姉さん、冗談がすぎますよ」

「あたしの文句はね」

「はい」

「どうしてあたしに『春望』の解釈をさせたかってことなの」

「国破れて山河在り……時に感じては花にも涙を濺ぎ　別れを恨んでは鳥にも心を驚かす、ですか」

「そう。国が破れるような、つまり悲惨な恋のあとに涙するような花、全身全霊で恋をする人は現れなかった。出会ってないから鳥の声に心が痛むほどの別れを知らない」

「平凡で浅薄な二十六年の人生、でも承はある」

「そう、婚約指輪はあるの……、それなりの承はあるけどトキメキなんてないの。それでいいと思ってた。でもね、それがなんだかとってもつまらないことに思えてきたの」

「……それが僕への文句なんですか」

「二時間ちょっとの間に、自分の人生がこのままでいいのかなって……、なんていうのかな、すごく不安になってきたの。自分でもよくわからないの」

「今夜のお礼の手紙を書きますよ」

「楽しみだな……『春望』か」

「春を望む人が体験する惜別」

「鳥の声を聞いて心が痛くなる別れって、渉さんは体験したことありますか？」

「ないですよ。想像もできない」

「知らないほうが幸せなのかしら」

「……知らないのもしゃくかな」

「知ったら春は来るのかしら」

「来てほしいですね」

2

九月十三日

大学の近くに喫茶店ミルクがあり、五島さんという店長と奥さんが経営している。夕方からは高校生の典子（てんこ）ちゃんがアルバイトにやってくる。店内はいつも学生でにぎわっている。

僕らは朝八時五十分から夕方四時五十分までつづく臨床医学の講義をおえてくたびれきった頭でミルクに集まった。

「授業がきつい。頭パンクしそうだん」稲場がいった。「てんこチャン、今日も可愛いね」至坊が憩いをもとめるように声をかける。「至坊、デートに誘うときには僕に行先をいってよ」と五島さんが笑う。「若い子はおじさんの言葉を信じちゃうのよ、私なんてこの人に騙（だま）されて結婚したんやから」奥さんの恵美子さんがダンナをにらんでいる。「何歳だったんですか」僕が聞くと、「十八よ、十八。何もわからん小娘でしょうが」僕を見つめる恵美子さんは確かに美しい。「私は大丈夫ですよ！」典子ちゃんが天使の笑顔を披露する。

「さて、ほっほクラブの定例報告会を開催します」

稲場がいった。

「そんなもんあったんですか。渉さんの報告でしょ。で、どうでした、結婚式の二次会」

清三郎が聞く。

「恋に落ちた」

「どひゃー、これほど予想が的中する男はおらん」

作田は大喜びで、皆は腹を抱えて笑いだした。

「好みのブス子ちゃんと出会ったん」

稲場が嬉しそうにいう。

「失礼な。マダムとは違うタイプの個性的な美人さ」

「まあ、渉くん、私は正統派の美人ってことね。嬉しいからみんなに珈琲おごっちゃるね。渉くんをいじめたら恵美子ママが許さんからね」

マダム恵美子がカウンターの向こうから手を振っている。僕も手を振り会話にもどった。

「スタイルはアグネス・ラムに匹敵するかな」

「アグネス・ラム！　僕はハワイで実物みたよ。かっこよかった。で、その子の名は？」

至坊は毎年夏休みには家族とハワイで一週間をすごす。誘われたけど塾のバイトが忙しくて行けなかった。アグネス・ラムに会えるのなら無理してでもいけばよかった。

「石井真理子。別府の大学病院の研修医。話が盛り上がって指切りしたら薬指にでかいダイヤがあってさ、ときめきのない道中とかいいだすんだ。僕の心はときめいてしまったよ」

「僕が福岡空港で合コンを断られた子は結婚指輪だったから未来はなかったけど、ダイヤってことは婚約でしょ。独身だから未来は無限にあるじゃん。初対面の渉さんにトキメキがないって告ったのはSOSだよ。渉さんとくっつけばマリコさんは救われ、無用になったダイヤでウィンドサーフィンをもう一艇買える。これを一挙両得というんじゃなかろうか」

指輪に敏感な稲場は決め台詞が好きなギャンブラーでパチンコはプロ級だ。借金があれば頑張れると三百万のステレオを買った。

「やばいなあ。渉さんは見たことのない地平線から昇る太陽に惹かれるからなあ」

医者になるのをやめて音楽業界に進もうかと迷う作田の言葉は詩的だ。

「十月から一カ月近くつづく前期試験が始まるし、二月には十七科目の試験があるって知ってますか。集中力切らすと五年への進級は厳しい。今日は九月十三日ですよ。この時期のアバンチュールはやめなっせ。渉さん、自殺行為ですよ。悪いことはいわん。やめなさい」

清三郎はいつもながら的確なコメントだ。

「いいんじゃない。人生は一度しかないから心のままに生きて行かないと」

至坊の人生観が僕にはいちばん近いのかもしれない。

僕らは十月に迫った前期試験の対策を練りはじめたが、じきに暗い気持ちになって嫌気がさしてきた。そして過去問のコピーを確実に確保する手段を一番年下の清三郎にお願いすると安心してしまい、次の土日のウィンドの計画をたてはじめた。

「君たちをみているとウィンドサーフィンってよっぽど面白いんだろうな」マスター五島がもじもじしながら近づいてきた。「オジサンにも教えてくれないか」と可愛いことをいう。

「やりましょうよ」至坊と稲場が嬉しそうにハモった。

今日は塾のバイトはないので、ミルクを出ると本学のバス停前のパセリに行って夕食をとった。ここのバイトとは顔なじみで世間話をして図書館に向かった。天井の高い学習室はおちつくのでよく利用している。習ったことを復習しないと次の授業についていくのがしんどい。ノートを開いておもわず苦笑いをした。無意識に書いたのだろう。ところどころに〝マリコ〟の文字があるのだ。彼女がいった言葉、僕がいった言葉……僕の心が文字になっていた。

夜の十一時過ぎにアパートの電話が鳴った。

「電話しちゃった。昨日はとても楽しかったです。どうしてもお礼がいいたくって」

「石井真理子さんですか」

「はい、ひとりですか」

「誰もいませんよ」

彼女は今年の四月から働きはじめた新米の医者で、肉体的にも精神的にも毎日大変なはずだ。それなのに受話器のなかの声は明るく元気で、機知にとんだ話題がポンポンと飛び出してくる。つられるように僕もミルクやパセリでの出来事や、ノートの落書きという日常を話していた。真理子からの電話は次の日もその次の日もかかってきた。五分から十分程度の会話で二人は波長のあう電話友達という感じで、それはそれで心地よかった。

出会って六日目の土曜日の電話にそれは起きた。時間が過ぎて日付が変わろうとするので明日のことを考えて電話を切ろうとすると、〝ぶちゅ、ぶちゅ〟という音が聞こえる。

「なんですか、その音」

「ブドウを吸ってんの」

楽しそうな声がそういった。

「ブドウ？」

「そう、ブドウを吸ってんの」

「ブドウ好きなんですか」

「大好き」

不思議な音はまた聞こえてきた。ブドウの果実を吸ってそんな音がするものだろうか。僕はようやく気づいた。マリコは受話器をとおしてキスを送っているのだ。素手で心臓をつかまれたような気がした。

九月十九日

稲場と至坊と、そしてミルクの五島さんと長垂(ながたれ)海岸に行った。今日のテーマは店長のウィンドサーフィン筆おろしだった。作田は二日酔いでつぶれて「よだきー」と布団のなかで死んでいたし、清三郎は試験の準備に余念がないようで来なかった。

長垂海岸は福岡から佐賀の唐津へつづく生(いき)の松原沿いにあり夏には海水浴場になる。内海なのでおだやかな波が渚を打っている。波の小さなうねりをたどった先に能古島(のこのしま)がみえる。能古島の真北には視界から消えるが志賀島があり、巨大な砂州の海の中道で本土と結ばれている。海流は海の中道沿いに東にすすみ、ポセイドンを左手にみて、ゆるやかに通り過ぎてゆく。僕の座っている砂浜から能古島まではかなり距離があるようにみえるけど、ウィンドサーフィンで二十分もあればいくことができる。

僕は一時間ほど乗って浜にあがった。砂浜には至坊が持ってきた産婦人科の参考書がポンとおいてある。僕も何もしないことはわかっているのに内科のノートとレポート用紙をバッグにいれている。試験前に遊び惚(ほう)けている不安を解消するための気休めだ。

海水に濡れた体をバスタオルで拭きながら沖合に視線を投げた。青空に白い雲、日輪の光をあびてかがやく海には能古島が浮かび、爽やかな風がここちよい。どの景色も心の情景に彩られて煌めいている。しかし、ここに来てからずっと大切な忘れ物をしている気がしてならない。〝ブドウを吸ってんの…〟晩夏の汐風にのってマリコの言葉がきこえてくる。僕は彼女への手紙をまだ書いていなかった。

ラジオから路上ライブの歌がながれている。ギターを弾きながらうたう歌声は親しみがあって癒(いや)される。名前も知らない歌姫の歌詞が僕のこころをゆさぶった。バッグからレポート用紙を取り出してボールペンを握りしめ、空をみあげた。僕はボールペンを走らせた。

真理子さん、ぼくは稲場と至坊とミルクの店長と長垂の海岸にきています。九月の青空はどこまでも高く、太陽の光を受けた真っ白な雲のお腹はちょっぴり暗い。紺碧(こんぺき)の海がキラキラと輝き、檀一雄が放浪の人生の終(つい)の棲家とした能古島がみえます。

「モガリ笛いく夜もがらせ花二逢はん」……『リツ子その愛・その死』の作家、檀一雄の絶筆の色紙を刻んだ句碑が島にあり、汐風にふかれて博多湾をみおろしています。肺癌に罹患し死期が近づいたころの歌で、〝モガリ笛〟は冬の風がつくるヒュウという笛のような音。そんな自分の呼吸音を聞きながら花に逢いたいと詠んだ俳句です。癌患者が春の花に逢って苦しみが和らぐのか？　ずっと疑問でしたがようやく分かった気がします。花は特別な花で、結核で亡くなった最愛の妻のリツ子さんではないか。「気管に痰がからむ苦しみはつづくけれど、じきに花のようなリツ子に逢える。私の放浪の終焉はリツ子への旅路である」檀はそう呟いているように思えてなりません。本棚の『リツ子・その死』の文庫本に一文をみつけました。「呼吸につれて時々リツ子の喉が笛のやうに細くヒュウヒュウと鳴る」〝花に〟を〝花二〟としたのは、二は二人のことで、檀はモガリ笛にリツ子と自分の凄絶な運命を重ねたのではないでしょうか……。

今日の風は五メートルかな。風をとらえてウィンドサーフィンは気持ちよく海を走っています。七メートルではもっと快感だし、十メートルの風ではボードのテールに飛沫がたちノーズが浮いて空を飛び、麻薬のように意識も翔んでしまいます。

そうだ、電話友達のマリコさんにぼくの秘密を教えよう。七日前の日曜日に友人の結婚式で出会ったその娘は風速二十メートル。あんな強風は人生で初めて。ぼくの心は完全に吹き飛びました。洒落た言葉を探して冷や汗の連続だったけど、それがすごく楽しかった。

海には音が消える瞬間があります。渚にサーフ艇を浮かべてオフショアの風に乗って沖へ向かう。浜辺の声や車の音や鳥のさえずりが次第に小さくなって、やがてすべての音が消える瞬間がくる。耳にとどくのはポチャン、ポチャンという静かな波の音だけ。この瞬間がウィンドサーフィンで大好きです。

音が消えた世界ではぼくの叫び声は誰にも聞かれない。人生のしがらみから解放された時空は心地よく、異次元の世界で思い通りの情景を描ける。セイルを海に落とし、ボードが止まり、波に揺れながら、ぼくはその娘と並んで座ることだってできる。汐風がふたりを通り過ぎてゆき、やわらかい肌がふれあい、その娘のダイヤのない指がぼくの腕をつかまえてはなさない。ラジオからはギターを爪弾く名も知らぬ歌姫の歌が聴こえてきます。「風に呟くこの想い　夢に揺れ　時に流れてキラメキとどけ」ってね。

海には波がたつ。波を乗りこえるように、危険な愛を乗りこえていけたら素敵だろうな。人生の思い出は、その時、その時の風景に染まっている。ぼくとウィンドサーフィンと、そして風が出会うたびに、その娘がくれた強烈な輝きを、白く飛び散るしぶきの中にぼくは感じる。それだけでぼくは幸せだ。

福岡渉

石井真理子様

海では五島さんがウィンドサーフィンに乗れるようになっている。へっぴり腰だけどもセイルは風をはらみサーフ艇は進んでいる。浜にあがった店長は「ありがとう」と「こんなに気持ちいいもんなんだね」を繰り返している。稲場も至坊も「センスいいんですよ」と嬉しそうに笑っている。黄昏が近づく浜を後にし、僕らは近くの〝牧のうどん〟に向かった。いいというのに五島さんが今日のお礼といっておごってくれた。ウィンドの後の〝牧のうどん〟はめっちゃ美味しい。〝かしわおにぎり〟これは絶対にかかせない。

僕は一人になるとレポート用紙と彼女が好きだという〝シティ情報ふくおか〟、それにアパートの近くの神社でひいたおみくじを封筒にいれ、封を閉じ、迷いながらもポストに投函した。約束したわけではないけれど、ようやく約束を果たした安堵のようなものを感じた。物語を進めてしまった罪悪感がどこかにある。いい文章が書けたと自己満足しているナルシストの僕と、ナイフのような言葉のセンスを持つ彼女は陳腐な言葉の羅列に苦笑いしているのだろうな、そんな弱気の僕もいる。

二日後の夜、マリコからの電話はなかった。そして次の夜も、次の夜も電話はなかった。毎日かかっていた電話は途切れた。終わったのかな、それとも返答のしようのない失礼な手紙だったのかもしれない……だって婚約者がいるんだ。そんな気持ちが錯綜したが、目の前に迫った前期試験の準備がはじまっている。清三郎よ、コピーをもっと集めてくれ！　真面目なクラスの才女たちに「可愛いね」を連発して情報をもらう切羽詰まった世界に僕はいて、情事のゆくえを深く考える余裕はなくなっていた。さすがに海には試験が終わるまでは行けない。

九月二十八日

中秋の名月が近づいたその日の夕方。学校から帰るとアパートの郵便受けにぶくぶくに太ったA4判の封筒がとどいていた。差出人は石井真理子。中からは玉手箱のようにいろんなものが出てきた。さらに手紙の入った和紙の封筒があり、筆ペンで書かれた僕のひらがなの名前は、美術館でみるような美しくのびやかな筆致だ。裏返すと彼女の名前も美しいひらがなで書かれ、紅い唇の封印がしてある。スタンプではなくて彼女の唇だ。僕はハサミをとりだして封筒をあけた。

綺麗な文字が三種類の便箋の上を踊るように弾んでいる。

お手紙、ふくおか、神社のおみくじ、ありがとうございました。あんなに私の心にかみついた手紙は初めてでしたので余韻をたのしみたく、電話もひかえておりました。(注)私の最高の愛情表現はかみつくことです。むっふ。なんて四十すぎのおばはん調でかきはじめてみましたが、どう？　しかし、まずはこの手紙をよみはじめる前に、なにやらへんてこな郵便物をすでに目撃のことと思いますので、その説明から…。試験前の〝わたるさん〟に私の現在の精一杯の気持ちを、ふくおかの野芥までお送りします。

紅茶（サメル）でものみつつ、ますい（ネムル）を覚えようぜ。肩こったらピップエレキバンのふたいとこのジキバンはってがんばろう。ウィンドサーフィンの筋肉痛にもよいと思うよ。チョコとキャラメルもシックなリボンこと赤いハートをそえてさしあげます。勉強道具だってちゃんと…くりっぷにラベル…きんだぞ　きん！　きゃあ　勉強しろってばかりせめたてないのが私のやさしいところ。ビタミン剤とはみがきくさい健胃剤（これよくきく！）それから含嗽剤！　風邪のひきかけの〝のどいた〟なんかにもぐう！なのヨ。それから私のつうどあ冷蔵庫送ります。中によくひえた果物あります。なんとバカ（かしこいの間違いです）な私はヨーグルトキャラメルのあきばこの丸を一生けんめい切りとって貼り付けてブドウを形成、器用！

最後に誰からももらえないような、そして私が誰にもあげない大切なお守りを…。このお守りは学生専用です。私の最も大変だった六年生時代を無事見届けてくれた品質保証つきです。おたぬきさま！　卒業するまで大切にしてください。私にはもう他人をおいぬく、ひきぬく、けりぬく？　なんていうせこい事は必要なくなったからサ（こういういい方もしないのに何故かかいてある。やだねえ！）　わたるさんのおせじでない達筆で文才のある手紙を見せつけられると、どうも私のペンも振るいません。

また、また、手紙を読んでいます。渉さんの世界へひきこまれ、私は渉さんと並んで音の消えた長垂の海に浮かぶボードにすわり波に揺られています。目の前に檀一雄が終の棲家とした能古島がみえます。うん、汐風に渉さんの想いが聞こえるよ。夢に揺れ、時に流れて、キラメキとどけ！　この手紙、たとえ離婚の原因になっても持ち続けます（笑）。

私は土の Sign をもつ Venus のもとに生まれました。木花咲弥姫（このはなさくやひめ）を守護神にもちキラキラ輝く美しいものや楽しいことが大好きな乙女です。褒められることが大好きで所有欲が強いくせに、変化が苦手で着実に足元を固めていくイメージだって。24～30才の間に出会った魚座の医学生さんとの出会いはさいこう！　だそうで、実は二週間ほど前に出会ったのです。彼は私のだじゃれを十分に解してくれるうえ、なんてったたって私たいくつしないの。

…私考えたの。今は花の独身だもの、おおいに頑張るのだ！　ただちっと仕事がきついけどね――私ってどこかさめていて、一応ダンナ予定の人をもちながら、精神的にいっぱい浮気しています。でもそれはとてもよい事だと思うのです。（こーゆーふーに何でも正当化してしまうからおそろしい！）それはすべて私の栄養になってゆく！

ところで十月の連休、私は未定です。渉さんはコピーにうもれ Study Study だもんね！

便箋を変えても、ペンを変えても、字体を変えても、ちっともわたるくんの手紙にはおよびません。もがり笛いく夜もがらせ花二逢はん！　二は渉さんと私の二人の運命よ（キャッ）

こんどこそ　気持ちを改めて

To My Wataru

Mariko

机の上は賑やかだ。紅茶、ジキバン、チョコレートキャラメル、金のラベルをつけたクリップ、ビタミン剤、胃薬、うがい薬、小学校の図工を思い出す冷蔵庫と中には葡萄、たぬきのお守り。風邪や胃炎になっても病院に行く心配はなさそうだし、試験の合格祈願に神社の鳥居をくぐる必要もない。

……何がおきているのだろう。彼女がいうように文章は乱れているが彼女の鼓動が伝わってくるようだ。遠くはなれていながら肌のぬくもりが伝わるような文章を書かせたのは、先日の僕の手紙だと思うとなんだか嬉しくなってくる。十月の連休の予定は未定とあるが、福岡で会おうということだろうか？　試験間近で余裕もないが、食事やお茶の時間はつくれるだろう。

普通ならお礼の電話だ。仕事で疲れ切った体を癒すための週末を割いて、これだけのものを用意し、手紙を書いてくれた人にたいする礼儀だ。しかし、二週間前の天神の夜、僕は彼女の住所を聞いたが、普通は結婚を控えた女性に電話はしないと電話番号は拒んだ。それでもマリコは、自由で気ままな旅、軽やかな人生が渉さんの憧れでしょ、と笑って、メモに電話番号を走り書きして僕の背広に入れた。……たしかに、だから人生は面白い。

メモをみながらダイヤルを回した。秒の速さで受話器があがり、マリコの声が聞こえた。少女のような声をききながら〝物語をはじめてしまった〟そんな思いが胸をよぎった。

マリコとの電話は日課になったが、その電話でトキメキのない道中を軽妙な語り口で彼女は語った。休みの日は彼氏と何をしているのかと素朴な質問をした。

「パチンコ」

「パ……パチンコ」

「そう、あの人すぐパチンコしようっていうの」

「車あるんでしょう」

「あるわよ」

「ドライブに行くとか」

「まったくなし」

「パチンコ?」

「そう、パチンコ」

「ロマンチックやねえ」

「どこが! 昨日なんか一万円負けんのよ。それだけあればハンドバッグのひとつでも買ってほしいわよ。おかげで夕食はあたしが払ったのよ」

「ふーん、たまに会って日曜日に、パチンコねえ」

僕にはよく理解できないことだった。

あたしとグレープフルーツとどちらが大切と聞いて、何いってんだ、と返されてしょげた話もあった。渉さんだったらどう答える、と聞かれて返答に窮した。

彼女の話は決壊した堤防から噴き出す水のような勢いで見境なく、しかも小悪魔のように無邪気に僕に押し寄せてきた。話し上手でパチンコ屋の話は豊富だった。

「あたし、最近どうも中年の男性に人気あるみたい。パチンコ屋なんか行ったらすごいのよ……。視線を感じる」

「スターだね。パチンコ屋に輝く織姫星。カッコいいね」

「町なんて歩いてても中年の人が見てるの」

「やんや、やんや」

「もう……、でも若い男性が渉さんみたいに言ってくれることないわよ」

僕がネタにされた話まで登場した。

「あたし言ったの。医学部の四年生との間に結婚話が持ち上がってるって」

「そんなこと……」

彼氏の気を引くためなのだろうが、かなり崖っぷちの悪乗りにも思える。そう思う一方で小さな喜びが迷路を伝うように心にとどいた。

「いいのよ」

「何ていわれたの」

「何もいわなかった。パチンコ屋の前で手紙だしたの」

「そんな……まずいんやない」

A4判の大きな封筒を彼の前で出すなんてやりすぎだろう。

「いいのよ」

裏表のない性格はいいけれど、天真爛漫(らんまん)では許されない行為だ。彼氏を信頼しているのか、コントロールできるという……愛されているという自信なのだろうか。冷たい彼に嫉妬心を起こさせて彼の気持ちを引き付けているようにも思えるし、少なくとも事実を話しているこの時点で彼女は婚約者を裏切ってはいない。僕はダシに使われているのだろう。それならば何も心配することはないのだが……。僕の不安と期待は現実となってゆく。

十月一日

「今日は中秋の名月よ」マリコが電話口で教えた。「きれいな月。渉さんも空をみてね。三週間前のこと思い出してたの。天神の橋のたもとでトワさんが歌った『悪女』と『スローモーション』すごくよかったな。〝月夜なので悪女にはなれないけどいいですか〟なんて歌う前から路上ライブがはじまってんだもの。上手だった。それから踊ったでしょ。楽しかったな」

「月夜だからマリちゃんは今夜も素直でいい子だね」

「…渉さん、ちっとも聞いてくれないのね」

「なにをですか」

「『春望』を覚えてる?」

「国破れて山河在り、ではじまる杜甫の詩。結婚式のときにマリちゃんに感想を聞いて、その答えに感動したな」

「マリちゃんは国が破れるような悲惨な恋を体験したの」

「いってた」

「それが何かをどうして聞いてくれないの」

「それって聞くことじゃないでしょ」

「つまり他人には聞けない」

「だって、婚約者がいる女性に、聞かないでしょ」

「そうね。婚約者がいるわ」

「いる」

「国破れて山河在り　城春にして草木深し　時に感じては花にも涙を濺ぎ　別れを恨んでは鳥にも心を驚かす……。最初の句があるのに、あたしの人生は次の句につづいていかないの」

「それが定められた運命と思えば、静かで平和な人生でよくないですか」

「つまんない」

「マリコさんはこう言ったんですよ。起承転結の起、そして承でとまってる…。悲惨な恋をした。婚約もした。でもトキメキがない。自分には涙する花のような恋人は現れなかった。そんな恋人がいなかったから、鳥の声を聞いて心が痛くなる別れは知らない」

「そうよ」

「平凡な二十六年の人生だけど平和な人生ですよ。起、承から転につづかない人生も安寧があって貴重だよ。貴女がいっていた定められた人生ですよ」

「転につづくとしたら、どうなるの」

「杜甫の詩の通りですよ」

「そうね。じゃ、渉さんが小説を書くとしたら、恋に破れ、平凡な婚約をした愚かな女の物語を聞かせて」

「愚かじゃないよ。ま、いいか。……心がずたずたになるような悲惨な恋のあと、トキメキのない婚約をした。そのあとに涙するようにこころを奪われる花のような恋人が現れる」

「そして」

「夢のような楽しい日々が過ぎてゆく」

「それから」

「定められた人生と導かれた人生が衝突する」

「……そして」

「人は宿命に生きる。つまり心から愛したその人との別れが近づく」

「美しいはずの鳥の声にもはっと驚いて心が痛くなるほどの別れね」

「杜甫はそう詠んでいます。『春望』に沿った恋愛……別れは必定です」

「鳥の声が恐怖に聞こえるくらい悲しいのかしら、それとも鳥の声に美しい思い出を回想して心が痛くなるのかしら」

「いいですね」

「余韻が素敵ね」

「五言絶句にしちゃったほうが余韻があるんだよな」

「それで、」

「四句、つまり結句を読み終わって、僕は春望にどうしてもひきつけられるんです」

「春よ来い」

「そうとも詠めるし、春が来ると思い出す恋とも詠める」

「春を望んだ者の運命なのかしら」

「いずれにせよ、この詩が完結します」

「何が残るの」

「二句の深、四句の心が韻を踏んでいるんです」

「……深い心」

「この恋を体験した二人だけが知る深い心」

「……あなたってどうして医者なんかになるのかな」

「怜子にはパクリといわれてますが」

「パクリじゃない、自分の言葉で話してる。杜甫の『春望』か…、この詩が完結すると、少なくとも平凡な二十六年じゃなくなりそうね」

「それはいえてますね」

「…渉さん、これはあたしの独り言よ」

「……」

「聞きたくなかったらそういってね」

「そうします」

「学生のとき、あたしには陸上クラブに彼氏がいたの。韓国の人だったの。……つづけていい？」

「うん」

「なんていうのかな、向こうの人って激しいの。いいときはすごくいいんだけど、よく殴られた。部屋の物も割れたし壊れたし、体に痣が絶えなかった」

「……部屋がめちゃくちゃになるとか。殴るとか、ビール瓶を割って威嚇するとか、僕らの周りでも起こってるよ。知らないだけで」

「そうなの」

「うん。僕の母の実家は佐賀県の呼子で神社なんです。船は呼子から壱岐、対馬、韓国の釜山へ目視で行けるんです。韓国とは古代から交易や戦いで関係は深かった。有田焼をはじめたのは朝鮮から連れてこられた李参平です。たしかに大人のなかには朝鮮人を嫌う人はいた。釜山から引き上げた呼子のおばさんは温厚な人だけど、よくしてあげた朝鮮人の使用人にさんざん盗みをされたって今でも怒ってます。でもね、僕の周りにはそれはなかった。中学の時に下級生に金さんって在日の可愛い子がいて僕の心はときめいたよ」

「お母さんの実家が神社…　あたしは神社仏閣が大好きなのよ」

「母の兄は神主なんです。話は戻るけど、どこの国っていうより個人のキャラだよ」

「……四年生のときに結婚話がもちあがって、両親に話したら大反対されたの。それだけはやめてくれって。そのときに間に入っていろいろとやってくれたのが陸上クラブの部長だったあの人なの」

「ダイヤモンドの人」

「そうなの。おかげで彼とは別れることができた。麻酔から醒めるみたいに徐々に正気にもどっていったの。あの人には感謝しかない。それがきっかけで距離が近くなって、あの人が卒業するときにプロポーズされたの。五年、六年の学費は僕が出すからって」

「学費払うって、なんか違う気がするけど」

「あたしもそれはいいっていったの。だって親は金持ちじゃないけど払えないわけじゃないし断ったの。でも責任を持ちたい、お願いだからっていわれて」

「愛と責任がお金なのかな。でも、それってけっこうドラマ的な展開じゃない」

「あたしは傷ついていたあとだったし、あの人にはすごく頼ったし、助けられたの。学生だったし特殊な環境だったといえばそれまでだけど。でも卒業して自分の手で仕事をはじめて、自信も少しずつついてきた。そして…」

「ときめきのない自分に気づいたんだ」

「なんでもわかるのね」

「九月十二日からのキーワードを並べたらここまでの段落は誰でもわかるよ」

「冷静なのね」

「ねえ、『天井桟敷の人々』っていう映画みたことある」

「ない」

「ぼくは三回観た」

「どんな映画」

　舞台は一八二〇年のパリ。無言劇の売れない役者バチストは美しいギャランスに恋をする。酒場の〝赤い咽喉〟で再会して二人は踊り、店を出て夜更けの人気ない街路を歩く。恋多き美女のギャランスは、〝やさしいから好きよ〟という。純粋なバチストは、〝あなたを愛している！〟と叫ぶ。二人はやさしく抱きあってキスをする。

「キスのあとにギャランスはバチストを静かにみつめて、〝恋なんて簡単よ〟っていうんだ。マリちゃんに冷静、といわれてそのシーンを思い出した」

「あたしが舞い上がってるバチストで渉さんが冷静なギャランスか、つまんない」

「ギャランスの恋は愛にかわっていくんだよ」

「……あたしのこと軽蔑してるんでしょ」

「してないよ」

「傷ものってバカにしてる」

「今年の中秋の名月は満月じゃないんだ。ちょっと空を見てよ」

「ちょっと待ってね。見える、すごく綺麗だけど少し欠けてる。なんて呼ぶのかな。古典でならったんだけどな」

「十三夜月(じゅうさんやづき)。この月はすごく縁起がいいんだよ。満月になるには少し欠けてるだろ。そこが日本人には美しく感じるんだ。完ぺきなものより少し欠けてるものに日本人は美しさを感じてきた。すごく分かるし、日本人でよかったって思う。だからさ、マリちゃんもとってもきれいだよ」

「……連休はあたしお休みなの。渉さんに会いたい」

「連休明けに試験がはじまって、公衆衛生のレポートもあるけど、食事とかお茶の時間はつくれると思う」

「アパートに行ったらだめ」

「……」

「ぜったいに勉強の邪魔しない。お部屋を掃除して、お茶をいれて、ご飯をつくる。試験の手伝いできると思う。あたし自信あるの」

「何をいってるかわかってんの」

「勉強で疲れた肩をもんであげる」

「それは嬉しいけど」

「決まりね。これだけはいっとく。絶対に勉強の邪魔はしない」

「部屋に閉じこもってどこにも遊びに行けないんだよ。つまんないでしょ」

「福岡には友達が何人かいるの。退屈したり勉強の邪魔になるようなら、あたしそっちに行くから心配しないで」

「こんなの初めてだよ」

「あたしの心を噛(か)んでしまったひとの正体をみたいの」

「悪いけど忙しくってかまってあげられない」

「それがいいの。普段の姿、素顔がみれるし、アパートには住人のポリシーが宿るの」

「そんなことに何の意味があるんだよ」

「盗人猛々(ぬすっとたけだけ)しい」

「失礼だな。ぼくが君の何を盗んだんだ」

「あたしの心を奪ってるじゃない」

「……」

「一日でいいから渉さんの棲家をみてみたいの」

「なんか負けっぱなしだ」

「あたしの台詞まで盗らないで」

「ほんとにかまっていられないよ。余裕ないんだ」
「何もしないで。整理も掃除もお菓子やお茶のもてなしも。勉強には自分のペースがあるから、あたしが勉強の邪魔と感じたらすぐに言ってね。言えなければブドウを三回吸ってね。即行であたしは友達のとこにいく。いい、約束して」
「約束するよ」

あわただしく一週間が過ぎていった。頭も心も試験で飽和している。医学部の試験はまじであまくない。進級できずに大学の裏山の木に首をくくった先輩が一人や二人じゃないとまことしやかにいう輩もいる。西高の同級生が二人僕より先に入学したが、二人とも留年して後輩になってしまった。ひとりは中洲でホストをやっている。プレイボーイを演じて楽しんでいるようだが、高額な授業料を払うために始めたようだ。心配なのはもう一人のほうで博学だが融通がきかない。難解な基礎医学の質問をすると本もみずにスラスラと答えるのに試験に落ちる。どうも過去問やコピーという準備をしていないのが敗因のようだ。

医学部は六学年ある。一年と二年は医学部のキャンパスとは無縁で福大本学で過ごす。一般教養の講義を本学の学生といっしょに受ける。三年になると医学部に教室が移り、基礎医学の講義がはじまる。解剖や生理、生化学、免疫学、薬理、病理などの医学の基礎を叩き込まれる。この時点ではまだ病気の実像がよく見えないが、解剖実習がはじまり医学生になったという荘厳な気持ちになった。白菊会の人たちが死後に自分の遺体を医学生に提供してくださる。僕の献体は八十二歳の女性で柔和な顔立ちだった。彼女の皮膚、臓器、血管、神経、骨をひとつひとつこの手に触れて人体の構造の細部にいたるまで学んだ。

そして四年になると臨床医学だ。脳梗塞や心筋梗塞というなじみ深い病名が登場し病気の病態、診断、治療を習う。先日の脳梗塞の講義では先生が病院から入院患者さんを講堂に連れてきて、実際に僕らの前で歩いてもらい、特徴的な歩行を学んだ。医者に近づいた感は半端ないのだが、いかんせん講義の量が多い。前期と後期に一カ月近くの試験があり、それに合格しないと五年には進級できない。晴れて五年に進級すれば臨床実習、つまり病院での実習が六年の前期までつづく。ネクタイをしめ、白衣を着て、本物の医者や看護婦に紛れ込んで受け持ちの患者さんから病歴をとらせてもらい、診察をさせてもらい、筋道のたった診断能力と治療を学んでいく。全科を廻るのだが、重篤な疾患に罹患している患者さんもおられる。実際に受け持たせてもらった患者さんが実習後に亡くなるということもあり、ロッカールームで涙する学生もいる。六年の後期は医師国家試験対策だ。

四年生の臨床講義の前期試験……莫大な量の試験が目のまえに迫っている。

十月八日

公衆衛生の実習で、福岡浄水場の現場見学に行った。講堂での講義に比べると見学は気楽さと開放感があるが、レポートを連休明けに提出しなくてはならない。試験とレポートさえなければ医学生は一生やっていたいほど楽しいのだが……。

十月九日

土曜の午前中は内科だ。容赦なく講義がすすむので気がぬけない。円形闘技場のような大講堂の中ほどの席に僕らはいる。「いい風吹いてるのになあ」稲場が虚(うつ)ろな目で窓から流れる雲をみている。「長垂か大原海岸なら三十分もあればいけるのに」至坊がため息をつく。「だめだめ、ウィンドサーフィンはだめっしょ。連休明けにテストはじまりますよ。海にいくことは自殺行為です」清三郎はぶれない。「僕も酒を断ちました。まだまだ青春はつづく。人生はつづく。死に急ぐことはないっちゃ」作田がめずらしく覚醒している。

急性肝炎の講義で、先生が酒も原因のひとつというので隣の作田の腕をつつくと人懐っこい笑顔がかえってきた。一生懸命ノートをとっているつもりが、〝tonight tonight Mariko〟と書いていた。パラパラとページをめくると肝炎の前は糖尿病で、やはりノートの余白に〝tonight DOKI DOKI!〟とペンを走らせていた。授業中にノートに無意識のうちにいらんことを書く習癖は高校のときからだ。珍しくしゃっきりして授業を受けている作田の目にはいった。「今夜、ドキドキ、マリコってダイヤの女医さん？　ひょっとして007ロシアより愛をこめて？」と大喜びだ。あわててノートに、〝コンフィデンシャル！〟と書くと、「いよいよワルサーＰＰＫが火を噴くっちゃね」嬉しそうに片目をつぶった。

講義はつづく。「このうち約二パーセントが劇症肝炎を発症し、致死率は七十パーセント。学生諸君も女に振られたからと言って酒を飲みすぎんように」先生の話は辛辣(しんらつ)だ。過去四年間のデータをもとに分析すると、僕がマリコに振られる確率は百パーセントだから酒におぼれたら一・四パーセントの確率で死ぬのか、ヤバ……。

半ドンってやつは学生にも社会人にも平等だ。午前の授業が終わるとアパートに帰り、テレビのスイッチを入れた。彼女はおそらく早めに午前の仕事を終えて別府からバスに乗ったはずだ。天神地下街のピーターパンで待ち合わせをしている。何もするなというから机の埃ひとつ拭き取っていないし、床の屑ひとつ拾っていない。シャワーを浴びて髪を洗い自分の垢だけはおとした。普段の姿というからジーンズにスニーカー、それにジャケットを着て野芥のバス停からバスに乗って天神へむかった。

昨夜の電話で冗談ではなくほんとに来ることを確認した。僕は婚約者のいる女性と偶然ではなく、婚約者がいると知ったうえで会いに行っている。初めてのことで、どう対応すればいいのだろう。事の展開によっては困ったことになるのかもしれない。彼女が作成したプランAによると福ビルで買い物をし、ぶらぶら歩いて那珂川をわたり彼女が予約した中洲の店で夕食をとる。それからアパートに来るわけだから暗闇のなかを僕らは歩くにちがいない。闇には悪魔がひそんでいることを僕はよく知っている。

彼女が作成したプランBでは、彼女のことをうっとうしいと思ったらブドウを三回吸えば彼女はアパートを出て友達のところへ行き一件落着だ。しかしブドウを吸ったら食べたくなるに決まっているだろう。あの子は頭の切れる確信犯だ。渉さんは医者にするにはもったいない……よく言うぞ、同じ言葉を言い返してやりたい！　風呂はどうするんだ。パジャマなんか持ってくるのだろうか、いや、邪心はなさそうだ。しかし無垢な魂ほど想像を絶する破壊力を秘めているものだ。

いろいろ考えているうちにバスは天神についた。真理子は大人の女性だ。手に職を持ち学があり、優しい人。彼女のミッションは僕の素顔を観察しアパートを点検することだ。僕は試験勉強に没頭すればいいだけのことだ。そう考えてみると気が楽に……ならない。

それに今、現在、西武ライオンズと日本ハムのプレーオフ第一戦が佳境の真っただなかにある。七回裏で江夏が登板した。田淵が打つのか、知将広岡は江夏を攻略できるのか、東尾がマウンドに立つのだろうか。マリちゃんは好きだ、大好きだ。でも、どうして今日なのですか。

天神地下街のピーターパンに行くと彼女はいた。

「石井真理子さんですか」

アイスブレイクでさらりと冗談まじりに言うつもりなのに声が上ずっている。

「はい、福岡渉さん」

ニッコリと笑顔がかえり、スッと立ち上がった。黒のワンピースに深紫(こきむらさき)のカーデガンが素敵だ。

「待ちましたか」

「ううん、ちょっと前に着きました。プランAでいきましょう。いいですか」

「はい」

ぼくは現在進行形の出来事にうまくついていけてない。彼女の計画ではまず福ビルだ。手紙魔を自称する彼女には聖地のようなところらしい。福ビルのコーナーに行くと便箋や封筒や葉書がたくさんあった。ユニークなものや高級感のあるものなど品ぞろえが豊富だ。彼女は〝板の絵葉書〟を見つけて手にとり、じっと見ている。

「板がハガキになるなんて知らなかった。いろんなのがあるんだね」

「幸せそうだなあ。いつか渉さんに届くから待ってて」

〝GOD BIESS A COUPLE!〟という文字の下には、結婚式が終わったばかりの兎の夫婦の可愛い絵が描かれている。二人（匹）の乗ったオープンカーが太陽にみたてたピンクのハートへつづく道を進んでいる。ハンドルを握る新郎が満面の笑顔で左横の花嫁をみている。花嫁の頭からは白いウエディングベールが風になびいている。一見幸せに包まれたカップルだが、花嫁は前を向いているので表情がわからない。笑っているのか、泣いているのか、それとも目を閉じて過去をみているのだろうか。赤い車の後ろに紐でつながれた空き缶が路上を踊るように跳ね、バックのナンバープレートは〝ＬＯＶＥ〟。

……彼女がこの板の絵葉書をぼくに送るときは、婚約者との結婚式の日取りが決まったときなんだろうな。そんなことをぼんやりと思った。

プランAでは福ビルの次は中洲で夕食となっている。福ビルを出て大通りの歩道を肩をならべて歩く僕らは誰が見てもカップルだ。中洲のネオンが映る那珂川にかかる天神橋をこえた。つまりアパートにまた一歩、近づいた。ぼくの口から弱気がこぼれた。

「ほんと、ほんとに来たんだね」

「いいじゃない。来ちゃったんだから」

いい切るマリコの声をきくと人生は冒険で楽しまなくてはという気になる。ぼくだって常にそう思って生きているのだが……。

バスを待つサラリーマン二人の会話で西武ライオンズが日本ハムを下したことを知った。博多では屋台であろうと焼き鳥屋であろうと隣の他人と会話するのは珍しくない。「ちょっとごめん」

マリコから離れて二人に近づいた。

「ライオンズ勝ったんだって。八回に江夏がバントで揺さぶられて六失点。広岡すげえなあ。九回は東尾がゼロでしめたって」

「おめでとう。あと二勝ね。でもね、日本シリーズでは西武はドラゴンズには勝てない。これはいくら渉さんでも譲れないとこよ」

「東尾のカミソリシュートを中日のへっぴり腰は打てないよ」

「東尾…よくわかんないな」

「ライオンズのエースです。西鉄、太平洋、クラウン、西武と球団名は変わったけどライオンズの生え抜きといえば東尾修だよ。四球も多い。狙ってるから打者は腰がひける。たまに喧嘩になるんだ。この緊迫感と野放図感はセリーグにはない。平和台にはよく行くけど観客は少なくて外野席はのんびりしてる。麻雀やってる連中もいるし、こんど行こうよ。月見酒には最高のとこだよ」

「行く、行く、行く」マリコの声が嬉しそうに弾んだ。

彼女が事前に予約したステーキハウス・ロンは中洲のど真ん中にあった。大通りを明治通りから入って、角のパチンコ屋を左に曲がった。

「稲場のパチンコはプロ級なんだ」

「ほっほクラブの友達で結婚式の前に茶店に入ってきた真黒な人ね。あのアロハシャツはプレミアもので海の男の正装なのよね。〝きちゃない〟なんていってあやまっといてね」

舌をペロリと出して笑う仕草が可愛い。

「海で遊んだあとに焼き鳥に行こうってことになったけど、みんなのお金を集めても二千円しかなかったんだ。稲場が一時間待っててってパチンコ屋に消えたんだけど、出てきた時には二万に増えていたからね。ビールも飲めて楽しかったな」

「ねえ、ウィンドサーフィンの仲間は何人なの」

「ぼくを入れて五人だよ」

「みんな私たちがこうして会ってることを知ってるの」

「そこなんだ。皆いいヤツなんだけど稲場は豆腐の口だし、至坊はもてるからマリちゃんを取られるかもしれん、清三郎はアバンチュールはやめろって正論をいうんだよ。僕らがこうして会ってることってマリちゃんの友達とかに知られたらまずいことでしょ。だから、この三人には僕がいつものように振られたってことにしたほうがよさそうかな。第四の男の作田は、音楽と酒の日々で医学部の連中とは違う世界にいて口は堅いから大丈夫だよ」

さらに角を右に曲がると通りの中ほどにステーキハウス・ロンがあった。

「福岡で働いている友達に教えてもらったの。ご夫婦でやってられてとっても美味しいの。注文は簡単で、ロースかヒレか、何グラムか、焼き具合をいえばいいの。デザートのアイスクリームはお手製よ」

「中洲にはあまり来ないな。一年のとき誘われてピンサロに行ったけど楽しめなかった。バーに行ってももてないし面白くないいんだよな。それじゃいかんって製薬会社の滝澤に案内してやるっていわれてるけど」

「もてなくていいの。行かないでよいの。マリちゃんがいるじゃない。でね、電話でもいったけどここはあたしのおごり。渉さんは学生だし、あたしはお給料もらってるから」

「塾のバイト代がある」

「それは教科書とか買うんでしょ。医学部の教科書は高くって十万こえるものね。ウィンドサーフィンとか友達と遊ぶのにつかって」

「じゃあ、僕が医者になって初任給をもらったらマリちゃんにご馳走するよ」

「ほんと、あと二年半ね、楽しみに待ってるわ。約束よ」

「約束は守るよ」

　ぼくは福ビルの袋をテーブルのうえにおいた。彼女がハガキ類をみているあいだにぶらぶらしていたら目に入った。上品で甘い花のような懐かしい香りがして気がつけば買っていた。「あたしに？」マリコはぼくをみた。うなずくと袋をあけ、「アルページュ！」と嬉しそうに声をあげた。「どうしてこれを選んだの」と聞かれたが、答えられずに肩をすくめた。「これって運命の人を引き寄せるっていわれてるのよ」顔を輝かせ、「今つけたいけど、うなじだとシャンプーと喧嘩しかねないし……ごめんなさい」そういって席を立った。もどると「渉さん、香水の香りにはフェーズがあるの。この子の本領は食事がおわるころにでてくるかな」と悪戯（いたずら）っぽく笑った。

　二人ともロースを注文した。うわさ通りの美味しさだった。ママがぼくらの顔をみて嬉しそうに笑って差し出すアイスクリームには、どこか家庭のあたたかさがあった。珈琲を飲みながら学校のことや病院のことを話した。

　店を出て中洲川端を西に歩いていくと那珂川につきあたった。水面にネオンの灯りが映って美しい。川沿いの歩道には屋台がならび、川面をなぞる風にはかすかに潮の香りがする。「きもちいいな」マリコは立ち止まった。黒髪が風にふわりとなびき白いうなじのおくれ毛が揺れた。「櫛（くし）にながるる黒髪のおごりの春のうつくしきかな」ぼくは与謝野晶子の歌を口ずさんだ。「やさしいなあ。その子二十っていわないところが」マリコが笑った。ぼくは指を櫛にして髪にふれた。マリコのぬくもりが、やわらかな皮膚を覆うワンピースのひんやりとした肌触りをとおして伝わってきた。水の香り、潮の香り、髪の香り、そしてアルページュの香りを秋の風が運んでくる。かさねた唇の陶酔に不安が重なった。

　中洲から三番の野芥行きのバスに乗った。ぼくらは一番後ろの席に身体をくっつけて座った。窓外を中洲のネオンが、天神の灯りが光の帯をひいて流れている。マリコはぼくの手をしっかりと握っている。ぼくは彼女の髪にふれ、頰にふれ、うなじにふれ、キスをした。野芥のバス停につき、ステップに足をのせた。目の前の見慣れた景色が、夢の国の門扉を開けたように幻想的な色彩を放っている。夢はシャボン玉のようにフワフワと煌めいてかならず儚（はかな）く消えてゆくもの、自分に言い聞かせてバスを降りた。

　アパートのドアを開けて部屋に入る前に二人の目がさっと辺りをうかがった。

「おじゃまします」マリコは靴をそろえて部屋にはいった。「よしよし、あたしがいったとおりに何も手を付けてなさそうね。掃除は明日やるわ。わかってる。コピーには触らない。整理は隠ぺいと同じだものね」

　近くのスーパーで買ったものを台所において居間にはいり一瞥（いちべつ）した。机とセンターテーブルがあり、壁には本棚がある。

「ねえ、四畳半っていちばん事が起きる広さだって」

「六畳だよ」

「うん、そうね。少し広い。ここがトイレか。ここはまっさきに掃除したいな」

「母さんみたいなこというんだ」

「渉さんのお母さんがいうの？」

「掃除はトイレで決まる。それができるお嫁さんをもらいなさい、とかよくいうよ」

マリコは驚いたようにぼくをみた。

「あたしも母から同じことをいわれてきたの」

本棚の雑誌や本、棚にあるモジリアニの絵葉書や色紙を熱心にみている。目がいやしいと父親に言われるほど文章に興味がある子だったことを思い出した。彼女が手にした雑誌と本は古い〝太陽〟と〝日本国憲法〟。

「〝太陽〟を読む男の人がいるんだ。愛新覚羅慧生の特集だ。満州国皇帝、溥儀の弟の長女で、学習院大学の国文科に在籍中に天城山中で心中した人でしょ」

「清国王朝の血をひく十九の才媛が同級生とピストル心中だよ。戦時中じゃないのにさ。すごいよ。亡くなったのが一九五七年でぼくが生まれた年ってこともあって捨てきれないんだ」

「渉さんのタイプってことか」

「そうかな、彼女も魚座なんだ」

「…あたしは宇野千代さんが好きなの」

「知らない」

「〝生きて行く私〟って新聞に連載されてて元気をもらえるの。試験終わったら彼女の本をぜひ読んでね。で、日本国憲法がどうして医学生の部屋にあるの」

「ベストセラーだったから買っただけだよ」

「でも、ふつう読まないでしょ」

よほど不思議なのか、マリコはぼくの顔をみあげ、本のページを開いて斜め読みをしている。

「大きな字でわかりやすいだろ」

「こんなの読む人ってはじめてみたわ。あなたって」

興味の失せた本で引っ越しの時にはまちがいなく捨てる本だ。

「この本は写真がやたら多いんだよ。お風呂沸いたけど、はいりますか」

「いただこうかな。渉さんはもうはいったのよね。ぼさぼさの髪でピーターパンに走ってきたんだから」

ぼくはコピーの整理をはじめた。やることはいくらでもある。連休明けに試験がはじまる。なのに風呂にはいる女がいる。大丈夫か福岡渉くん？　大丈夫だ、ヤバくなればプランBがある。

気がつくとマリコがいつのまにか風呂からあがり、窓際に立っている。えっ、そのワイシャツは……、

「渉さんの借りちゃった」

裸体に男のワイシャツを着てたたずむ女、映画でよくみるシーンだが実物をみるのは初めてだ。しかもワイシャツの胸は形よく隆起し、腰はくびれ、陸上で鍛えた脚は筋肉質で美しい。

「マリコさん、スタイルほんとにいいですね。君の大腿をみてると解剖の試験を思い出すな。ま

じで大変だった。大腿を輪切りにして日本語と英語で、無数にある筋肉、神経、血管の名前を答えさせるんだから」

「解剖の教授ってまちがいなくサドね。渉さんはS、それともM」

「人見知りで初対面はなかなかうまくいきません」

ぼくはキスをしたくなってマリコの唇に近づいた。と、彼女の唇から空気が僕の口腔内に吹き込まれて頬が風船みたいに膨らんだ。楽しそうに笑っている。いったいあといくつの初体験が待っているのだ。

「だってブドウを三回吸われたらプランBが発動されて、あたしここを出て行かなくちゃならないでしょ。実力行使で阻止したの。で、渉さん、口を開けて。口腔外科も廻ったから診察できるのよ」

口をあんぐり開けると、どこから取り出したのかペンライトで口腔内を照らし、指をつっこんで歯や歯肉を容赦なくぐちょぐちょやっている。

「ここに虫歯あるわよ。痛くない？」

「痛くありません。石井先生」

「あたしが治してあげたいけど歯科治療は無理だから、上手な歯医者さんに行ってね。福大のことは知らないけど、概して大学病院の先生たちは虫歯に興味なくて治療は下手くそだから、評判のいい開業医のほうがおすすめよ」

コピーの山は窓際の机に移して、ぼくは椅子にすわり赤ペンで過去問のチェックを再開した。マリコは本棚の本をみたり、台所でコーヒーを沸かしたり、ほとんど何も入っていない冷蔵庫に買ってきたものを入れ、明日やるといっていたトイレの掃除を始めた。人が淹れてくれるコーヒーはおいしいものだが、彼女のコーヒーは甘苦い味わいがあった。

夜が更けてぼくらは布団にもぐりこみ、柔らかな肌をよせあった。しかしぼくらはひとつになることはなかった。諧謔を交えたお互いの言い訳が行き来した。

「どうしたんだろ、姫の機嫌が悪いわ」

マリコは布団の上に座って首をかしげた。ぼくは汗気味の体を起こし彼女と向きあった。

「姫ってなに？」

「産婦人科のテストはいつ？」

「二月。そっか、子宮へのドアか。姫っていうんだ」

「うん」

「人見知りなんだよ。ぼくのワルサーＰＰＫも火を噴かないし」

「なに、ワルサーって」

「ジェームズボンド愛用の拳銃。別府から愛をこめて来てくれたマリちゃんへの祝砲をやりたかったんだけど。風邪なのかな」

「わーい、人見知りのふたりね！」

マリコは心から嬉しそうに笑った。

十月十日

朝食はマリコが作った。ぼくは試験勉強をしてマリコは部屋の掃除をした。肩がこったなという上手に肩をもんでくれた。近くの公園を二人で散歩し、昼食は外に食べに行き、部屋にもどるとテレビのスイッチをいれ、西武ライオンズと日本ハムのプレーオフ第二戦をみながら、コピーに赤線を引っ張り、付箋を貼る作業をつづけた。西武ライオンズが勝って二連勝と王手をかけた。江夏が攻略された日本ハムは広岡率いる西武に勝てないだろう。日本シリーズは西武ライオンズと中日ドラゴンズだ。

夕食は行きつけのミミに行った。初老の夫婦がやっているレストランでいつも学生でにぎわっている。

「ここのすき焼き定食がとっても美味しいんだ。ママがすごく優しい。ロンのような高級な料理じゃないけどマリちゃんに食べてほしい。安いけどぼくに払わせて」

「お金は関係ないよ。料理は気持ちが大切だもん」

ママは目鼻立ちの整った品のある人で若い頃はさぞ美しかったに違いない。ぼくが女性を連れてくるのは初めてなので、少し驚いたような顔をして微笑んだ。旦那さんがそんな奥さんをいつものようにニコニコと見守っている。二人は戦後に進駐軍が来た時代を経験している。〝米兵はヤンキーで礼儀がなかったけど、英兵はきちんとしていましたよ。礼儀ただしくってね。そのころダンスホールで働いていたんですけどね、彼女は誘われてもぜったい踊りませんでした〟そんな昔話をよくしてくれた。

「彼女です」

ぼくはマリコをそう紹介した。彼女という言葉を使いたくて自然に口からでた。ここで言わないと〝彼女〟と呼ぶ機会が訪れないような気がした。マリコは一瞬とまどったが、笑窪をつくってお辞儀をした。

「ゆっくりしてってね」

ママは嬉しそうな顔をした。

夕食を食べると汗がでてきた。風邪気味だ。マリコはハンカチを取り出した。

「洗って返すよ」

汗を拭きとってぼくは言った。

「いい。何もしないって約束でしょ」

夜の帳(とばり)が下りた野芥の路をぼくらは肩をならべて歩いた。

「美味しかったな。渉さんといっしょに、学生で賑わうお店で夕食を食べたのよ。ミミね、一生忘れない」

「おおげさだな。どこか行きますか。車ないけど頼めば友達が貸してくれる。バイクでタンデムならすぐ行けるよ。風を切って気持ちいいよ」

「ちょっと公園を歩いてアパートに戻りましょ。もう連休の半分が過ぎたのよ。はやくふたりきりになりたい」

部屋にもどると、かたい、かたいと言いながら彼女は肩をもんでくれた。公衆衛生の実習のレポートも明日までにしあげなくてはならない。そんな話をすると彼女がノートをペラペラとめくった。

「ねえ、雅代さんってだれ？」

「えっ」

「いろいろ書いてある」

大学一年から三年までときどき会っていた子だ。ぼくが入学した年に彼女も事務に入職した。きっぷがよくて嫌なことは嫌という子で好きになった。映画を観にいったり、ドライブをしたりした。ぼくのアパートにも何度か来たが、一線を越えることはなかった。大学を昨年退職した。授業中のノートに心に浮かんだことを書くのは高校の時からのクセだ。あわてて言い訳をした。そんなぼくをマリコは静かに笑いながら見ている。

彼女は台所でゆで卵をつくり、おつまみを作り、皿に盛り付けて二人で食べた。

「ねえ、この色紙はソシンってよむの？」

マリコは正座して本棚の色紙をじっと見つめている。

広中平祐が福大に呼ばれて講演したときに、タクシー乗場に待ち伏せてファンですといって書いてもらったものだ。ガードの学生は僕を彼に近づけなかったけど、彼はぼくの視線と手にした色紙を認めて近づいてきた。優しい眼をした数学者で色紙を受け取ると、ゆっくりと一画ずつ丁寧に書いてくれた。そして僕の差し出す手を強く握りしめた。握手はこういう風にするのだと教えてもらった気がした。

「そうだよ。素心」

「広中平祐って誰？」

「有名な数学者」

「数学も興味あるの」

「ない。ぼくの能力は進級できる程度だってことが一般教養の試験ではっきりした。テレビで広中平祐の数学の解説を見てたら好きになって、大学に講演に来るっていうからクーコといっしょに話を聞きに行ったんだ。色紙とマジックを買ったのはぼくだけだけど」

「クーコって」

「クラスメート。宮崎の子で貴重な試験前のコピー供給源。お世話になっています」

「素心…素直な心か、著名なおそらく受賞歴のある数学者にしては平凡な座右の銘ね。きっと深い意味があるんだろうけど」

「ぼくもそう思ったけど、辞書で調べたら〝かねてからの思い〟って書いてあった。初心っていうのかな。その色紙を見ていると、〝君が今持っている夢を持ちつづけなさい〟って言われている気がする。引っ越ししてもそれは捨てないで持ってくよ。一〇五号室の小世界で素心といえばマリちゃんかな」

「渉さん、にくい」

壁にはヌードのポスターを貼っている。鍛えあげ均整のとれた女性の裸体にはエッチをとおりこした美しさを感じることがある。そんなポスターだった。風呂からあがったマリコは何を思ったのか、その写真の横に座り込んで同じポーズをとりだした。

「どうしたの」

「このポスター好きなんでしょ。でも二次元の世界で抱けなくて渉さん可哀そう。三次元のマリコさんが渉さんの前に登場よ。負けてないと思うんだけど」マリコはしばらくぼくの目を見つめて、「渉さんのこと好きだから、何でもしてあげる」そういうと身に着けていた服をさっと脱ぎ捨てた。……しかし、その夜ぼくはずいぶん汗をかいた。風邪が悪化したのだ。マリコは一晩中タオルで僕の身体に流れる汗を拭いた。申し訳なかったが、おかげで夜が白みはじめるころにはずいぶん楽になった。曙光の白い明かりを浴びているマリコの寝顔を見ながら、ふと思った。この子といれば、ぼくの人生は光で溢れたものになる……それは考えてはならないことだと自分に言い聞かせていたはずだ。

十月十一日

連休最後の朝、マリコと一緒に過ごして三日目だ。彼女はぼくの部屋での生活にずいぶん慣れてきた。緊張はなくなり、お互いにため口で会話することも多くなった。そんな雰囲気のなかで、横になっているぼくをマリコがまたいだ。

「あーた、人をまたぐんやね」

「ごめんっていったじゃない」

「あやまればすむんだ」

「……」

「ガキの頃、よく叱られたから……。人をまたぐもんじゃないって……。だから、ちょっとね……、どうでもいいけど」

ペタンと僕の前に座った。

「ごめんなさい」

「足癖もわるい」

「……どうしたの」

「蹴った」

「蹴った？」

「うん」

「いつ？」

「夜。はじめて来た日」

「そうかしら」

表情が変わり、深刻な顔になった。

「ごめんなさい……。あたし、しつけは厳しかったのよ。でも、六年間、部活で男性にかこまれて生活したでしょう。だから、家に帰った時によく言われたの、母に。そんな風に育てたつもりはありませんって」

「いいよ」

マリコは寂しそうな顔になった。

「よくないわ……。ほんと、しつけは厳しかったのよ……。ごめんなさい。もう二度としない」

寝転がった僕の目をじっと見ている。寂しそうな目だ。女の子に面と向かって許せないことを言ったのは初めてだ。心を裸にされた気がした。……この子はぼくの心を食べはじめている。

マリコは台所に立ち、コトコトと朝餉（あさげ）をつくりはじめた。

朝食のあと大切なことを思い出した。明日提出の公衆衛生のレポートをまだ書いていないのだ。ほかの試験科目の準備もしなくてはならない。福岡浄水場のパンフレットを手に途方にくれたが、ふと妙案を思いつき、すがるような思いでマリコをみた。

「何いってんの。あたしは福岡浄水場に行ってないのよ。何も見てないし、説明も何も聞いてない。レポートを書けるわけないじゃない！　いくら渉さんの頼みでもそれは無理よ」

「君ならできる」

「いい、世の中にはできることと、できないことがあるのよ」

「真実はいつも単純なんだ。聞いて。生活排水とか産業排水というきちゃなくなった水がある。ばい菌でいっぱいで飲めないし伝染病になるかもしれない。この水が浄水場に送られて、少しずつ汚れが少なくなり、少しずつ綺麗になっていくんだ。その各段階がパンフレットに書いてあって、ぼくらはパンフレットの順番で見学したんだ」

マリコは観念したように窓際の机に座り、脚を組み、パンフレットに目を通した。

「君の頭脳と文章力と分析力があれば丸Aまちがいなしだよ」

「それは無理だけど、落ちない程度には書けるかも。ところでポイントは何？」

「ポイント？」

「そう、出題者の心にとどくポイントよ。あっ、この学生はよく見てくれたなってうならせるものが欲しいな。実習をさぼったんじゃないっていう証拠にもなる」

「赤い鯉だ」

「あかい鯉？」

「浄水場の最後の水のなかを赤い鯉が泳いでたんだ。きれいな水のなかを気持ちよさそうに安心しきってスイスイ泳いでた。レポートの最後は〝水のなかを赤い鯉が泳いでいた〟と書いてね、赤い鯉だよ」

「わかった。やってみる」

ボールペンとレポート用紙をわたすと、彼女は真剣な顔をして作業にとりくんだ。ときおり顔をあげてぼくの顔を見て、レポートに戻った。おかげでぼくは他の科目の試験勉強に没頭できた。一時間が過ぎたころマリコが、「できた」といった。

レポート用紙にはきれいな文字がうまっている。読んでみると福岡浄水場の情景が目に浮かぶようだ。〝浄水場で生まれ変わった水のなかを緋（あか）い鯉が泳いでいました。この水が再び飲料水として私たちの家庭にとどくのです〟としめていた。さらに最後には、ぼくの名前と、話した記憶はないのにぼくの学籍番号を書いていた。字がきれいすぎて筆跡鑑定をされたらインチキがすぐにばれるだろうが、公衆衛生のレポートではそれはない。

「うまいなあ。赤は緋鯉（ひごい）の緋を使ったんだ。辞書も見ずに書くんだ。思いつきもしないよ。すげえなあ。ぼくは一日かけてもこんな風には書けない。助かった」

「まさか福岡大学医学部の公衆衛生のレポートを書くなんて夢にも思わなかったわ」

「これ、ほんとに感謝」

「ううん、あたしが来たせいで渉さんの貴重な時間をつぶしたのは事実よ。これくらいお安い御用よ。でも楽しかったな」

「ありがとう」

「ねえ、お願いしていい。このボールペンもらっていい？　そしたら今日のこと思い出してニンマリできるもの」

「いいよ。あげる」

「やったー、緋い鯉を書いた渉さんのボールペン、もらっちゃった」

別れの時間が近づくなかで、マリコは机に向かって小さなメモ用紙に何かを書いている。

「渉さん、これ、あとで見ておいてね」

そういってピンクのメモ用紙をたたんで机の上においた。


ぼくらは野芥のバス停から天神行きのバスに乗った。アパートに来た時と同じように一番後ろの席に座って、体をくっつけて手を握りあった。まだ太陽が沈まないのでキスはできなかった。天神に着くとバス停ではなく少し歩いて橋のたもとに向かった。路上ライブの歌姫はいなかった。

「トワさん、ほかでやってんのかな」

マリコは寂しそうにいった。

「残念だな」

「こないだは『悪女』と『スローモーション』を歌ってもらった」

「ジルバを踊ったね」

「楽しかったな」

「トワさんの歌う中森明菜、よかったな。夏の恋人候補が秋の恋人になったよ」

「そうね。あたしは予言者かしら……。違う、渉さんがあたしを受けとめるの。ふつうあたしは自分でブレーキをかけるの。やりすぎたかなって。でもあなたといるとアクセルをこれでもかって踏んじゃうの。それでもあなたを抜ける気がしない。こんなこと初めてよ」

「……トワさんがいたら何を歌ってもらうつもりだったの」

「『ひとり上手』出だしの歌詞が今のあたしの心にぴったり」

「どんな歌詞？」

「私の帰る家は
あなたの声のする街角
冬の雨に打たれて
あなたの足音をさがすのよ
あたしの帰る家は野芥の春風荘の一〇五号室なの。渉さんのアパートなのに、あたしは別府行きのバスに乗るの。どうしてなの、どうしてこうなるのって感じ……。ねえ、公園に行きたいな」

「バスの時間はいいの？」

「今日中に着けばいいから遅いのにしてもいい」

「近くに警固（けご）公園がある」

ビルの路地を歩いて公園にでた。黄昏が公園をうっすらとつつんでいる。ぼくらは茂みのほうに歩いて行った。強く抱きあってキスをした。長い、長いキスをした。

「もう行かないと」

マリコがいった。

「ねえ、あれやって」

「なに？」

「風船キッス」

マリコの唇から空気が送られて頬がふくらんだ。

「笑える」

「ねえ、みて、ビルの上の雲がきれい。夕焼けに染まってる。渉さんの手紙を思い出すな『モガリ笛いく夜もがらせ花二逢はん』二人の運命が重なり、二人だけの海の上、汐風に乗って名も知らぬ歌姫の歌声が聴こえてくる。『風に呟くこの想い　夢に揺れ　時に流れてキラメキとどけ』……あたしはいままで見たこともない景色をみている」

ぼくはマリコの手をとった。肩をならべ、手をつないで、バスセンターへ向かった。

マリコはバスセンターの券売機で別府行きの切符を買ってバスを待った。バスが来ると列の一番最後に立ち、何度もぼくをみながらバスに乗った。席につくと窓をあけ、バスが動きだすと手を振った。ぼくもバスが角をまがり見えなくなるまで手をふりつづけた。

アパートに戻って机の上にたたまれたメモを開いた。ほんとにきれいな字を書く人だ。


帰る時間が少しずつ近づいてます。

帰りたくないのは、とってもいっぱい！

一人のアパートなんかまっぴらなのもいっぱい。

でも、ずっと顔合わせてたらお互い、いやになるかもしれないって自分に言いきかせてかえります。

また時間がつくれたら、いや創って福岡へ来ます。Wataru さんの所へ！

風邪はやくなおしてね。

テストは大きな自信でのりこえて下さい。

S57.10.11 PM.2:40

Mariko

3

十月十二日

午後九時

長い長い一日が終わりました。ゆうべ（十一日のよる）電話のあと、うとうとして渉さんの夢を見ました。

今朝おきて（Wataru call ありがとう）パジャマのうえにカーデガンをひっかけた時、六年間の学生時代の冬を思い出しました。ひんやりとした冷気の中、台所へ向かいながら、この寒くてどこか寂しい感じを渉さんには味わわせたくないと思いました。

私の部屋は別府にあり私の一部です。ゆうべ帰った時も暖かく主をむかえてくれました。何もかわってはいませんでした。でも今朝の出勤の途中で見慣れたはずの風景がなんだかちがうことに気づきました。朝の冷気、朝のにほひ、いつもとちがうんです。

昨夜別府市内に下るバスからみた夜景を思い出しました。別府湾をとりかこむ市街がネオンにきらめき、いく筋もの湯煙が立ちあがる幻想的な景色はまるで私の心を描いているようでした。闇のなかに貴船城が雄々しく浮かび上がり、私を見つめ、守り神の大白蛇神金白龍王の声がきこえてきました、

〝福岡での連休はどうだったね〟

〝とても楽しかった〟私は目を逸らさずに答えました。

今日は朝からおなかの中に風船でも入れられたみたいに何やら苦しく（ステーキのせいでもなかろうと思いますが…）朝、昼、晩と何を食べてもちっとも味がしませんでした。これがホントかウソか、渉さんにはわかると思います。

仕事も手につきませんでした。誰とも口をききたくなくて困りました。（だって患者さんに何やらかにやらと説明しなくてはならないでしょう？　時々、えーとこの症状はですね…とか、あのですね…とか言いかけたまま、言葉がとまってしまうことが何度かありました）

そして夕方、少しおちついた頃、〝渉さんの虫歯の治療は私がしてあげたいけど専門じゃないので誰かうまい歯医者の先生にしてほしいな〟って思いました。ホントよ。

朝　　渉さん、まだ勉強してるな

昼　　渉さん、さくたくんとごはんたべてっかなー。

四時　渉さん、たいくつな授業中、さくたくんにもう話したかな？

夕方　お花のけいこ今日はしたくないなー。さくたくんと図書館いったかな。

夜　　九時前バス停で思ったの…渉さんミミにいってるかな？

十月下旬、怜子さんと浪人時代のグループの集まりがあるような気がする。悪知恵が

むくむく！

今日はさくたくんへのプレゼントもあり封書にしましたが、これからはずっと封書にします。だって私の気持ち、たとえ郵便屋さんだってみてはだめ！　あつい気持ちが封筒の中から逃げ出さぬようにしっかり封をしなくっちゃ！

God Bless A Couple! このカップルに祝福あれ！　残念な事に福ビルで買った板ハガキはBIESS とアルファベット一文字だけ小文字になってんの、ショック！　BLESS が正しい！　そのうち届けますね。

それから風邪が心配なのでトローチと鎮痛剤入れます。どこでも痛い時にいいよ！　大学病院には保健室がなくて不便なのよね。

あっ、言い忘れた。今日ね、みんなにいわれたの。〝先生、今日はとってもきれい。お化粧ののりがすごくいいですヨ〟むふふ、私、恋した女。いーや、恋してる女性は美しい！　ということばを実感しました。鏡のぞいたらホントだった。

渉さん、一生けんめい勉強してね。机にむかってる渉のしぶい横ガオとってもいい！　あれ見ながら編物でもできたらさいこうなんだけどな。さぁさ、Study Study! しけんってすぐすぎます。そして十月末、石井さんは怜子さんたちと浪人時代の友の集まりがありますよー。

ちんつう剤、私ものもうかな。のんだら胸のいたいの治るかな。

明日から又がんばります。だって、ぼーっとしてて十月末にお給料もらえなかったらこまるもん！　お互いくるしーのはおあいこだから、どっちががまんできるか競争よ！　それから同封の歯ブラシはさくたくんへのプレゼントです。他のサーフィン仲間の数きいたでしょう？

皆さんに歯ブラシさし上げるつもりでしたが、他の皆さんにはアバンチュールは終わったという事になりそうですからさくたくんだけに！　そのへん渉さん、よろしくね。

こんな私でも渉さんに話した通り、何度か男性に好意をいだいてもらったことはありますが、いつも同情のたぐいでちっとも前にすすみませんでした。私の方もすっかり調子にのり甘えてしまっていました。

今度はちがうと思います。こんなに active に straight に求愛されたのも初めてだし、私自身がこれだけ素直になれたのも初めてです。

私には多分婚約者をすてるだけの勇気はないと思います。でも渉さんに対しては自分の気もちがある分、精一杯ぶつかっていきたいと思っています。

今はお互い許されるだけの Space を使いつくしましょう。

体、気をつけて。お医者さんの卵なんだから！

Mariko

My Dear Wataru
西武　おうえんします！
東尾　わかるようになります！

十月十三日

午後十一時十二分　勉強会あり帰宅おそし

私の大切な渉さんへ

きのうはさくたくんだけぎんいろの手紙だったので渉さんがすねてはいけないと、急いで今日はぎんいろにしたよ。

ごめんね。こっからボールペン。私ってホントにはくじょうなのね。だって今日からしっかりごはんの味がするんだもん。そして仕事もようやく手につきはじめ、むずかしい事やめんどうな事もすすんでやったりして充実しています。よい意味で渉の influence? でも夜、勉強会のときケーキに手を出さなかったら、〝どうしたの？〟って言われ、思わず〝恋わずらい〟って言いそうになり口をおさえました。渉さんの事もあんまり頭の中をうろうろしなくなった。というより目の前にあるカルテの字や文献の字が、ちゃんと目に入るようになりました。でもね、渉さんのこと忘れたんじゃないのよ。時計を見る事があるでしょう？　そのたび考えてるよ。今頃何の授業かな？　元気してるかな？　勉強終わったかな？　今部屋で一人かな？（勉強会のときちらりと時計みて！）二人だったりして…

そして今日の帰り道（もちろん昼休みなんかにも考えたけど）つくづく思ったの。今の今の私たちだったから、こんなにぴったりひき合ったんだろうって…今の私の、渉さんのどこか少しでもちがってたら絶対こんなことありえなかった！　たとえオータニで出会っても…。朝のバスの中や昼休みなんかにふと思い出しては赤くなっています。ホラ中洲の那珂川、中洲からのバスの中、警固の公園のしげみの中におとしてきたちょっとロマンティックなおとしもの…この試合、渉さんより私の負けみたい。電話の約束も私からやぶるし…今週の週末も福岡にいきかねない勢い…渉さんといられるなら私も福医の前期テストうけていい！　あたしよわいんだな。涉さんのすいつくような目、泣きださんばかりの顔、すがりつかんばかりのハート！

あたしとの別れを惜しんでくれたひと…私今にも電話線の中に入り込んで春風荘105号に走っていきそう。

ところでけさは助かりました。6:30AMに目ざましはきいたものの涉コールが7:00AMになければちこくするとこだった。

中日おめでとう。あと2勝でいい！

大日ってひどいぞー。けさの新聞の見だし、中日ひんし！

今は十一時半ちょっと前…わかるんだ。涉さんさいこうにのってstudyしてるって…あのしぶい横ガオ（きのうもかいたっけ？）でも中味は赤えんぺつで線引きをして去年の問題のけんとうだったりしてちょっとたよりない…よいよい、涉さんなら何しても！

今晩、私のコピーは学校でちゃんとおねんねしてるでしょうか。緋い鯉も…あーしゅんぷうその105号がうかんでくるー。そーとー重症だ。はやくねなくちゃ！　そうだ　これから毎晩涉さんが気が狂うよう祈ろう。そしたらTELがくるもん。しけんよ。はよ来てはよおわれ！

中日絶対まけちゃだめ！　涉さんにあついキスをおくって今日はおわります。平面にKissするからうまくいかないのかな？　うまくいかず創作！

あー、いま東尾がうつったぁ！

ではではほんとに　おやすみ

十月十五日

My Dear Wataru

この手紙がいつ、しゅんぷーそーにつくか不安に思いつつペンをにぎりました。ともかく、今、渉さんはしけんの嵐の中につっこんでるところ…そして私はいつもの通りの日々をすごしているところ…おそうじをしにいってあげられないし、ごはんのしたくもしてあげられない。チョコレートを同封してあげることくらいかナ。

こちらは今、10/15（金）のよる。あっという間にまた土よう日がやって来ます。さらいしゅうの今夜を思うと心臓がどきんどきんとします。

いよいよ渉さん発狂してるんじゃないかとひそかに心配しています。

さっきいつもの通りの毎日…と言いましたが、やっぱり少しずつ変化はあります。研修医って先輩の先生の指導と許可のもとに医療行為が許される、まさに半人前の医者です。国家試験に通った喜びも束の間で、四月に働きだした頃は処方箋の書き方も分からなくって、看護婦さんに注意される事も多かったな…「先生、薬の量が違っていますよ。患者さん死んじゃいますよ」なんてね。卒業したての研修医なんて病院のスタッフは端（はな）から信じてなくて監視の目を光らせてんの。朝の採血もうまくできなくって涙がでてくることもあったけど、入局から半年たってそのへんは少し余裕がでてきたかな。その分、英語論文を読む時間がとれるようになりました。大学病院って県内外の病院から、診断がつかなかったり治らなかったりした患者さんが集まってきて重症の患者さんが多いの。受け持った難しい患者さんの診断や新しい治療法を世界の最先端の論文から探すのです。
　それと渉さんの大嫌いな渡辺淳一（笑）じゃないけど、病院にはドラマがあります。先日外来で講師の先生のブースから若い女の子が大きな声で泣きだしたの。あとでわかったんだけど、中学のときに白血病の治療をして完全寛解した子だった。そのときの体験から彼女はナースに憧れて別府病院の看護学校に今年入学したんです。最近めまいがするんで中学のときに治療してもらった小児科の先生を受診したの。ほんとは内科だけど、希望したみたい。採血をしたら白血病が再発して…それをつげられて彼女は火がついたように号泣したんです。上の先生たちや看護婦さんは淡々と話すけど、あたしのような新米は感情移入して神様は何を考えてんのって涙が浮かんできます。そんなこんなで今日はつかれちゃった。医者の仕事って毎日新しいことの出会いです。非日常の連続ともいえます――非日常って好きな言葉なの、なんだか新鮮で癒される気がして――でもね、あたしにとっての最高の非日常は渉さん！　もう絶対離さないからね（笑）
　突然ですが、
（一）この間〝みみ〟で渉さんにかしたハンカチ、まだ洗わずにもっています。だって渉さんの汗がついてるんだもの！
（二）渉さんにもらったお人形、居間の電気にぶらさげて、あさにばんに touch, touch（タカチホの方は台所のかべにいて朝おはようってしています）
（三）プレゼントにもらったアルページュを毎日つけにつけてお出かけしています。（自然な香りなので小さな患者さんたちがいい気持ちで治療受けられるといいね）

私も毎日きつくないっていうと嘘になるけど、やっぱり別な面から見れば、学生さんよりうんとらくちんになった面はあります。渉さんのそのプレッシャー、いく分かでも、もらってあげられたらって思うのよ。

何もしてあげられなくってとっても残念です。だからせめて気分転換になってもらえればと手紙をかいています。これはあたしにとっても挑戦かな…

体に気をつけて、はじまったばかりのautumn festivalたのしんで下さい。

♡　チョコレート　重量制限の為　小さくてごめんね。

十月十六日

おかえりなさい。

今日の外Iのできはどうでしたか？　できたかな。Dermoid cystは外II？　このあいだ赤線ひいていたとこ出たかな？

今日ね、またわたるさんの事考えたの。『ドクター・ストップ』の松田優作、かっこいいっていってたでしょう？　考えたらわたるさん似てるよ！　わたるさんがDrになったらもっとすてきだと思う。カッコよさはさておいて…（今そんなことは問題ではない！）わたるさんのほうがゆにーくだし（なんたって、ほっ！ほっ！ほっ！くらぶの会長さんだってやってるし！）とにかくあらゆる意味でいろんな経験してるから、ゆーさくさんみたいにぶすっ！　としたり、田村正和みたいなしゃべりかたなんかしないもん。とってもすてきなお医者様になれると思います。ほんと！

あたし忘れずに覚えています。九日の夜、ピーターパンまでむかえにきてくれた渉のカオ！

ずっと手をふってくれたワタルのカオ！　勉強する時のわたるのカオ！　もう一回しっかり見に行くからね。

さて、今日の御ほうびを同封します。しゅんぷうーそーは自販機に遠いんだもん。でも吸いすぎに気をつけてね。せっかく風邪から立ちなおったのどを大切に！

明日一日休みだけど　気を抜かないでね。お風呂にはいります。ではこのへんで。

Mariko

大切な渉さんへ
しらじらしいので　いいかえよう
大好きな渉さんへ
すきすきすきすきすきすき　ぶちゅ！　すきすきすきすき　がぶっ！　すきすきすき　ちゅーっ！

十月十八日

Good morning Wataru!

今日は例の連休以来、久々にのんびりすごしています。

ゆうべ、何やらうまく通じ合わないＴＥＬがあって、これからがちょっぴり不安にはなりまない事実だから…

した。でも気にしないワ。私が渉のことすきなのは誰が何ていおうが、誰もどうする事のでき

今ね、おきたまんまの恰好で、コーヒーをのみつつペンを走らせています。なんつーとすご

くかっこいいけど、見てみれば大してかっこいいもんじゃないスね。誰に気がねする事なく、

何の schedule にもしばられず、ぐーです。午後はちょっとお出かけでもしようかと思ってい

ます。私も女だから、街だって歩いてみたいし、とにかく本屋さんにいきたいの。目のいやし

い（昔父が私のこと、そういってさげすんだ！）私としては少し大きい本屋さんには定期的に

行かないと、禁断症状が出ちゃう。

さて、この手紙をよんでる時、のけのしゅんぷーそーあたりはまっくらで、ちょっぴり肌寒

くて105号の中は〝しけんやー〟といううえもいわれぬ濁流がうずまいていることでしょう。渉は

さっきつめこんだばかりの薬理が（ン？内Ｉ？）頭からこぼれぬようトイレにいく時も台所に

いく時も、頭を動かさずころばぬよーに、そろり、そろりと歩いてる…でしょう？

そんな渉に私はささげます。

必殺強力洗浄力のシャンプー！

今夜はこれでよーく頭を洗って下さい。さすればさっきまでつめこんでいたもろもろの知識

が、きれいさっぱり整理されるでせう。いやホント！　頭部の血流をよくしてやって下さい。

このまえの英語論文の話で、どうしてあたしたち研修医がやっきになるかの理由ですが、大

学病院の患者さんは開業医や総合病院の先生たちから紹介されてきます。診断がつかなかった

り、教科書に書かれている治療では治らなかったからです。医療は日進月歩っていうけど、そ

の最先端が論文にあるんです。論文には背景が書かれていて過去の論文が経時的に記載され、それを注意深く読むことで理解が深まるし、見落としていたことに気づいたりします。

英語論文はその他にも抄読会に必須です。抄読会の担当は順番で回ってきますが、そのプレッシャーがすごいの。だって先輩の先生や同期の研修医の前でするからちゃんと読んどかないと恥ずかしいでしょ。論文の入手法だけど病院には製薬会社のプロパーが何人も出入りしていて、この人たちにお願いすれば欲しい英語論文のコピーがもらえます。——ほんとは図書館で調べた方が面倒なだけ身につくんだけど——交換条件があって論文をもらった薬屋さんの薬を使うことです。調べられるわけではないのですが、人情として処方することが多くなるかな…

プロパーさんたちは男性が多く、医局の前にずっと立って目当ての医者と話をしようと待機していて大変だなって思います。彼らに限らず、先輩の男性のお医者さんたちもクタクタに疲れています。女医さんが楽をしているというのではなく、彼女たちは結婚とか出産で前線を離れることもあるけど、男性医師は家庭を背負って重圧に耐えている悲哀のようなものを感じることがあります。女医さんが出産や体調不良で抜けた穴を男の先生たちが文句もいわずに当直とかをカバーしているのをよく目撃します。テレビでいろいろ言う人はいるけど日本の女性は男性に守られているところがあります。男らしさや女らしさを差別と批判する人たちはどこか政治的な匂いがします。らしさって誇らしいことであり、なんといっても自然なことです。あたしは胸をはって女らしさに磨きをかけるよ。渉さんからもらった香水をつけてね。…ツバメ？　ヒモ？　希望の渉さんの気持ちよくわかります。マリコさんにまかしといてね！

それと渉さんのふられるわけ、少しわかりました。賢すぎる！　のです。博学すぎる部分がある！　のです。それで、つき合っている女の子が自分の限界みえちゃうんじゃない？　私は賢いなんていいませんが、まだ限界がみえてないので手紙書き続けます。

あと十二日で会えます。

十月十九日

Hello, Mr Wataru!
先日話した白血病が再発した別府病院の看護学生、佳世ちゃんというんだけど、彼女が今日入院してあたしが主治医になりました。病歴をとったので詳細がわかりました。彼女は中学で発症してここで診断がついたんです。治療にはプロトコールがあってそれにそって治療して高校生で完全寛解したんです。入退院を繰り返し、看護婦さんたちと仲良くなって、励まされたりして看護婦になろうって決心したそうです。入院のたびに研修医が主治医になったので――大学病院は教育病院でもあるので研修医に患者をふりわけて様々な疾患を勉強させるのです――あたしが病歴をとっていると病棟の先輩たちや偉い先生が近づいてきて、めったに見た事のない優しい顔をして〝佳世ちゃん〟って声をかけていくんです。なんかいいなって思いました。彼らの書いた古いカルテをみると稚拙だけど、一生懸命彼女の病気を治そうって頑張っていて、けっして諦めてないことがわかります。看護婦さんなんか彼女と抱き合ったり涙をながしたりしているの。あたしは研修医で言われるままの治療をするんだけど、主治医になったのだから、なんとしても佳世ちゃんを治して、看護学校に復帰してもらって、ナースになってもらいたいの。だって患者さんの心の痛みや苦しみや悩みといった、医者ができないことを彼女はぜったいできるでしょう。だからあたしは時間があれば論文を探してます。きっと彼女を救う、新しい治療が世界のどこかにあるはずって思いながら…。

さて、今日の薬理どうでしたか？

私はゆうべ寝てから一時間くらいしてからと、あけ方五時頃、ふと誰かにおこされるように目をさましました。何でかなあ？　そして、あさの淡い光のなかで変な気持ちになりました。すごく恐れているのに、ついにその日になっちゃったのに、反面いなおってるっていうかんじ…

Wataru call のおかげで私もちゃんと仕事に間に合っています。渉さんのこと、あれこれ考えては、ぶつぶつひとりごとをいったりにんまりしたりしています。はやく会いたい。とても三週間はまてないと思ったけどもう一週間すぎました。月末に又いく事を考えたら、あれこれとする事がいっぱいあって忙しい二週間になりそうです。頑張るよ！

渉さんも週末に二日続きがあったりして大変だけど、鼻血を出しても頑張ってね。忙しくてＴＶのＣＭすらみてないと思うけど…案外ＴＶの前にすわりこんでいるかも…。

私には〝ひとことだけ〟なんてできなくって、又いろいろかきました。

＊おくちにあわないかもしれませんが、うめこぶ茶三袋おおくりします。あついおゆ80〜１００ccをそそぎ、ぐっとめしあがりくださいマセ。よい考えが浮かぶかも…

今夜はＴＥＬしてかまん day よ！

十月二十日

おかえりなさい、渉さん
今日の図書カンどうでした？　よくべんきょうできましたか？　いよいよ今シーズン最大の山場、二日続きの苦しい週末をむかえていかがですか？　私もその分ＴＥＬをがまんします。

きのうは、夜ねてしまってごめんね。夜中目をさましてあせったけど…ビールのみつつＴＥＬをにらんでいる渉の姿がうかんでは消えました。ほんとうにごめん。おまけに、けさ〝がんばれ call〟も忘れてしまってごめんなさい。気づいたら九時十分すぎ、患者さんの胸に聴診器をあてていました。そして今…このびんせんの横にはやたら厚い本が二冊とコピーが数部…そうです。あたいも Study しているの。「TITLE よろしく敗血症と抗生剤の使用法…

私も同じ夜（ゆうよは一晩しかないの…）に渉と薬理をやっています。あと三時間しかないわーとにかく参った！　だって帰る前にいわれるんだもん。

それから来週から佳世ちゃんの抗がん剤治療がはじまります。治療を開始すると副作用で髪が抜けたり、白血球が減少して感染症のリスクがでてくるので要注意です。月末に福岡の友人と会う約束をしているって指導医の先生に話したら、毎日夜遅くまで大変だからゆっくり休んできてっていわれました。佳世ちゃんに相談したら、リフレッシュして、生気のある元気なマリコ先生になって戻ってきて、私の白血病をやっつけてって背中を押されました。「彼氏に会うんでしょ」とも言われちゃった。横にいた看護婦さんがウインクなんかするのよ。あたし思うんだけど、病院ではみんな一丸となって病気と闘っているんだけど、その根底にあるのは愛情だなって。医者だけじゃほんとになにもできないって思います。

万難を排して、みんなに助けられて私はいきます！　今夜は手仕事はおやすみです。本にかこまれてペンを走らせたり新しい知識にふれたりしている時に、何ともいえないよろこびにひたれるくせに、やっぱりあみものやぬいものをして、夜をすごしたい気もちも大きくて困ります。私はやっぱりあんまりキャリアウーマン型じゃないかも。さあ！　お互い薬理がんばろう。渉さん、内Ｉと医保うまく配合して頑張んのよ！

ぶちゅ！

Mariko

Wataru さま
さきほど電話で最近、新鮮味がうすれてきたとのことですので…ここでひとこと！

私、渉さんの子供なら産んで育ててゆく意志はあります。ただし他の人ならすべてバツです。たとえだれでも！　決してお世辞じゃありません。何ていうのかな、世の中にたぐいまれなる人間性に魅せられて…

しかし、なかなかいう事をきかない子で一生ふりまわされそう…お互い二週間目に突入して疲れているのよ、きっと！　でもこれだけはいっとく！　私、絶対に渉さんのこと忘れてもないし、考える時間へったわけでもないから。これは三十日に会ったら証明できると思います。

それでは！

Mariko
P.S. このびんせん　もようの方を使うんだと思いませんか。

十月二十一日

昨日ご依頼のありました病理検査の結果が出ましたのでご報告いたします。

結果は〝ほとんど病気〟です

冗談はさておき、内Ⅰも終わった事と思います。どんなでしたか。明日は医療保障ということでちょっぴり息抜き日ではないかと思うけどそうではありません？

今日ね、カルテを書きながら「今日は何日かな？　あと十日ね。十日かあー（にんまり）うれしいなぁ」とついついつぶやいてしまったら、すかさず横から「先生、なんかいいことでもあるの?」って他の先生からいわれてしまいました。危ない、危ない！

それはいいんだけども、あと十日となると、自分でこれだけは…と福岡へ行くまでにしなきゃいけないことときめてあるんだけどもその方が圧迫感を増します。がんばろう！

勉強会も何とか終わったことだし今日もとっても忙しかった！　でも日に日に充実してくる！

さて、楽しい三十日…、土よう日の夕方デートするなんてすてきね。

ふと、渉さんのおともの女の子の名前はなんだろうってかんがえちゃった。

〝じゅん子ちゃん、まゆみちゃん、あけみちゃん、すみこちゃん、たえ子ちゃん、さちよちゃん、ゆきこちゃん、みさこちゃん、はつえちゃん、ゆみ子ちゃん、よし子ちゃん、りえちゃん、きょう子ちゃん、てるちゃん、みほこちゃん、けいこちゃん etc …〟誰でしょうね。御自由に！

でも、私だって糸のようにからんで負けないから！　よろしく

Wataru さんへ♡

まり子ちゃん

十月二十三日

Wataru さんへ

おかえりなさい。

テストも二週目に入り、ずい分くたびれている事と思いますが、いかがですか。今日のテストは衛生学と公衆衛生…どうでした？　緋い鯉は出てきたかな。

けさはとっても寒かったです。久々にちょっと遠回りの各停バスに乗りました。こっとうやさんのとなりに、小さなとうきやさんがありました。あんまり新しくもなく、しゃれてもいない、おゆのみやおちゃわん。ちょっとかっこわるいずんどうのコップ。でもその厚ぼったいガラスのコップが朝日に光ってとてもきれいでした。朝ってほんとうにすてきです。すこしねむいし、それよりもうすこし寒かったけれど、なんだか元気がわいてきました。

今日も忙しかったなあ。来週からはじまる佳世ちゃんの抗がん剤治療について指導医と血液グループのリーダーの先生と打ち合わせがありました。病院実習をしている看護学校の同級生も夜になるとやってきて、彼女の部屋からは明るい笑い声が聞こえてきたけど、友達が帰ったあとに部屋を訪ねると、彼女の目は少し潤んでいたの。治療の話をひと通りしてから初恋やど

の先生がタイプなんて雑談になってしまいました。あたし、渉さんとのこと話しちゃった（さらっとだけどね）。佳世ちゃんは応援しますっていってくれたのよ！　それから勉強会や抄読会の準備やカルテの整理を終えて、帰宅は十一時半でした。

きのう…（うちは月、木に白衣が新しくなる）渉さんにもらったボールペンが見当たらずすごくあわてました。そのままクリーニング屋さんにいっちゃったら多分もどらないだろうから…案の定、古い白衣のポケットに入ったまんまクリーニングに出る寸前でした。私が騒いだおかげで無事もどりましたが、半日間は離れていたのよ。淋しかった！

今日は頑張れコール、忘れなかったでしょ？　むふふ！

「愛はさめたんやネ」なんついわれると、心が痛いから。

さてさて今日は、おっとっと、というおかしを送ります。（たい　くじら　ひとで　たこ　いか　ふぐ　あゆ　かめ　かに）が入っています。どれがどれかあててみて！　それから〃いってきます〃もあげます。毎日元気に出かけよう。

じゃ週末にむかって！

秒読み開始！　残り七日間でーす！

With all my heart

Mariko

Wataru どん

十月二十四日

診療簿
主治医　石井真理子　昭和57年10月24日作成
症例 No 853 氏名　福岡渉　男　25歳
診断　春望　r/o 恋泥棒
おかえりなさい。今日の便箋は病院のカルテを使いました。こっそり病棟から数枚持ってきちゃった。なんだかおしゃれでしょ…渉さんの病名は恋泥棒にしようかと思ったけど、『春望』にしました。恋泥棒は除外診断ね（笑）。あたしはキミのせいで、花を見ても涙がこぼれるような恋をしてしまったのよ！
渉さん、あすはいよいよ内Ⅱですね。そのあとは外Ⅱだけ…頑張ろう！
あすの月よう日は忙しい日で佳世ちゃんの治療がはじまります。白血病細胞を叩いて、叩いて彼女の体内から悪魔を全部追い出してあげたい。でも抗がん剤は正常な細胞にもダメージを与えるの。発熱や消化器症状を注意して診ていかなくてはなりません。
火よう日はお花のおけいこで夜おそい。水よう日は勉強会でこれまたおそし。木よう日は患者さんの採血が多い日。私も渉さんといっしょに頑張るよ！　週末めざして！
さて週末の土よう日ですが、待ち合わせの場所を考えました。月なみではありますが、人が多くても人目につきにくい所で、そしてまちぼうけをくってもあきないところ…
天神地下街のまん中…時計のある、赤いTEL Boxの前はいかがでしょうか。多分岩田屋、福ビルの下になると思います。百円コーヒーショップのあるところです。いいでしょ？　たくさん、たくさん、人が通っていて、どこから私があらわれるかたのしみじゃない？　逆も同じ…私の方がはやくついたら渉さんのことまつの、たのしみだもん！　それに渉さんのばやい天神地下街の案内嬢なんかとも顔見知りだし。いい？　ね、いいでしょ？　またＴＥＬで決定しましょう。

それから土よう日は、なるべく早目に夕ごはんをすませて、はやくしゅんぷーそーにかえりましょう。（むかし〃ほうれんそー〃っていうアパートの出てくるまんががあったね！　しゅんぷーそーって、ほんと学生のすむあぱぁとにふさわしい名前です）

今考えています。もう十時半すぎ…来週の今頃、ちょっぴり疲れた体でアパートに帰ってきたところだろうな。

渉さんに会いに行ってうれしかった気もちと、別れてきた悲しみと、どっちがどのくらい多いかな。でも、この２週間、月末だけをたのしみに頑張れたんだから、又その次をたのしみに頑張る活力源になるでしょう。もうすぐしたら手紙じゃなくって本物がいくからまってて下さい。

10/24 Mariko

Wataru さんへ

P.S. 同封のバッグスバニーは Air Freshener で私もおそろいです。どこでもぶらさげてね。離れているけど同じ香りでつながるね…（バッグスバニーはニンジン片手に、長い脚をクロスさせて、悪戯っぽく笑っていて大好きなの、憎めないウサギでしょ）

十月二十六日

さあ、余すところ外Ⅱだけとなりました。手がたく頑張ってまいりましょう。

さて、先日は誠に申し訳ない事を致しました。料金不足をおこすとは手紙魔の風上にもおけぬつらよごしです。土よう日しっかりお叱りおき下さいますよう！　しかし不足料金の請求が、封筒に借用した見ず知らずの化血研などにまわらず、まずは安心致しました。

今朝は佳世ちゃんが嘔気（おうき）を訴えました。昨日から開始した抗がん剤の副作用です。彼女の場合はすでに中学、高校と治療を受けてきたので、経験があるという意味では慣れているけど不安は隠せないようです。再発なので予後は楽観できません。彼女の明るさと病棟のナースの支えがとても心強いです。

さて本日の品は、日本の医学生として強く生きるため、医師としてのモラルに今ひとつ迫れないキミのために、そしてハイライトを送った責任者として第二弾のミサイル、十発送ります。外出先ではともかく、〝しゅんぷーそー〟ないでウロウロしてモクを吸われる際は必ず御使用下さいます様、お願い致します。

土ようは一刻もはやく〝ゆふ号〟に飛び乗り！　日よう日は一刻もおそく最終の〝ゆふ号〟に間に合う！　これをめざして頑張りまーす！

今日はね、水よう日の患者さんの為、少し居残りして病気の予習をしました。木は勉強会があります。そしたらあーっつう間に土、日ですね。

急に眠気が来た…おやすみなさい、太平洋にどぼん！

涉様

十月二十七日

もしも…試験終わっていたらおめでとう！　お疲れ様でした。赤い♡のスタンプを渉さんへ！　水、木、金…土、きゃ！

それとも外科を残すだけかな…渉さん、余力残っている？　ほんと、何もしてあげられないけど（電話でじゃまばっかりして…）頑張って下さい。

外はピューピューと冷たい風が吹いて、道行く人は前かがみ…ほんとに冬っていう感じ。月末もこんな寒さじゃ困るなぁと思ったけど、〝ゆふ号〟には暖房も入っているし、なんつってもしゅんぷーそーにはこたつが登場したのだ！

指導医の先生に最終確認をしたところ、受け持ち患者で一番気になる佳世ちゃんは私たちが見ておくのでゆっくりいってらっしゃい、とのこと…むふっ。

今、渉よりＴＥＬあり…明朝、起床時＆出勤時に call せよとの命あり！　がむばる！　お風呂入って来ます。よろしく。

…そしてあさ！　今ＴＥＬ終了。

いってきまーす。

やっと会えますね！　まりちゃんより

十月二十九日

試験終了おめでとう。これから来年二月まで、しばらくは試験地獄に悩まされずに済みそうね。元気いっぱい、あそんで下さい。それがよいDoctorになる秘ケツです。

うさぎさんの手紙が届いてないとのこと。郵政省に抵抗すべく今回は定形でせまります。一応しけんが終わったので、こちらのレポート提出は一時休みたいと思います。何分よろしく。

まずは、しけんの疲れを、よくとって下さいまし。

♡のスタンプをWataruさんに贈呈！

あすまでに元気になってね。

元気よくサーフィンに行こう。

佳世ちゃんが笑顔で右の親指を立ててくれたよ！

まりこ

4

十月三十日

その日がやってきた。試験期間中は余裕がなくて極力電話をしないようにしたが、どうしても徹夜になりそうな夜に、お願いして翌朝寝過ごさないように電話をしてもらった。暗記に没頭し、わずかな時間を安心して熟睡することができた。夜の短い電話は息抜きになり、彼女と話すと気力もわいてきた。ほぼ毎日とどいた手紙は心に安らぎをもたらした。しだいにマリコはぼくの生活の一部になっていった。彼女以外の女性は輝きを失った。今日はぼくをそんなにしてしまった女性との再会だ。十月の連休につづく待ちにまった逢瀬(おうせ)だ。

天神地下街の赤い電話ボックスの百円喫茶に先に着いたのはマリコだった。マリコは長椅子に背をのばして座っていた。左後ろの方から近づくぼくを認めるとすっと立ちあがった。蘇芳(すおう)のスカートと白ニットのセーターが清らかに身体をつつんでいる。

今にも抱きあいたい気持ちを抑えて、ぼくらは地下街を歩いた。少し行くと天神地下街の案内所があり、案内嬢が可愛い帽子をかぶって座っていた。マリコは僕を睨むふりをした。

野芥のバス停で下り、アパートにむかう途中に〝河村医院〟の看板がみえた。

「ここに就職したら」

ぼくは笑ってマリコにいった。

「そんなこと言って、本気でそうするかもしれないわよ」

「いいよ」

冗談ではなかった。

アパートにはいり、荷物をおき、風呂にはいり、ぼくらはお茶を飲んでくつろいだ。マリコは刺し子の布巾をバッグから取り出してテーブルの上においた。ひと針ひと針縫って大変だったと息をついた。彼女が仕事のあと自分に課した作業で、今日までに完成させるのが目標だったと笑った。それがどれだけの労力がいるのか、どうしてそこまで頑張ったのか、ピンとこなかった。マリコがぼくの部屋にいることが自然で、そばにいることに違和感がない。他人と同じ空間で同じ空気を吸っている緊張感がまったくない。

「はやく話しといたほうがいいかな」

マリコがいった。

「なに？　まじめな顔して」

マリコはしばらく僕の目を見つめていたが、心を決めたように切り出した。

「手紙見られたの」

「誰に？」

「あの人に……」

ぼくは血の気がひいていくのが分かった。それは、このアバンチュールが許される前提が完全に崩れたということだ。

「ごめんなさい、あたしの管理不足」

「ということは、この住所もぼくの名前も知られたってこと」

マリコはうなずいた。

「……ぼくは殺されるのかな」

人を雇えば大概の事はできる。ここらの夜道は真っ暗で人気がない。ぼくの命なんか、風前の灯火（ともしび）ということだ。

「そんなことはない。そんなことする人じゃない」

「でも、どうして見つかるんだよ」

「変だと思われたのよ。だってあたし、この一カ月、彼に抱かれなかったの。生理だとか、具合が悪いとか、腹痛だとか、下痢だとか……。嫌だったの。渉さん以外の人に抱かれたくなかったの。拒んできたの。それって、どう考えても変でしょ」

マリコが誰かに抱かれる、誰かとセックスをする、そんなことを想像したこともなかった。肉欲という視点からの苦悩や嫉妬はぼくの心を切り裂いていく苦しみとは無縁だった。

「あの人はいったの。そんなにその学生さんが好きなら、彼のとこに行けよ。あとのことは心配するな。みんなには僕から説明しとく。君の両親にも、僕の監督不行き届きだったと説明する」

ぼくの心は明るくなった。マリコが解放され、ぼくのところへ来る。幸福がぼくに訪れる！

電話で彼女はダンナ予定の人と自分の関係がうまくいってないことを口にしていた。……休みのときはパチンコに行くのよ。車もあるのにドライブなんてない。二人でグレープフルーツ食べて、あたしとグレープフルーツとどちらが大切って聞いたら、お前、何言ってんだっていうの。あたし医学部の学生さんと結婚話がもちあがってんのって言ってやったわ……。

「なんて答えたの」

ぼくは期待をこめて聞いた。

「あたし、何もいえなかった」

マリコの沈黙は、〝そんなにその学生さんが好きなら、彼のとこに行けよ〟という彼氏の提案を承諾しなかったことを意味している。どうして？　ほぼ毎日電話をかけ、手紙を書いて、ぼくへの思いを伝えていたじゃないか……あれはどう考えても愛だろう。

裏切られた気持ちになった。詐欺にあったような気持ちになった。その一方で、生まれて初めて男の女にたいする愛情を見せつけられた気がした。そんなに好きならその学生さんのところに行けよ——ちょっとキザでかっこよくて、憎たらしい台詞だ。愛してなければそんな台詞は吐けないだろう。婚約者のマリコへの愛とは対照的に、棚から牡丹餅（ぼたもち）が落ちてきたように、マリコが自分のもとに転がり込んだと喜んだ自分が情けなくなった。同じ男として負けた気がした。……恋愛はひとりで闘えるものではない。

　医者とはいっても二、三年目の給料が高額であるはずがない。その中からやりくりして、マリコの私立の医学部の学費を二年間はらったのだ。愛と金は関係がないとぼくは口にしたが、それが間違いだったことに気づいた。学費を払うということは不器用な男が精一杯頑張った愛の証だったのだ。

　ぼくはマリコにいろいろと聞くべきだったのだろうか、ぼくらは話し合うべきだったのだろうか、そうすべきだったのかもしれない。ぼくは大声で心の底から叫ぶべきだったのだ。でも、ぼくにはできなかった。そんなことが許されるとは思いつきさえしなかった。

　婚約者があると知りながら優しい言葉をかけ、愛をにおわせる手紙を書き、彼女をその気にさせたのはぼく自身で、それはたいして難しいことではなかった。ところが夢中になってしまった言葉遊びの代償の大きさに激しい眩暈（めまい）がする。ぼくの中にはかつて経験したことのない混乱が渦巻いている。必死の思いで平静を装った。

　風呂に入り、マリコが台所で卵をゆで、コトコトとおつまみをつくり、冗談をいいあって、何事もなかったような演技をお互いがつづけて夜が過ぎていった。西武ライオンズが中日ライオンズに勝って日本シリーズを制した。東尾は胴上げ投手となり、MVPを獲得した。

十月三十一日

朝食はマリコが作ってくれた。トーストとハムエッグに彩りのよい野菜が並んだ。

「ねえ、あたしが初めて来た日の授業が糖尿病だったでしょ。そのときのノートのコピーが欲しいわ。渉さんの試験勉強の記念にしたいの」

部屋には試験勉強のあとでコピーが散乱していた。

「糖尿病のノートには落書きしたな。その日の授業は寝てないよ」ノートを開いた。「tonight DOKI DOKI あの日が蘇るな。そのうちコピーして郵送する」

「うん。ありがとう。管理はしっかりしてもうドジは踏まない」

水や空気や風がひんやりとして、冬の気配が漂いはじめていた。午後になりマリコが帰る時間が近づいている。彼女は公衆衛生の〝緋い鯉〟のレポートを書いた机に座り、薄く青いメモにボールペンを走らせている。帰ったら読んでね。そういってマリコはメモをたたんで机の上においた。

彼女は最終の便で別府に帰る。ぼくらはバスに乗って天神へ行った。橋のたもとでは、トワが弾き語りをしていた。秋色のセーターとマフラーが移ろってゆく季節を思わせる。

「寒くなりましたね」ぼくは声をかけた。

「青い夏が懐かしいですね」彼女はぼくらを見つめた。「ロマンティックな秋は恋人たちの定番だけど、なんだか寒い冬がにあう二人って感じですね……。寒いけどすごく暖かい。『スローモーシヨン』やりましょうか」

トワはニッコリと笑った。あたりは深い黄昏に彩られている。

「お願いします」

ぼくは答えた。

「ストップ・アンド・ゴーまでにしとく」

マリコがぼくの目をみていった。

「最後まで踊ろうよ」

「そうね、スイート・ハートまで行かないとね」

出逢いは　スローモーション
心だけが　先走りね
あなたの　ラブモーション
交わす言葉　感じるわ

出逢いは　スローモーション
恋の景色　ゆるやかだわ
出逢いは　スローモーション
恋の速度　ゆるやかに

砂の上　刻むステップ　今あなたと共に

〝でもね、実際は砂の上では足は深く沈むのよ。恋に足をとられるものよ〟怜子の結婚式の夜にマリコが言ったように、二人でステップを踏んだものの、脚が止まり、マリコの腕の力が抜けてぼくの胸に顔をうずめた。やさしく抱き合ってゆっくりと右に左にぼくらは揺れた。夜になって気温がさがったせいなのか、マリコの肌は冷たかった。それでも次第にぬくもりが伝わってきた。トワのギターと歌声が名残をのこして終わった。

「トワさんの歌声って、なんだか懐かしくって優しい気持ちになるな」

マリコがいった。

「ありがとう」

「トワさんの夢ってなんですか」

マリコはきいた。

「メジャーに憧れはあるけど……、それよりもこの路上からギターを弾き語りして、人のこころに永遠に残る、生きつづける歌が歌えたらいいなって、それが私の夢かな」

「永遠に…」

「そうですね。記憶や思い出は消えていくものだけど、ふとしたときに古い手紙やノートがでてきて、記憶が蘇ることってありますよね。楽しかったり、苦しかったり、悲しかったりした過去。でも、それはすべて生きていたという証なの。人は捨てたいものを隠してでも持ちつづける生き物なんです。うまく言えないけどそんな命が蘇るような歌を創れたらと思ってる」

「トワさんの歌を聞いて、捨てたかった過去が宝物だったたってことを思い出すのね」

トワのやわらかな笑顔が心にしみる。

天神バスセンターにつくと、マリコは自動販売機の前に立ち、最終便の別府行き、〝ゆふ号〟の切符を買った。バスが来ると、鉛の靴をはいているように歩いてバスに乗った。最前列に座り、窓を開けた。そして身を乗り出した。バスが動き出すと一生懸命に手を振り出した。尋常と思えないほど、力いっぱい手をふりつづけた。神無月(かみなづき)の終わる土日をぼくはマリコと過ごした。その間、次はいつ福岡に来るかを彼女は口にしなかった。バスは角を左に曲がり、痛々しいほどに手をふりつづけるマリコの姿は消えた。見たことのない狂おしい光景を前にして、ぼくは動くことができず、その場に立ちつくし、ただ彼女を見つめ、そして闇を見つめつづけた。そこまでぼくとの別離が辛いなら、どうして……。

アパートに帰って机の上の折りたたまれた小さな青いメモをひらいた。


ゆうべは　いやな思いをさせてごめんなさい。

私には人を思いやる気持ちが少し欠けているようです。

これからもう少し気をつけます。

今の自分の気持ち、どう整理してよいかわかりませんが、時間が何らかの段落を与えてくれるまで Wataru さんにはもう少し私の心の中に住んでもらおうと思います。

ゆーじゅーふだん　でしょうか。

電灯にバッグスバニーがぶらさがっている。マリコにもらった芳香剤……離れているけど同じ香りでつながるね。憎めない兎はニンジンを片手に悪戯っぽく笑い、花の香りを放っている。

十一月一日

四年生は試験明けで一週間休みだ。僕らはミルクにたむろしていた。五島店長がウィンドサーフィンをマスターしたとご機嫌だ。

「海の上をすべるように走って気持ちいいんだよ。なんかさあ、日常や家庭のしがらみから解放されて空を飛ぶ気持ちになるよ。いやー、ほっほクラブにはほんとに感謝だよ」

「なによ、あんた。家庭って私のこと言ってるの。しがらみってなんなの。私はあんたに騙（だま）されてここにいるのよ」

「いや。恵美子さんは僕の人生のど真ん中ですよ」

五島さんは慌てている。

「仲がよくてうらやましいなあ。理想の夫婦だん」

母子家庭で育った稲場は友情や家庭のあたたかさに思い入れがあるようだ。

「家庭って案外奥さんがしきってんですよね」

至坊は感慨深くため息をつく。ため息の裏には愛する人と築く理想の家庭像がある。今つきあっているアサリちゃんとの結婚を親が許してくれるだろうかと悩んでいるのだ。

「典子（てんこ）ちゃん、歌やってる？」

僕は高校生アルバイトの典子に声をかけた。高校の文化祭ではソロコンサートをしたようだ。

文化祭の前に店内でギターを弾きながら歌ったユーミンの『ひこうき雲』は白い魂が目のまえを飛んで行くのが見えるようだった。

「やってますよ」

典子ちゃんは鈴のような声で答えながらカフェラテを僕の前に置いた。前髪が揺れてアニメ顔にふっと大人の色香がただよう。

「失恋の渉お兄さんの心を癒してくれるような歌はないかな」

「そうなんですね。渉さんは今日はなんだか元気ないなって思ってたんです」

十七の高校生の言葉が心にしみる僕はかなり痛手を負っているようだ。

「おじさんでしょ。この渉おじさんはね、女医さんに振られちゃったんだよ」

稲場は傷口に塩を塗るようなことをいいやがる。こやつはヒポクラテスの誓いを習ったことさえ忘れてそうだ。

「やっぱりねえ、人のものを取ろうとすると罰が当たるんだなあ」

至坊の父と僕の父は仲がいいこともあり、僕にずけずけと物を言う習性がある。心のままに生きるべきだと応援したのはお前だろうが。心の傷口をペアンでひろげられた気分だ。

「ユーミンの『守ってあげたい』はどうですか。でもコードがまだよくわからないの」

「典子ちゃん、僕がギターしょっか」

作田が立ち上がった。彼だけには週末のリアルな話をした。ほかの三人には三週間前の中洲での再会の話しかしていない。ステーキを食べた後に那珂川のほとりでチューを迫ったら左の頬をぶたれて、アバンチュールは終わったことになっている。

「やったー、典子ちゃんの歌が聴けるなんて最高！　渉さん、ありがとう！」

稲場と至坊にくわえて、清三郎も無邪気に手を叩いている。

カウンターの椅子に腰かけた作田がギターのコードをさがし、典子ちゃんと音合わせをしている。福大の学園祭に二人ででたらかなり行けそうな雰囲気だ。エプロン姿の典子ちゃんがマイクを持って深呼吸をした。作田が横から何かささやき、典子ちゃんはうなずいた。

「では、サヨナラの海に流れついた渉さんに心をこめて捧げます」

作田のやつ、いらんことを言わせる。

「典子ちゃん、中島みゆきじゃなくってユーミンだよね」

「はい。守ってあげたい」

典子ちゃんの天使の笑顔にはほんとに癒される。左胸のポケットにいれて歩けば傷んだ心臓も元気になりそうだ。作田のギターがイントロにはいる。プロを目指しているだけのことはあってうまいものだ。典子ちゃんが歌う。透明感のある優しい歌声が高音でのびていく。後ろでガヤガヤやっていた学生の声がしなくなり、店内は静かになった。

You don't have to worry, worry,
守ってあげたい
あなたを苦しめる全てのことから
初めて　言葉を交わした日の

その瞳を　忘れないで
いいかげんだった　私のこと
包むように　輝いてた

遠い夏　息をころし　トンボを採った
もう一度あんな気持で
夢をつかまえてね
So, you don't have to worry, worry,
守ってあげたい
あなたを苦しめる全てのことから
'Cause I love you, 'Cause I love you.

歌が終わると店内には拍手が沸いた。学生街の喫茶店でギターにあわせて歌うシンプルさがいい。贅沢な音がないぶん余韻が体の隅々までひろがっていく。

「心にとどいたよ。ありがと」

「ありがとうございます。渉さん、頑張ってください」

典子ちゃんは右手で拳をつくってエールを送ってくれた。泣ける。

「渉さん、飲みに行かん」ギターをケースにしまいながら作田が誘った。

「僕もつきあいますよ」清三郎が腰をあげた。

清三郎のマンションにはよく遊びに行く。医学部のソフトボール大会で優勝したときは祝賀会場となって二階に住む薬学部の子から苦情がでるほど盛り上がった。作田の行きつけの居酒屋へ行った。道中、作田が土日の出来事を話して清三郎も事情を把握したようだ。

「真理子先生のプレゼントのおかげで僕の歯は健康そのもの。主治医になってもらおうと思ってたのに残念だなあ」作田の言葉が音頭となって、三人の生ビールのジョッキが音をたて、僕を慰める会がはじまった。

「渉さんの辛い気持ちはわかる。僕もクラスの連中に心ないこと言われて、落ち込んで酒ばっかり飲んだこともあるんです。今夜はとことん飲みまっしょ」

清三郎はジョッキを飲み干した。

「渉さん！　僕がどうして居酒屋に来るのかわかりますか？」

唐突に作田が大きな声をだした。乾杯のビールのあとはいつもの焼酎を飲んでいるが、コップのなかでは小さな波が揺れている。まるで僕の心だ。

「マリちゃんは婚約者に、そんなに好きならその学生さんのとこに行けよって言われたんだ。なのに彼女は行きますって答えなかった」

僕の口から愚痴がとびだす。

「渉さんの心をもてあそんで、ひどい女やが。だから僕がこの居酒屋に来る理由は……」

作田が応援するが、ちょっとつじつまが合わない。

「俺は選ばれなかったんだ」

「違います！」

「選ばれなかったんだよ」

「僕はこの安くて庶民的な居酒屋を選んで暖簾(のれん)をくぐるんです。居心地がすごくいい。なぜならここには福大の本学の学生がいるから」

あれっ、俺の失恋じゃなくって、作田は自分の話をしているんだ。そのほうが気が楽だ。

「彼らと話すと落ちつくと。彼らはアルバイトし、食費を削って苦労して授業を受けちょるとです。それがいい。それが本来の大学生。だいたい福大の医学部の連中は親の脛(すね)をかじってるくせに偉そうにしちょる。親の金で車を乗り回して、医学生って鼻にかけちょるとです」

「そんなのいるの？」

僕の付き合いは限られている。〝ほっほクラブ〟の連中と、バイト先の塾の先生や中学生、たまにやる家庭教師の学生、あとはときどき会っている浪人の時の友人が交友範囲だ。医学生の実情に疎(うと)いのかもしれない。

「いるっちゃ。ほんとに」

「おれは塾でバイトしてるぜ。乗り回す車はない。まあバイクはあるけど。月末には金が底をつく」

「だから、ほっほクラブはいいんです。ウィンドサーフィンだって中古からはじめたし。稲場くんはパチンコで皆の焼き鳥代を稼いでくるし」

「作田くん、もう酔っぱらっとん」

「清三郎！　親の金でね、贅沢しちゃいかんぞ」

「親の金、親の金っていうけどね、おいの親父は不動産屋で金持ちなんですよ。おいが私立の医学部に来たのは税金対策って言うやつもいるんです。車買ってもらい、マンションを買ってもらったって。じゃっどん、言われる側にしたら気分悪い。それっておいのせいじゃないでしょ。人のことをあれこれ言うやつがいるんだ。作田くんみたいに医学部に入学しながら、音楽にのめりこんで授業中は酒の匂いぷんぷんさせてるほうが、よっぽどだらしないじゃないですか」

清三郎の鹿児島弁が炸裂しだした。今夜の飲み会は夢を波にさらわれた福岡渉を慰める会じゃなかったのか。

「清三郎、よく言った。僕の親は宮崎の開業医なんだ。しがない開業医やが。僕は卒業したらその病院を継がないといかんちゃ。レールを敷かれた人生を歩かされてる俺の気持ちがわかるか」

作田はコップをどんと置いた。僕のやさしい宮崎の勇叔父さんも朝から焼酎をよく飲んでいて、子どもの頃は焼酎は水と同じだと思っていた。

「作田くん、分かります！　おいの親は医者じゃないけど分かりますよ。飲みまっしょう」

清三郎も酔っ払っている。二人の本音が居酒屋の空を飛び交う。

「音楽は好きなんよ。歌もうまいと褒められる。売り出し中のバンドに出入りして誘いもある。でもな、清三郎、俺は逃げてるだけなのかもしれんちゃ。自分の親やレールの上を歩かされる人生の息苦しさを肴にして、いい気になって酒に逃げてるんよ。人はさ、本気でやりたいことや、欲しいものがあれば、そこに向かって走るんよ。音楽に向かってすべてを捨ててでも走りださない俺は卑怯者なんよ。分かっちょる」

「よか、それでよかです。作田くん、飲みまっしょ！　渉さんも飲んでますか！　真理子さんは悪女、でも彼女は苦しんでる。女をそこまで追い詰めた渉さんは極悪人、それでよかじゃないですか。女はね、みんな魔性の嘘つき、男はみんな夢しか見えないバカですたい！」

清三郎が吼える。喧嘩しているのか、意気投合しているのかよく分からないが、友達はいいものだ。ここまで酒を飲んだことはなかった。浴びるほど飲めば酒は神経を鈍麻させ、心の痛覚を消してしまうことを知った。

深夜に千鳥足で作田の家にたどり着いた。マリコの面影が漂う野芥のアパートには帰りたくなかった。電話も怖かった。声を聞くのが怖い。今は忘れたい、考えたくない。作田の借家は古い木造の一軒家で広い。焼酎で乾杯してソファに倒れた。小鳥のさえずりの中で目を覚ますと、朝日が部屋のなかにさしていた。作田はベッドでいびきをかいて寝ている。

十一月三日

作田の家で一日を過ごした翌日、僕ら四年生は試験休みだけど、医大の地下一階にある書店の神陵文庫へ行った。本棚には医学書がぎっしりと並んでいる。医学書を読みたくてここへ来たわけではない。

「クサっ」店員の菜々美が鼻をつまんだ。「お酒かなり飲んでるね」

この子と話がしたかった。

「振られた」

「またか、でも今度はちょっと傷が深そうね」

「わかる？」

「君と私の仲じゃないの。聞くよ」

僕はよくここへ暇つぶしに来る。なんとなく僕と同じ匂いのする菜々美と話したくなるのだ。彼女は日に二冊、本を読むほどの読書家で映画もよく観ている。名作といわれる映画はすべて観ていて、しかもイケメンの若き俳優が老境にはいってどの映画にどんな役で出たかも語ることができる。マリコに電話で話した『天井桟敷の人々』も菜々美に教えてもらって観た映画だ。蛍（ほたる）の現れる季節に至坊の車で彼女の友達も加わって衝動的に佐賀県の厳木（きゅうらぎ）の清流へドライブしたことがあった。至坊はハンドルを対向車線にきってはしゃぐし、僕と菜々美の唇は五センチメートルまで接近してあわや葡萄を吸う寸前の狂った五月の夜だった。いかん！　葡萄なんてマリコを意識している。

菜々美はマリコと僕の物語に耳を傾けた。

「面白いじゃない」

「人が傷ついてるのに面白いなんていうなよ」

「セブンハーフか」

「なんだよ、それ。シックスナインならわかるけど」

「七週半よ。君たちが出会ってから今日までの期間よ」

「九月十二日に出会ったから、そうなるな」

「あたし、ちょうど『ナインハーフ』って本を読み終わったとこなの。エリザベス・マクニールって女性が書いた官能小説で、ニューヨークの男と女の九週半の愛の物語なの」

「映画にならないのかな」

「ＳＭシーンが過激なのでそこを幻想的にしたらいけそうね。配役が楽しみ。これを演じることのできるハリウッドスターは誰かな」

「で、僕のセブンハーフとどんな関係があるんだよ」

「官能じゃないけど面白い小説になる予感がしたの。物語は始まったばかり。ここで終わらせちゃだめよ」

「でも彼女は僕を選ばなかったんだ」

「バカね」

「どうせ男は夢しか見えないバカだよ」

「いい、冷静に考えてみてよ」

「やってみる」

「真理子さんは婚約者に言われたのよね。そんなに学生さんが好きなら、その学生さんのとこに行けよ。あとのことは心配するなって」

「なのに答えないんだよ。ひどくないか」

「その学生さんには彼女を受けとめるために必要な何があるの」

「愛がある」

「愛しかないの」

「それ以上何が必要だよ」

「バカね」

「頭にくるな」

「ごめん。バカが納得できないなら世間知らずよ。いい、彼女はすでに婚約している。てことは両家の両親は会って結婚に賛成した。そして結納を済ませ、婚約指輪をダンナ予定の人が贈り、彼女は受け取って実際に友人の結婚式に指につけてきた。しかも彼女の私学の学費を二年間、おそらく貯金を崩して払った。いや借金したのかもしれない。そして二人の現在がある。それに彼は彼女を学生時代の恐怖の暴力的な元カレから救ってくれた。ここまでは間違ってない？」

「間違ってない」

「それにひきかえ、福岡渉には何があるの？　たしかに医学生はブランドよ。将来はお医者様になるんだからね。でもなれない医学生もいるのよ。ここにいると学生の悲劇が生の声で聞こえてくるの。同級生が進級できなくてリストカットしたとか、油山で首をつって死んだとかね。医者になれなかった医学生も転部したり社会にでたりして頑張ってるよ。でもね、進級できるかわからない、国家試験にとおるかもわからない、何の保証もない福岡渉というブランドには一円の価値もない。それに君の両親が婚約者のある女性との結婚を承諾するとでも思ってるの。彼女の両親は娘が婚約者を裏切ることをどう思うの。彼の両親はどう。これは人としての最低限のマナーよ」

「……説得力満載だな」

「君の愛がなんぼのもんよって思わない？」

「思えてきた」

「そんな口先だけの愛に彼女が答えられなかったのは当然じゃないの」

「走れっこないな」

「それでもまだ彼女は君をあきらめてはいない。彼女の愛は本物だと思う」

「…本物」

「彼女の生涯で唯一の愛かもしれないな。そうさせたのは君よ」

「どうしたらいい？」

「彼女は天神バスセンターで狂ったように手をふったんでしょ」

「うん」

「それを君は目を逸らさずに見たのよね」

「バスが消えてもずっと見てた」

「答えは私には分からない。でもこれだけは言える。そんな彼女を見た君は逃げられない。この愛の行方を最後まで見とどける責任があると思うな」

「地獄を見ろってか」

「その権利は君にはあるよ」

「……地獄を見る権利」

「人生は軽やかに、なんてうそぶきつづけて尻尾を巻いて逃げるのもありよ」

「言うなぁ。かなり本気なんだけど」

「ふーん、じゃあ、石井真理子さんの素っ裸の魂ととことん対峙（たいじ）することね。こんなチャンスは平凡な人生を生きている人には与えられないよ。ナインハーフまであと二週間ある……。君って退屈しないな」

　菜々美は笑って人差し指で僕の鼻を押した。

十一月六日

土曜日、僕は博多から実家の佐賀への列車に乗った。田園風景がパノラマのようにひろがり懐かしい景色が現れては後ろに飛んでゆく。僕の手には怜子から昨日届いた写真がある。結婚式の二次会の写真だ。緑のソファの右隅にマリコと僕が座って体を寄せ合い、楽しそうに笑みをうかべている。マリコの両手が僕の右腕をしっかりつかんでいる。写真の裏に、〝渉　真理子さんに出会う。出会うべき人だけに　二人で歩く旅路を　夢みました〟と走り書きした。

佐賀駅からは歩いた。駅の南口から中央通りをまっすぐに歩き、お濠（ほり）をわたった。お濠沿いに楠木が影をおとす遊歩道を進むと、右手に県立図書館がみえてくる。中央公園の駐車場を横切ると、静かな川が流れ木陰の多い万部島（まんぶしま）に行きつく。もう水ケ江町で県立病院が見えてきた。子どもの頃の遊び場で父の勤務先だ。その手前を流れる川の前の官舎が実家だ。物心ついたころから官舎住まいだった。幼稚園、小学校、中学、高校まで病院の敷地内の官舎に住み、今の官舎には高校を卒業したあとに引っ越したので、心に刻み込まれた思い出はあまりない。玄関の敷石と庭のモミの木だけは引っ越しのたびに父が捨てずに持ってきた。中学二年の春に亡くなった二番目の兄の基（もと）兄ちゃんの思い出だった。

実家には三男の淳兄ちゃんが帰省していた。僕の三歳上で、年が近いこともあり小さいころから彼の後を追って遊んだ。淳兄ちゃんは悪ガキで近所の子どもたちを束ねて悪戯ばかりやっていた。2B弾や爆竹を使った遊びはよくやった。カエルを捕まえて背中に爆竹を括（く）り付け火を点（つ）けて放すと、カエルはぴょんぴょん飛びながら空中で粉々になった。母の実家の呼子（よぶこ）に、夏休みに遊びに行って気の荒い漁師の子どもにからまれたとき、淳兄ちゃんはそいつの胸倉をつかんで地面に突き倒して僕を助けてくれた。近所のよく吠える生意気な犬が我が家に迷い込んできたので、食べ物で懐柔してスポイトを使ってウイスキーを飲ませたこともある。犬はふらふらになって動けず、一晩うちの庭で寝ていった。〝あんたたち何したの〟と母に問い詰められたが、それから僕らを見ても犬はけっして吠えることはなくなった。

その淳兄ちゃんと二人で夜の街に繰り出して酒を飲んだ。神経を麻痺させる酒の魔法を覚えた僕はあおるように飲んで兄を驚かせた。悪戯の宝庫で父に叱られてばかりだった兄ちゃんは僕に諭すような言葉をかけ、とにかく卒業までは待て、とくぎを刺した。僕はマリコの写真を渡してバーのカウンターに突っ伏した。涙がこぼれた。

歓楽街からの帰りは歩けずに一人でタクシーに乗った。

「運転手さん、結婚なさってるんですか」

「ええ、してますけど」

男前の四十がらみの運転手は笑ってミラーのなかの僕をみた。

「恋愛ですか」

「ええ、いちおう」

「今、しあわせですか」

「はは、まあ子どもはこんど高校でなんとかやってますが」

「……結婚式のときはときめきましたか」

「はは、三年間同棲してましたから」

「そうなんだ。じゃあ別に……」

「二人とも式のとき笑ってました。おたくはまだ独身ですか」

「ええ、好きな子はいたんですよね。その子も僕を好きで」

「で、」

「結婚すんです。その子」

「その子が」

「ええ」

「どうしてですか」

「結納が……、知り合ったとき結納がすんでたんです」

「そりゃ、関係ないでしょう。結婚しとおわけやないんやけん。関係ないでしょ」

「でもね、彼女にも周りがあるみたいで、相手の両親にも気にいられとおみたいやし、それ考えたら、お互い、お互いに……。あの子も、好きやったんですよ」

「何で、関係ないでしょ。本人同士ですよ、なんで奪わんとですか」

「でも、相手のダンナのことなんか考えたらね、やっぱね」

「そりゃ、おたくが優しすぎるとでしょ」

「関係ないすかね。本人の気持ちですかね」

「そうですよ。あたしゃ友達とか、そりゃようありますよ。人妻と関係ができたとか。でも私はそんなん関係なか、本人の気持ちがたいせつやろ、言いますね」

「そうですか……、運転手さん、今、幸せですか」

「まあ、二人で苦労してますけど。やっぱ、自分が惚れたおなごやけん、責任もってますよ。家も二人で苦労して建てましたしね。奪わな、そして責任もたな」

「わかってんですよ、わかってんですよね。でもね」

「今頃の若っかもんは、そうする人は少なかでしょうね。私もそりゃ、結婚したてのころは苦労しましたよ。でも自分の惚れたおなごって思うと、私もあいつも頑張りましたよ」

「そうですね。わかってんです。やっぱ、奪って、奪わないかんですかね」

「そうですよ、絶対そうですよ。惚れたおなごやったら、連れて逃げなあ」

僕は無性に別府に走りたくなった。こんな時間にバスも列車も走ってない。しらふだったら父の車のキーを探しかねなかった。

おぼつかない手で玄関をあけて部屋に入り布団に転がろうとすると、母が写真を手に部屋にはいってきた。淳兄ちゃんが渡したのだ。酔いつぶれそうな理由も話したに違いない。

僕の前に正座して座り、「大切な写真なんでしょ」と手渡した。

「家の掃除はトイレの掃除で決まるっていう子だよ」

「いいお嬢さんね」

「今度家につれてくるよ」

「婚約者がおられるんでしょ」

「百パーセント両親が賛成で八十パーセント本人同士が好きだったら、結婚はうまくいくって。その逆はダメだって。そんな子なんだ。きっと母さんは気に入ると思うよ」

「だから母さんに話しているの」

「うん」

「兄貴がどんな状態か知ってるでしょ」

兄貴とは長男の隆兄ちゃんのことで、父の反対する結婚をした。子どもができたというのに家の敷居をまたぐことを許されていない。奥さんは静岡の人で小柄でちょっぴりコケティッシュで頭の回転が速く、好感のもてる人だった。結婚のお披露目をした玄界灘に面する唐津の菩提寺の縁側に座り、浮かない顔をしていた彼女にショッポを渡すと〝ありがとう〟といって美味しそうに煙をふかした。ストレートに話をするが筋が通っていて、言葉の裏にはやさしさが潜んでいた。外見ばかりを気にする兄貴が惚れたのが意外で、僕ははじめて彼が求めていたものを知った気がした。父は彼女を嫌ったのではなく、彼女を女手ひとつで育てた母親と馬が合わなかったようだ。長男が遠く離れた静岡の女系家族の家にはいり、佐賀と疎遠になることに絶望したのかもしれない。

「あいつは迷惑ばかりかけやがる」

「どうしてあんたたちは兄貴と仲よくできないの」

あんたたちとは僕と飲みに付き合ってくれた三男の淳兄ちゃんのことだ。

母は息子ばかり四人の子がいるが、二番目の基兄ちゃんは僕が小学校一年のときに死んだ。中学は休みがちで、毎日数人の友人が授業のコピーを持ってきて遊んでいった。基兄ちゃんは座敷で寝ていることが多く、よく鼻血を出して枕元は血のにじんだティッシュペーパーでいっぱいだった。小児科医の父からは、〝再生不良性貧血〟と聞いていたが、医学生になって偶然見つけた手紙から〝白血病〟だったと知った。ときどき九大から県立病院へ非常勤で来る血液内科の教授に家で診てもらい、正座してかしこまり深々と頭を下げる父の姿を覚えている。

庭のモミの木は基兄ちゃんのためにクリスマスの日に父が買ってきたものだった。父と僕の血液型だけが基兄ちゃんと同じO型だった。夜になるとときどき三人で県立病院の父の小児科へ行った。僕は小学校に入るか入ったくらいで、兄ちゃんは中学生になっていた。僕は大好きな基兄ちゃんと父と三人で一緒に歩くのが楽しくてしかたなかった。

ガラスの注射器だった。父はまず僕の腕に駆血帯（くけつたい）を巻いて、でっかい注射器の針を肘（ひじ）の血管にさして血液を抜いた。注射器は暗赤色の血で満たされていき、口のなかがボーっとするのを感じた。そして針を変えてその血液を基兄ちゃんの腕に輸血するのだ。〝わたる、ごめんな〟兄ちゃんは毎回そう言った。声をかけてもらうのがただ嬉しくて、基兄ちゃんがかわいそうだと思った。だって兄ちゃんは二回も痛い注射をするのだから。今度は父がゴムの駆血帯の一端を口でくわえ筋肉質の自分の左腕に巻き、右手に持った僕のより一回りでかい注射器の針を自分の血管に刺して血液を抜いていく。まるでマジックを見ているようで僕は目を見開いて父さんはすごい！ と思った。そして基兄ちゃんの腕には二回目の輸血が始まるのだった。

家に帰ると必ずビフテキで僕の分は兄たちよりも大きかった。〝あたしがA型だから。ごめんね〟いつも厳しい母がこのときばかりはやさしく、母は自分がO型なら血液を全部やるのにと泣いた。意味が分からず、でっかいビフテキにありつけるのが嬉しくて仕方なかった。この夜だけはどんなにはめをはずしても怒られないことを知っていて、はしゃいだものだ。

夏休みの帰省のときに発見した九大の教授から父への手紙を読んで驚いた。〝今、米国の先端の医療ではプレドニンが効果があるようです。まだ確立した治療法ではありませんが、ご子息にはプレドニンの内服を始めようと思います〟プレドニンが世界最先端の白血病薬として登場したのだ。手紙には抗がん剤に関する記載はなく、何を使っていたのかは分からない。そんな時代のなかで父は基兄ちゃんの治療に向き合っていたのだ。

優しい兄ちゃんだった。彼より二歳上の隆兄ちゃんは、ええかっこうしいなのに、修学旅行に行くのに革靴がなかった。〝僕の小遣いを使っていいよ〟そう言ってお金を渡していた。基兄ちゃんは喉が渇くのだろう、「晩翠（ばんすい）」のミルクセーキが好きで、僕は何度もお使いで「晩翠」へ行った。そのたびに〝渉くん、よく来たね。お兄さんは元気ですか〟と「晩翠」のおじさんは必ず僕にミルクセーキをご馳走してくれた。

基兄ちゃんは中学二年の三月二十九日に亡くなった。明け方のことで僕はまどろみのなかで父と母、そして二人の兄が基兄ちゃんの名前を何度も何度も泣きながら叫ぶ声を聞いた。寺の葬式では附属中学校の制服を着た同級生たちが僕の反対側に座ってみんな泣いていた。数名の女子生徒が嗚咽（おえつ）をあげて泣き崩れているのを不思議な気持ちでみていた。弔辞を読んだのはよく遊びにきて可愛がってくれたお兄さんたちの一人で、どもりながら涙を流しながら悲しみを懸命に声にしていた。

翌年、隆兄ちゃんが医学部の受験に失敗した。東京の予備校に行った彼は叔父さんの家に下宿したが、次の年も医学部に受からなかった。父に久留米大学の医学部を勧められたが受けなかった。私立の医学部は金持ちのバカ息子が行くという偏見があり、進学校の西高を出た彼はそれが嫌だったのかもしれない。まだ二人の息子を大学に進学させせなくてはならない勤務医の我が家には、私立にいかせる金はなかったのかもしれない。

父が狂いはじめたのはその頃からだった。取材で知り合ったＮＨＫの人たちと麻雀をするようになり、我が家は雀荘と化した。賑やかなときはよかった。しかし人がいなくなり静かになると、強くもない酒を酔いつぶれるまで飲む夜が突発的に訪れた。忘れもしない。〝基を殺したのは俺だ！〟と叫んで、母を殴り、家にある食器をかたっぱしから投げてことごとく壊した。そして最後には殴った母の膝に頭をうずめて、〝俺が殺した、俺が殺した〟と子どものように泣いた。母はそんな父の背中をさすりながら、〝あなたのせいではありませんよ〟と静かにくり返し泣いていた。

総合病院の小児科医でありながら基兄ちゃんの診断が遅れ、治すことができなかったことへの贖罪として、息子を医者にして罪滅ぼしをしたいという気持ちだったのか、ただの見栄だったのかは分からないが、僕が中学と高校のときに二回これが起きた。

「あいつは医者にならなかったうえに結婚もこんなだよ。狂った親父と一緒に住んでた淳兄ちゃんと俺の身にもなってくれよ」

「あんたたちにはすまんかった。でもあの子も苦しんでいるのよ。兄貴にもっと優しくしてあげんね。兄弟なんだから」

母は涙ぐんでいる。こんな母を見るのははじめてだ。胸が苦しくなったがつづけた。

「俺は医者なんかなるつもりはなかった。どう考えても文系だろ。早稲田の文学部に行きたいなんていったらどうなってたんだよ。医者にならなきゃ親父が狂って母ちゃんを殴るだろ。男のやることじゃねえよ。手口が下劣で卑怯じゃないか。そんな気持ちで真剣に医学部受験に向き合えるわけないだろ」

「隆の結婚の失敗は別とでもいいたいの。あんたは兄弟のなかで一番奔放で素直で純粋よ。だから心配なのよ。自由にしていいさ。でもね、あんたはまだ学生よ。そしてこのお嬢さんは婚約者がおられるのよ。あんたもわかるでしょ。傷つくのはあなたよ。そしてそのお嬢さん。婚約者のご両親はどうなの」

「わかってるよ」

「あんたにいうのは酷だけど、もう子どもじゃないのよ。医者への人生を歩いているのはあなたなのよ。父さんでも母さんでもない。ただ今の父さんにはあなたが希望なの、夢なのよ。この写真のことはあたしからは言わない。あなたが言いたければ自分の口で父さんにいいなさい。この方と何があっても母さんはあなたを護る。母親としてそれはさせてもらいます」

　母が部屋を出て行き、入れ替わるように淳兄ちゃんがナポレオンを持って入ってきた。父は医者といっても勤務医だ。しかも子どもの二人を大学に行かせ、一人は私立の医学部となると金持ち感は皆無だ。しかし医者の家というものは患者や製薬会社やなにやの贈り物があり、高級な酒類には事欠かない。僕は兄ちゃんとナポレオンを水のように飲んだ。この夜、僕は二つのことを新たに知った。

　ひとつは酒が苦しみを救ってくれるなんて嘘っぱちだということだ。飲めば飲むほどマリコのことを思い出して辛くなった。酒が苦しみを救うなんてウソだ！　淳兄ちゃんに必ず大学を卒業すること、そして国家試験に合格すると約束したあとに、自然に自分がしゃべった言葉のなかに、もうひとつの発見があった。

「結婚ってさ、好きだとか嫌いだとかだけじゃないと思うんだ。あの子といると素直な自分になるんだ。自分の人生のなかで歯車を狂わせた魔物の存在を気づかせてくれ、親父や母さんや隆兄ちゃんと自然に向き合うことができるような気になるんだ」

タクシー運転手もいうように結婚は本人同士だ。しかしマリコへの愛の根っこに家族の存在があることに気づいた。子どものころは父も隆兄ちゃんも大好きだった。隆兄ちゃんは背が高くハンサムで中学ではバスケットのスターだった。最後の一秒で逆転した決勝戦は、母もその友人も幼い僕も熱狂した。佐賀西の制服を着て美人の彼女と写真に写る兄ちゃんは僕の憧れであり誇りだった。ずっとそうだった。それがいつのころからか歯車が狂っていった。人は最後に見た風景しか見えなくなる。マリコはそんな僕に幼いころから見ていた懐かしい情景を思い出させるのだ。

　ふと電話で彼女が口にした言葉が聞こえてきた。〝あの人はちょっと人間不信に陥ってしまって、疲れてんの。休みの日はパチンコばかりでちっとも面白くないけど、お父さんが可愛いの。冷蔵庫にチョコレートを隠しててね、なくなったって悲しそうな顔するの。ここにありますよって教えてあげると子どもみたいに喜ぶの。あの人よりお父さんと結婚したいくらいよ〟マリコは必要とされている。婚約者だけじゃない、その両親にも彼女は必要なのだ。何であろうと彼女は期待に応えるだけの能力を持っている。

　よりによって誰からも愛されるスーパーウーマンに僕は出会ってしまったんだ。マリコと踊った『スローモーション』を思い出す。砂の上　刻むステップ　ほんのひとり遊び……〝砂の上を軽やかにステップを踏むようね。でもね、実際は砂の上では足は深く沈むのよ。恋に足をとられるものよ〟マリコはそういって笑った。

　一夜明けて日曜日、酒の正体を知ったくせに家の戸棚からナポレオンを取り出してバッグに入れた。福岡に帰る列車の窓外に遠い視線をなげている僕がいる。つぎつぎと変わる風景にあきらめきれない支離滅裂な自分の心が重なってゆく。やっぱり結婚は本人と本人だ。僕が隆兄ちゃんのように勘当されればいいだけのことだ。どうして末っ子の僕が父の跡をつぎ、父の気に入る女性と結婚する必要があるんだ。――マリコは医師免許をすでに取得している。僕だって二年すれば医師免許証が手に入る。この二つがあれば鬼に金棒だ。奄美大島の離島でも、富士山の山頂でも、アフリカでも二人で生きていける。家庭だと、笑わせるな。マリコと僕が子どもをつくれば新たな家庭が誕生するじゃないか。俺の人生は誰のものでもない、俺の人生なんだ。

十一月八日

渉さま

明日よりいよいよ College life begins. でありますね。仲間にあえてたのしい毎日だと思うけん頑張ってはいよ！　約束のおにぎりじゃない、おむすび山おおくり致します。力強く生きて下さることを！

もひとつ、にしぎんのカレンダーですがＴＥＬ代をおさめに行った時もらってきました。葉祥明さんの絵に似たタッチで三枚揃ったところがなんともすてきでしょ。しゅんぷーそーのトイレの壁にと思い同封致しました。もちろん私のへやにも一枚…

電話代節約のためせっせと手紙を書く事に致します。どうぞよろしく。体に気をつけて…ウインドサーフィン、ラブ、スタディ、etc…ものにして下さい。

霜月七日　夜　　真理子

追：佳世ちゃん、抗がん剤の副作用で白血球数が減ったので、感染しないように無菌室に入っています。渉さんのこと聞かれました…。

十一月十日

お元気ですか。

先日はお米しかないっていってたけど、生きてますか？　今日はまり子さんのお料理教室とまいりましょうか。というより、ちょっと渉さんにごちそうしてあげるね。
☆とり肉のしいたけスープ煮
とりのむね肉は軽く塩、こしょうしてバターで両面焼色をつけておく。

たまねぎのみじんぎりをバターですきとおるまでいため、しいたけもさっと火を通して小麦粉（小さじ1）もとけこむまでいためて、コンソメスープとミルク少々でのばしてそん中でさっきのむね肉を煮る。とてもおいしいよ！
☆シーチキンサラダ
シーチキン1缶、暇なときにかっとく！

たまねぎ（1／4ケほど）みじん切りして水にさらしておく。きゅうりはうす切り（1本くらいでよいよ）して塩！　他にやさいはあるだけ…きゅうりがしんなりしたら、ざる（渉さんちには存在しなかったもの）に入れ、さっと水洗いして軽くしぼる。玉ねぎさんの水は、ぎゅっとしぼる。軽く塩こしょう（あればガーリック少々）＋マヨネーズ、それこそあればゴマやゴマ油、ちょっとぐちょっとまぜればできあがり！　密閉容器に入れれば冷蔵庫の中で2～3日ＯＫ！　Bread にはさんでもおいしいよ。

☆かんたんどんぶり!!

牛ひき肉（２００gもあれば2人分あるんじゃない？）

フライパンで軽くいためて、色がかわったらしょうゆ＋さとう＋化学調味料＋みりん（あればば）むずかしいと思うけど、少しずつ入れて味をみればいいの。そして、しょうがのすりおろしたのか、せん切りがあればさいこうですが…（入れるのよ。）

その前にそのフライパンで Egg 1～2ケをよく（さとう＋しお）ゆりほぐして焼く…おはしでぐりぐりしてスクランブルエッグにしておく。そして…この2つをあったかいごはんのうえに半分ずつかける。あったかいうちに召し上がれ！　らくちん！

☆えいようまんてんおろしあえ

大根をおろす。食物センイなっとーです↓まぜて七味とうがらしぱっぱ！

おしょうゆ、ぱっぱ、おいしーです。

☆あとは石井さん唐揚げ大好き！

男の人なら昭和の唐揚げ粉をまぶして、揚げるだけ。（水沢アキがＣＭ！）

Let's cook!

私が渉さんのごはんのしたくをしにいってあげられる日まで、がんばってお料理もしてみて下さい。（だんすやういんどさあふぃんのあいまに…）今夜ＮＨＫルポルタージュにっぽん、いっしょにみれるのたのしみにしてます。

お父様のことうんぬんいって〝人の家庭のことはわからない〟っていわれちゃったけど、渉さんの身につけている躾、そして母上のこと、そのりっぱな母上が黙ってついてきたお父様がくさったトマトなわけないでしょ。書斎で背をむけて厚い本をよんでいる、そんなイメージが浮かびます。ことばにして渉さんに何もいわずとも、患者さんを救うための医学書が自分の代わりに、渉さんに語りかけている事がわかっているから…

私って、こんなにはすっぱだけど（人もまたいじゃうけど）実はそういう古風なイメージが好きです。今はまだまだ板についてなくって奮闘中ですが、頑張ろう！　今日はもうおそいので、渉さんの大好きな海のテープでそっと封をして福岡に送り出します。久々にしゅんぷーそうの〒受けにおじゃま！

Mariko

怜子から送られてきた結婚式の写真をマリコに送った。僕とマリコがあまりに仲良く写っているので、怜子は婚約者のいるマリコに送らなかったようだ。

封筒には写真と手紙を入れた。手紙には先日佐賀に帰ったことを書いた。淳兄ちゃんと酒を飲んだこと、運転手との会話、母に写真をみせて、この子が「掃除はトイレ掃除できまる」と話したこと、家に連れて来るよと話したこと、母の言葉、そして淳兄ちゃんと話すうちに気づいたこと、マリコが僕に忘れていた父や隆兄ちゃんとの懐かしい情景を思い出させてくれたことなど、思いつくままに書いた。素直に無防備に推敲（すいこう）することもなくはだかの心を投影した……つまり未練だらけの手紙ということだ。

しかし父と幼い僕が基兄ちゃんに生血を輸血したこと、父が狂ったこと、そして長男の隆兄ちゃんが実家の敷居をまたげない状態にあることは書かなかった。それはマリコをよけいに苦しめる気がした。僕がこの勝算のない試合に勝たなければマリコは赤の他人だ。他人に語ることではなかった。マリコの僕への想いは立ちどまり足踏みをはじめたというのに、僕のマリコへの想いは前に進むばかりだ。

十一月十三日

マリコは封書と葉書の差出人に自分の住所と姓名を決して書かなかった。「別府のまりこ」、「マリちゃん」ときには「福岡渉を励ます会長」と可愛い差出人を装ったが、本心は結納を終えた婚約者のいる〝石井真理子〟から医学生〝福岡渉〟への手紙を郵便配達の人にも知られたくなかったのだ。……ところが、この日はじめてマリコの住所と姓名がしっかりとした字体で書かれた封書が届いた。その文字からしばらく目が離せない。見たことのない彼女のアパートの扉やキッチンや居間や寝室が目に浮かぶような気がするのだ。

今日もまた、いつものように暗やみと静けさの中に一日が終わろうとしています。はやめにお風呂に入り、湯ぶねの中では久々に〝はなうた〟なぞも出たりしてゆっくり身をしずめました。お風呂あがりには、わざわざブルーの nightwear をとり出し、渉さんにもらったアルページュをうんとうんとつけました。

ほんとによくとれていますね。この写真…渉さんの指紋がベタベタとあっちこっちについてて、渉さんのため息がきこえてくるようです。運命の九月十二日が、この四角い一枚のカードの中に封じ込められています。今にもこぼれんばかりの幸せな雰囲気の二人です。確かに結婚式というBGMがきいていました。とても写真とは思えません。渉さんが、そして私が動いて、二人で手をとりあったままどこかへ行ってしまいそうな気がします。たった一枚だけれど、こんなにすてきな写真がこの世に残されたのも神の御意志だろうと思います。

いつもより少しはやめに帰宅した私は、ちょっと厚目の赤線が入って緊張気味の封筒を手にしました。着替えもせずに居間にすわりました。しばらくやさしくなでて、次は両手にはさんであったためて、そしてもういちどよく見て…子供が大好きなおかずを、最後までとっておくように、夜更けの自分だけの時間に読もうかと思ったけど、待てずに封を切りました。

渉さんの…文学家の手紙がそこにありました。全部読み終えた時、胸はいっぱいだし涙がこぼれました。悲しくてじゃなくって、感激して…です。

とてもうまくいえないけど…私、男の人からこんな風に泣かされたのは初めてです。私ももうきれいごとはいいません。この手紙は、どうせ（こういういい方よくありませんね）渉さん以外の人の目には、ふれることはないだろうから…。

渉さんのように真正面からぶつかってこられたのは初めてです。私も渉さんとすごした時間は、はじめからおしまいまで、焼きたてのトーストの上にのせた Butter のようでした。もし許されるなら、福岡に職を求めて渉さんのそばですごしたいと思います。ほんと、それこそ生活のめんどうみたってかまわない…。

写真の二人が言っています。〝乳母車だってぴったりよ！〟って…佐賀のご両親にだって、なんとか及第点をもらえる自信もあるし努力する気持ちもあります。渉さんと私の若さをenergy にした車を走らせてみたい……幾度か心の中でつぶやきました。

私も思った。人生はすてたもんじゃない！　私にもこんなすてきな男性があらわれるんだもの。写真の私はその人の腕を抱いて〝絶対はなさない〟っていっています！

渉さんは並みじゃない。そう、とても rich な個性をもった男性だと思います。あなたとだったら、それこそ本当に〝二人で生活を築く〟っていう言葉がぴったりでしょう。五分五分…対等に向かい合って、私のすべて（欠点もふくめて）をぶつけられる…常に手をとり合って、どちらかが浮上すればそれに伴なって、残る片方もいっしょに伸びる。私には豊富な資質なんかないけど、渉さんの個性の成長を助けるお手伝いができると思うのです。

〝ルポルタージュにっぽん〟見終えて何ともまとまりがつかない私の頭の中ですが、自分があのＴＶのひとこまのひとすみの存在として、六年間私学でやってみて、ずっと思ってきました。医者って、何もぶ厚い Text 全部が入る脳ミソの持ち主である必要はない！　ぶ厚い Text を開く努力をおしまぬ人でさえあれば…何よりも大切なのは人の気持ちがわかること。その為にはいろんな経験のもち主であって、その頭の中は医学用語だけじゃなくて、悲しみやよろこびやふつうの感情、エッチなことやずるいことなんかが右往左往している人！　こういう人に白衣を着てもらうべきだと思います。渉さんには立派な Doctor になれる素質があります。血統的にも体質的にも…私は渉さんのジャンプ台になれるものならなってよいと思っています。どれだけでも使って下さい。

私だって渉さんと同じ…好きな人には幸せでいてほしい。心がぱちん！　と音をたてて、われてしまいそうなくらい考えてしまう、いとしい人。ましてやその人を生み育てて下さった御両親を悩ませたり、悲しませるようなことは絶対してはならないことです。前にもＴＥＬでいったとおり、渉さんと二人で何事に耐えられても、渉さんのご両親の悲嘆には耐えられません。そう考えたら、私は渉さんの母上と渉さんの会話にのぼった事さえ、恐れ多いと言わねばなりません。渉さんの御両親の前に、しゃん！　と出られるだけの、きれいな身辺でありたかったと思います。

写真を手にしてまだ六時間余りで、渉さんほど見つめてないけど、私もしみじみながめて自分に母を見ました。そこには母そっくりの私がいました。母も渉さんの母上と同じくらいできた人です。金持ちの坊ちゃん育ちの四男の父のもとに嫁ぎ、ずい分苦労してきました。その娘の私が写真の中で四男坊の腕をとり笑っています。姓名判断の先生の言葉を思い出しました。

〝あなたもお母さんと似たような運命を背おっていますよ〟

まだ知り合って二ヶ月だけど、毎日考えてきました。私も二十六才だし、男性の多い大学で六年もすごしてきて、渉さんのことを分析する目は、まちがいといえるほど大きな見誤りはしてないと思う。渉さんなら何をぶっつけても、うまく受けてくれて、もし私がよそに投げてもちゃんとひろってくれて、必ず私に返してくれるはず…。逆に渉さんの気持ちは、私がどんなことしても受け止めてみせる。絶対誰にも渡さない。

でも、渉さんの手紙にもあった通り、みんなそれぞれに周囲をかかえているのです。だから〝乳母車なんか似合わない〟って自分にいいました。大きな声でいいました。

人間なんておもしろくない。どうして春風荘まで走っていけないの？　時々病院を出てすぐの交差点で〝ゆふ号〟に出会います。でも飛び乗れない…
涉さんにおいしいごはん、つくってあげたい。お菓子はまだレパートリーが狭いんだけど一つだけ、抜群に上手に作れるCakeがあるの。それも…涉さん、今度は学期末でね、渋い顔してんの。だからあたし今、お風呂みがいてんの。あっちでじゃまするると、タバコの本数がふえるから…。
こんなに私の気もちを奪える人…ここで　さよなら　できますか。答えはまだでていません。
十一月十三日　1：00ＡＭ
真理子
福岡涉様

5

十一月十七日

涉さんには、そっと電話をかけてくれるやさしいお母さんと、黙々と仕事に励まれる立派なお父さんがいます。

私のまわりにも、私の仕事を大切に思ってくれる人たちがいてくれます。涉さんが教えてくれたように、その人達のためにも、私が幸せにならなければならないんだと思います。今度、生を受けたら、どんなこととしても渉さんの生まれ代わりを探して、死ぬまでそばで過ごします。
その時こそ　God bless us
　夢みたものは　ひとつの愛
　ねがったものは　ひとつの幸福
1982.11.17 大安

十月九日、マリコが僕の野芥のアパートに初めて来た夜、彼女は福ビルでこの板の絵葉書を手にして無邪気に言った。〝幸せそうだなあ。いつか渉さんに届くから待ってて〟

結婚式が終わったばかりの兎夫婦の乗ったオープンカーがピンクのハートに向かって進んでいる。新郎がハンドルを握り、満面の笑顔で隣の花嫁をみているが、前を向く花嫁の表情はわからない。これを見た時に僕は思った。花嫁は笑っているのか、泣いているのか、それとも目を閉じて過去をみているのだろうか。……彼女がこの板の絵葉書をぼくに送るときは、婚約者との結婚式の日取りが決まったときなんだろうな……そんなことを思ったが、きっとそれが現実になったのだ。

ハガキには差出人の名も住所もなかった。マリコのサインもない。出会ってわずか二カ月で終わる恋……『悪女』の歌詞と同じだ。僕はマリコの陰に隠れていた婚約者のもとへマリコを渡してしまったのだ。わずか四日前の手紙に〝答えはまだでていません〟と書いてあった。それは彼女の本心だったと思う。しかし大分では僕の想像の及ばない切迫した時が刻まれているにちがいない。

手紙の最後は立原道造の『夢みたものは……』で終わっている。これは志賀島のポセイドンでサチが話題にしたもので、僕も大好きな詩だった。中学のときは彼の詩をかたっぱしから読み、彼の文体をまねたものだ。マリコへの手紙にこの詩を書いたし、電話でも立原を話題にした。

この詩は〝それらはすべてここにある〟とつづく。愛も幸福もここにあると断言して終わる。サチの言葉を借りれば、〝ここ〟は、立原が薔薇色の少女とひそかに愛称した水戸部アサイそのものだ。愛も幸福も立原の人生の最後の一年を支えた水戸部アサイなのだ。喀血した立原は中野病院に入院し、医者が感染を心配して泣きじゃくる彼女を連れだすまで、水戸部アサイは立原の病室に泊まり看病をつづけた。

マリコは〝それらはすべてここにある〟という最後の一文を書いていない。女神の仮面に隠れた口が二人の愛も幸せも過去になったと言い放っている。僕の大好きな詩でサヨナラの葉書をくるなんてカッコよくって、かぎりなく残酷だ……女は極めて完成された悪魔、そんな言葉を思い出した。

十一月十七日の大安がウエディングの絵葉書を送るには適していると無邪気に思ったのだろうが、無知で破廉恥すぎる。僕がなんでも受け止めることができると勘違いしている。受け止めるには二人が人生をともに進むという大前提が必要だ。この手紙は二人の悪縁を断ち切り、別れを宣言する内容だ。仏滅に送るべきハガキだろう。

胸がはりさける思いだ。マリコの声が聞きたくて電話したけど、声を聞く自信がなくて、受話器をはずしたままにして、横の壁にもたれた。マリコがそこにいた壁、マリコの残像に触れて両手で抱きしめた。受話器をそのままにして部屋を飛び出して走った。走って汗をかけば、鬱屈した気持ちは消えて清々しい気持ちになる。医学部の受験に失敗して、また失敗して、高校の友人に会うのがおっくうになり人目を避けるゴキブリのような生活に慣れたころ覚えたジョギング。夕食のあと闇のなかを走ることは欠かさなかった。雨が降ってもカッパを着て走った。健康的だと褒める人もいたが、冗談じゃない。苦しいから走るんだ、そしてジョギングは僕を裏切らなかった。心拍があがり汗が流れ、爽快な気持ちになった。……だが、今回ばかりは違う。こんなに心臓が速く打っているのに、こんなに汗が流れているのに、僕の心の闇はまったく晴れない、苦しくてつらい。

電話でマリコの声を聞くよりも、無機質なガチャンという冷たい受話器を切る音のほうが今の僕にはつらくない。家から持ち帰ったナポレオンを取り出した。酒ならなんでもいい。鏡のなかの僕の目は死んでいる。それでも明日は授業がある。同級生と目が合うのが怖い。こんな目を見られたくはない。アパートにいたくない。マリコとの思い出が詰まったアパートなど、辛すぎる。僕はこの十一月を生きて乗り切ることができるのだろうか。マリコはいったいあといくつ僕にこんな思いをさせれば気が済むんだ。彼女と二人で行ったミミのおじさんとおばさんはいつものようにやさしかった。

マリちゃん、僕は君が言うように許容力のある男じゃないよ。包容力もない。天神でジルバを踊ったときに言ったように恋のはじまりが得意なだけだ。女の子を夢の世界へ連れて行くことはできるのかもしれない。ところが恋が愛に変わり、愛が人生になっていくことにずっと不安を感じていた。女の子はみんな敏感で、そんな僕に背を向けた。彼女たちは僕の心を見透かしていたんだ。ようやく自分の人生を重ねることのできる女性が現れたと思ったとたんに、その子は僕の前から立ち去る旅支度をはじめた。ずっとそばにいてほしいと思った人が消えていく。これはきつい。辛いよ。なんとかしないと、

——僕は壊れてしまいそうだ。

十一月二十日

怖くて電話ができなくて手紙を書いた。毒を吐き出すように濁った心を文字にすれば苦しみが和らぐことを知っている。三日後、マリコから電話がかかってきた。

「渉さん」

「……」

「生きてるの」

「たぶん」

「ご飯食べてるの」

マリコの声は悪魔の声ではなかった。僕のボロボロの心に一瞬にして幸せがひろがった。

「ミミにいってる……。おばさん、おじさん、優しいよ」

「あの電話、やっぱり渉さんだったのね」

涙がにじんだ声が聞こえる。

「……」

マリコが泣き出した。

「どうして、どうして、言ってくれないの。バカって、マリコのバカって、どうして言ってくれないの！」

「……」

「あたしに怒ってくれたでしょ。渉さんのアパートで、あんなに厳しく。あたしが渉さんをまたいだら、ぶったら、蹴ったら、あんなに怒ってくれたじゃない。マリコのバカって言ってよ。バカ、バカ、バカって」

「言ったよ。何度も言ったよ。でも答えてくんないじゃないか」

「直接言ってよ。あたしの目の前で言ってよ！」

「……マリコのバカ」

「違う、あたしの目の前でよ。別府のあたしの部屋で、あたしの目の前で言ってよ！　一週間前の手紙の差出人に渉さんの目に見えるように、あたしの住所を書いたじゃないの！」

二人の結婚式の写真を同封し、佐賀に帰り母にマリコのことを話したと綴った手紙を郵送したあとに、十一月十三日に彼女から送られてきた封書の差出人には決意のこもった筆致で、はじめてマリコの住所と姓名が書かれていた。

「……」

「渉さん。マリちゃん、泣いてんの。こんな風に泣くなんて生まれて初めてのことよ」

「ぼくの両親が死んでしまえばいいのに」

「あなた、何いってんの」

「だって、ぼくの両親を悲しませたくないんだろ。だったらぼくだけなら。マリちゃんは走れる」

「バカなこと言わないで！　今のあなたがあるのはご両親のおかげなのよ」

沈黙の時が流れた。

「アフリカに行かない？」

「アフリカ？」

「大学構内の掲示板に青年海外協力隊の応募があったんだ。アフリカにね、二年間、日本から逃げるんだよ。だれも追っかけてこられない。大分も、佐賀も、みんなあきらめるよ。ね、そうしようよ」

「……渉さん、あなた」

「毎日子どもたちがたくさん死んでるんだよ。二人で助けてあげようよ」

「……」

「行こう」

「アフリカのどこ？」

「タンザニア。海がきれいな島があり、南部では南十字星がみえるらしいよ」

タンザニアには医療の行き届かない地方都市があり、医療隊員が派遣されている。二年の任期を終えて帰国した看護婦の話を先日公民館に聞きに行った。いろいろ話を聞いて医師も派遣されていることを知った。一次試験は語学試験で、二次試験は面接という情報もゲットした。

「仕事があるの？」

「地方の病院で医者を募集してる。内科は結核が多いらしく、最近は免疫が低下する不思議な病気が増えてるそうだよ。研究もできそうだ。小児科はオランダ人の女の先生がチーフで、病棟はオーガナイズされてるんだって」

「二人で働けるね。小児科のローテーションは今月で終わって、十二月からは内科よ」

マリコは僕の荒唐無稽な話に波長を合わせはじめた。頭の回転がはやく、優しくて、僕とおなじで白昼夢をみることができる。

「タンザニアとケニアの国境にはキリマンジャロがあるんだ。ヘミングウェイが『キリマンジャロの雪』って小説を書いただろ」

「映画にもなったね」

「キリマンジャロには『力尽きた豹(ひょう)』がいるんだ。豹が何を目指してのぼってきたのかは誰にも分からないそうだよ。ねえ、二人で見にいこうよ」

「アフリカ最高峰の山だから雪はきっと氷ね。氷のなかに豹がいるのね。何かを求めた」

「豹に会ったらね、二人で頂上まで登るんだ。豹が目指したものをいっしょにみようよ」

「……いいわね。豹が目指したものをみにいきましょう。渉さん」

「キリマンジャロは五八九五メートルあって、最後の千メートルの山頂アタックを深夜に開始して日の出を見るんだって」

「どんな風が吹くのかな……。〝風に呟くこの想い　夢に揺れ　時に流れてキラメキとどけ〟」

「名前も知らない路上ライブの歌姫か……」

「渉さんの最初の手紙に書いてあったのよ。胸にささったわ」

「四七二〇メートルのところにある、キボハットっていう最後の山小屋に昼過ぎに着いて休むんだ。そこまで登ったという達成感と、これから最後の千メートルを登るんだという夢がある。夕方になると一羽の鷹（たか）が青空を自在に飛ぶんだ」

「高い空では音が消えるんでしょ」

「うん、音もない風のなかを翼をひろげて飛ぶんだ」

「鷹よ…自由に、気ままに、飛べ！　思うがままに空を舞え！　いいなあ。あたしね、朝日が大好きなの。元気になるもの」

「深夜にキボハットを発ち急峻（きゅうしゅん）な千メートルを登りきる。アフリカ最高峰の頂上にぼくらは並んで座り、日の出を待つんだ。遥かな山々の嶺が明るくなり太陽が昇ってくるのを」

「きれいでしょうね」

　マリコのすすり泣く声が受話器の向こうに聞こえる。

「マリちゃん」

「なに」

「……嘘がこんなに苦しみを和らげてくれるって知らなかった。もっとはやくから知っとけばよかった」

「そうね。嘘を話せば、お互い苦しまないですんだわ」

「うん。嘘を散りばめた恋をしたら楽だったのに」

「…お酒飲んでるの」

「佐賀からナポレオンかっぱらってきた」

「飲み過ぎると肝臓悪くなるわよ」

「一・四パーセントの確率で死ねるんだって」

「どういうこと?」

「マリちゃんが初めて野芥のアパートに来た日の午前の授業は内科だったんだ。糖尿病のノートには tonight DOKI DOKI の落書き。急性肝炎は tonight tonight Mariko って落書きした。でね、急性肝炎の講義で先生がいったんだ。二パーセントが劇症肝炎になってそのうち七十パーセントが死ぬから、学生諸君は女に振られたからって飲み過ぎないようにって。笑っちゃうね」

「落書きは笑えるけど、致死率は笑えない。死なないでよ」

「……マリちゃん。佐賀でね。兄ちゃんと飲んでわかったんだ。マリちゃんがいると素直な自分になれるって。大好きだった頃の親父や兄貴を思い出すことができたよ。いつからかひねくれてしまった自分もそんな気持ちになれるんだって」

「嬉しい」

「違うんだ。分かったんだ。僕がそんな気持ちになったってことはダンナさんもその両親もそうにちがいないって。……愛されてるってどうしてはっきり言ってくれなかったの」

「……渉さん」

「自分の好きな人が幸せでいてくれることが、僕にとっても一番の幸せだよ」

「あたしもよ」

「マリちゃんがこれ以上苦しむのを見るのはつらい」

「……」

「ダンナさんが言っただろう。そんなに好きならその学生さんのとこへ行きなって。あとのことは僕がなんとかするってさ。愛してなきゃ言えないよ。キザだって思ったよ。憎たらしいって思ったさ。勝ち目はなかったけど、ぼくの気持ちは前に進むばかりだった」

「……」

「ぼくがマリちゃんを愛すれば、愛するほど、マリちゃんを苦しめてくんだ……。ごめん」

「やめて！　悪いのはあたしよ、渉さんの心を食い荒らしたの」

「結婚でマリちゃんは幸せになれる。両親が百パーセント賛成の結婚がうまくいくんだろ。本人どうしが八十パーセントでもね。逆はだめなんだろ。君にぴったりじゃないか」

「そんな風にいわないで」

「もう行きな」

「……」

「ダンナと結婚しな」

「……渉さん、どうするの」

「マリちゃんが離婚したら一緒になるよ。マリちゃんスペースをつくっとくから安心しといて」

「……彼女つくってね。勝手だと思ってたの。あたし、このままつづいて、あたしの心が整理がつくまでって、それじゃあんまりだもの」

「……」

「勝手だと思ってたの。そのうち結婚に対するダンナとの気持ちに整理がつくと思ってた。だから彼女つくってね。そうじゃないと渉さんに……」

「まかしといて。大丈夫だよ。女なんてどこにもいるよ。ポセイドンのサチだろ、神陵文庫の菜々美だろ、ミルクのてんこチャンは高校生だけどユーミンの『守ってあげたい』を歌ってくれたんだぜ。ぼくがその気になれば朝飯前だよ。心配しないでも、女の一人や二人くらい」

「……そういわれるとダメなんだなあ。それ、あたしがいうといいんだけど、渉さんにいわれるとダメなんだ」

マリコが僕に嫉妬している……。ちょっとだけ嬉しくなったけど、どうみても逆だろう。捨てられる僕の中には嫉妬がなくて、僕を捨てるマリコの中に嫉妬がある。〝不可解なる者よ、汝の名は女なり〟シェークスピアだったかな、あんたと友達になれそうな気分だ。

十一月二十四日

僕は約束していた糖尿病ノートの落書きページのコピーとペンダント、そして彼女が気に入りそうな本を同封した封筒を送った。差出人の欄には僕の名前は書かなかった。二日後の朝、マリコから電話があった。

「渉さんでしょ。手紙がとどいたけど差出人の名前がないの。可愛い落書きの糖尿病ノートでしょ。マリちゃん郵便局ですぐに開いたの。いっぱいいろいろでてきた。郵便局でて、バスに乗って、みんな見てたわ。注目あびたの。ねえ、渉さん、ずっと二年間そこにいるんでしょ。蛇ににらまれたカエルよ。あたし、住所も、電話番号も知ってんだもん」マリコは力なくつづけた。「渉さん、〝どこでもドア〟買って」

「なんだよ、それ」

「ドラえもんの〝どこでもドア〟よ。そのドアを開けるとどこでも行きたいところへ行けるの。そしたらあたし、渉さんのところに行ける。今からでも行けるのよ」

「クリスマスプレゼントだね」

「嬉しい！」

「岩田屋にあるかな。でも、なかったらどうしよう」

「そのときはエプロンがいいな」

「わかった。どんなエプロンがいい」

「あっさりしたものかな。まかせるわ。渉さんがいいなって思ったもの、直感でいいなって思ったものが欲しいな」

「森英恵の蝶が好きっていってなかった？」

「そしたら渉さんがジプシーバタフライがいいっていったのよ。東南アジアから気ままに旅をする蝶。あれ聞いて一気に引き込まれたなあ」

風に乗って飛来し、気ままな旅のはてにたどり着いた南国で蘇鉄を食うという蝶だ。

「もういかなきゃ」

「そうね。授業頑張ってね」

「うん、午後は公衆衛生だよ」

「渉さんが、あたしにレポート書かせたのよ。緋い鯉…楽しかったな」

「うん」

「ほんとに…〝どこでもドア〟があればなぁ」

マリコはしみじみとつぶやいた。

公衆衛生の授業が終わると、あたりはもう薄暗い。僕は図書館に行く前に七限プラザのダンス教室によった。びっしりつづいた授業のあとに顔見知りの受付の茜と雑談でもしたかった。事務所の奥から声がした。

「わー、久しぶり」そういうと、受付に座って、「もうちょっとはやく来ればよかったのに。あたし、すごく落ち込んでたと――」

どうも彼氏と別れたようだ。僕とおなじ境遇というわけだ。

「何があったん」

「ははは、あたし七キロやせたとよ」

「どうして」

「人生経験豊富?」

「ばっちし」

「またー、いくつかいな」

「二十五」

「ふーん」

「話を聞こうか」

電話がかかったり、他の人と話したりで話がどっかへいった。

この子とお茶でものみたかった。何をしてもつまらない。何かをしたい。気をまぎらわしたい。マリコの思い出がつまる部屋には帰りたくない。なによりもこの子の表情には寂しい陰りがあった。僕の目を見られる心配はない。僕の死んだような目を見て同情されることは耐え難い苦痛だ。

「六時に来ようか」

「話さんかもしれんよ」

図書館に行き、本を開いたけど、一時間なんてあっという間にすぎた。

彼女はゲームセンターの方から出てきた。モミの木に入ろうとすると茜は立ち止まった。

「ここに入ると？」

「お茶だろ。話を聞けるよ」

「やめよう」踵を返し、「どっか行こう」といって車のところまでいった。「弟の車なの。今朝ガソリンないからって、ここに置いて、あたしの車に乗ってったの」

「これ、ケンメリじゃない」

「うん、宣伝に出てたやつ」

「愛と風のように……愛のスカイライン」

「むかつく名前」

茜は苦笑いをしながら運転席に座った。エンジンがかからない。ほんとにガス欠だ。茜はガソリンスタンドの友人に電話した。僕は時間つぶしにバッティングセンターに入った。いきなりホームランになった。茜は笑って僕を見ている。

「来たよ」

店の人がガソリン携行缶を持って現れた。茜とは顔見知りのようで言葉を交わし車にガソリンを注入し、茜はエンジンをかけてアクセルを踏んだ。すごい吹き上がりだ。

「いい音だすね」

「うーん、こないだ弟がマフラーかえたん」

「暴走族なの」

「走りは好きだけど、悪じゃないよ。そんないわんといて」

「ごめん、謝るよ」

「ねえバックファイヤーってやったことある」

「車のマフラーから火を噴くヤツ？　ないな」

「正式にはアフターファイヤーやけど、今日のデートで楽しかったら最後にやっちゃろうか」

「僕にプレゼントか」

「そうだね。一足早いクリスマスプレゼント」

「涙が出るくらいうれしいよ」

「ミュージック、何を聞きたい」

「何がある？」

「門あさ美」

カセットテープの曲名をみると、『Lonely Lonely』、『Season』、『月下美人』……。

「暗くならない？」

「こないだ、ずっと聞いて、落ち込みよろうが」

この子にとって初めての失恋だったのだろうか、応援を込めて言ってみた。

「中森明菜が『セカンド・ラブ』を出したね。歌詞は来生えつこだよ」

茜は笑ったがそれには答えなかった。

「ちろりん村行こうか。山の麓。こないだ見つけたと」

「ああ」

「どっか行きたいとこある？」

海と思ったが、どこでもよかった。広い車内に座り、女の子がいて、その子は何か必死に苦しみに耐えている。僕の存在は無に等しい。彼女の心に僕が入る余裕はない。僕の目を見られることはない。ただここに座り、車の音と音楽を聴いているだけでいいのだ。落ち着いた安らぎにも似た気持ちになれる。ここは天国だ。

「この道、どこにつづくとかいいね。長崎かな」

「佐賀だよ。この道を通って帰るんだよ」

「車持っとーと」

「持たんよ。バイクに乗ってる」

「なんに乗っとん」

「スズキＧＳＸ」

「バイクかあ、気持ちいいんよね」

「風になれる」

「海、山どっちが好き？」

「海もいいけど、山道のワインディングが最高だね」

「いいな、今度乗せてよ」

「いいよ」

「ほかの女乗せて、彼女怒らんと？」

「振られたよ。風の音が消えた十一月かな」

「福岡くんっていうことがしゃれとーね」

「詩人だろ」

「そうね。あたしにピッタリやん。風が音を奏でなくなった闇の九月、十月、音と色をとりもどしはじめた十一月」

「うまい！」

「サンキュ」

車はどんどん山道をのぼってゆく。ヘッドライトが紅葉している森の木々の色彩を闇のなかへ浮かびあがらせる。どこまでもこのまま走りつづければいいと思った。別にこの子とどうこうなりたいというのではなく、悩みでパンクしそうなこの子の隣のこの席がすごく座り心地がいいのだ。

三瀬(みつせ)峠まで行くのかと思っていると茜の声がした。

「ほら、着いた」

山小屋風の店だった。

中にはカップルが一組いた。感じのいい店だった。

高菜ライスとコーヒーをたのんだ。僕は黙っていた。話したければそのうちに話すだろうし、話さなければそれでいい。こうして座っていればよかった。茜は目がぱっちりした端正な顔立ちをしているが、その目は僕をみていない。自分の心の光景しか見ていない。僕の存在感がまったくない至福のときがすぎてゆく。

やがて茜は話しはじめた。高校二年のときからつきあっていた彼に別の女ができたのだ。それだけの話だった。そうとう苦しかったようだ。二カ月泣いていたという。いろんな人に相談したという。二カ月という茜の言葉にギクリとした。僕がマリコと出会って二カ月半だが、その間この子はほとんど泣いていたのか。

「七年間、あたし何しよったとかいな。無駄なことしてたんやないかな」

「でもその七年間は楽しかったんやない」

茜はうなずいた。

「その人がいたから幸せで充実してたんだろ」

うなずく。

「だったら無駄じゃないよ。その人のおかげですてきな思い出が残ったんだから」

僕は自分に言い聞かせるようにかみしめるように話した。

「すてきな日々がその人のおかげで送れたんだ。そんな風にいってしまうのはなんだか悲しい気がする」

茜にマリコの面影が重なった。

茜の目に涙が浮かんだ。気の強いこの子の目に涙が浮かぶとは……。涙を手で拭いてしばらく沈黙がつづいた。僕はタバコに火をつけて、茜から目を逸らした。窓の外は闇だ。そうさ、どんなに今が辛く、忘れてしまいたいほど苦しくても、楽しかった思い出の日々はたしかに存在した人生の大切な風景なのだ。

視線を茜にうつした。流れる涙をぬぐおうともしない。きれいな涙だと思った。

「言われるとよ。ダンススクールの先生に」

「なんて」

「人生には落とし穴があるって。若い人は自分たちが危ないなあって思うことを平気でやってるって。いくら止めようとしても若い人は走ってしまうって。どんなに愛し合って結婚しても、なかには敵（かたき）みたいにして口もきかん連中もおるって。人生は長い目でみんといかんって」

「そんなこともあったなってか」

「そう、そんなこといいよんしゃった」

「いえてるな」

僕は自分の心のなかにずっとわだかまっていたものが吹き飛んだ気がした。そうだ、人生には落とし穴があるんだ。若い時にはそんな落とし穴を経験するんだ。僕にはマリコの存在が重く思えた。この子と話してはっきりした。やっと自分の心に答えが見つかった。

もうマリコとの恋は終わったんだ。彼女との燃えるような恋は終わったんだ。茜に感謝しなくてはならない気がした。気のせいか、この子も僕と話して少し気が晴れたようだ。寂しげな影がきえた茜をレザージャケットと白いボブのセーターがふんわりと暖めている。もうそんな季節なんだ。

先日、医学部の学園祭に講演に来たネパールで活動する公衆衛生の先生の言葉を思い出した。〝医師はその背中に人生を語り、人にそれを教えなくてはならない〟でも、この夜のドライブで教えてもらったのは僕のほうだった。マリコとの恋は終わった、終わっていたということを茜に教えられた。医者にいったい人生のなにを教えることができるというのだろう。著名な先生の言葉は僕の心にとどいてこない。

この子も大きな苦しみを背負って生きていたんだ。だれでもこんな風に苦しみを抱えている。僕は車からおりた。別れしなの茜の表情はやけに明るかった。そして手を何度もふりながら、僕の視界から遠ざかってゆく。

パン！　と音がして車の後部が火を噴いた。バックファイヤーだ。彼女は楽しんでくれたんだ。一足早いクリスマスプレゼントがめちゃくちゃ嬉しくて涙がにじんできた。秋色に染まった街路樹から落葉した枯れ葉が足元で舞っている。頬をうつ夜風は冷たい。いつのまにか夏は終わり、秋が過ぎ、そして冬がおとずれようとしている。枯れ葉が踊れるのなら、僕だって久しぶりにロックンロールを踊ってもいいような気がする。どこの店がいいのだろう……、茜に聞けばよかった。

十一月二十六日

手紙は過去からとどく気取ったタイムマシンのようだ。十一月十七日の板のハガキを読んでどん底に落ちた僕は電話をかけることができず手紙を書いた。マリコがそれを読み、涙の電話をかけてきて感傷的な会話となった。僕は約束を果たすべくノートのコピーとペンダント、それに鈴木健二の『気くばりのすすめ』を送った。手紙を読んだマリコは電話し、そして筆をにぎったのだ。どうしても手紙はきれいな文章にまとまろうとする。しかし僕らの現在の混沌とした心情や周囲を考慮すれば、まとめることは不可能にちかいことだ。

この手紙は僕の心を震わせ、涙で文字がかすんだ。しかし過去を彷徨いはじめた手紙になんの夢や希望をみればいいというのだろう。マリコの手紙を読んで〝女は嘘つきだ〟というのは酷なのかもしれない。でも、彼女のなかで両親が大きな存在であることは事実だ。父を悪く言う僕は責められるのはしかたないが、それは彼女自身の父への想いと無関係ではないはずだ。

今までどこで寄り道をしていたのでしょうか。急に寒くなって、あっというまに冬になりました。今日のおひるやすみは、久々にお陽様を浴びたけれど、風は冷たくて街は灰色に見えました。

でも、今もこのからだが憶えています。中央郵便局のソファで、一心に手紙をよんでいる私の首すじに、陽ざしがさしこみ、今にも燃えそうなくらいあつかったことを…その数分後、バスに乗った私を見た数人の乗客は、とてもおすましとは言えない顔をした女の子を見て、何があったと思ったでしょうか。ＴＶドラマみたいな事もあるんだということを思ったのかもしれません。

やっぱりあの電話は渉さんだったのね。多分…とは思ったものの過去のいたずら電話を思い出して、思わず受話器を置きました。いつもならかけなおしてたしかめるけど、最近の渉さんは、電話してもあまり楽しくないみたいだからやめにしたのです。

渉さん、一人合点はやめてね。私の気もちが理性や思い出にかかわる事ができるほど時間は流れてないのよ。あの手紙は…意志でも決意でもなく、自分自身にいいきかせているだけのものです。

私だって時間が許せば福岡に飛んで行きたいのです。毎朝、毎夕というほど〝ゆふ号〟に出会います。渉さんのすんでいる街に、あのバスが行くんだ、あの空気の中にとけこんでゆくのだと思うと、本当にいとおしくなります。

しかし、あの手紙がそこまで渉さんを苦しめ、打ちのめしたとは知りませんでした。私はこの間の渉さんの速達をよんで、よんで、くり返しよんで、そして自分に言ったのです。〝この次こそ、絶対に…〟って。

手紙にもあったけど、どうして親をうらむの？　どうしてお父さんの存在がうらめしいのですか。渉さんのご両親は、私の選択に関して何も左右はしていません。むしろ嫁いで、他人の娘にならねばならないのだったら渉さんのお父さんやお母さんのような方の娘になってみたいという思いが、胸をあたためたくらいです。どうしてこれから一生、心をひらかないってわかるの？　たかが私のような何のとりえもない女のことぐらいで…（もちろん私一人の人間として、女として、渉さんのような男性に、これほどまでに心の中を分けてもらえて、本当にうれしく思っています。）

でもよく考えてみると、私だって人にいえるほど両親を大切にしているかしら…私って弱いから、泣けてくるほどつらかったり悲しかったりすると、もうそこにすわりこんでなりゆきにまかせてしまうのです。今までずっとそうだった。今の縁談だって、両親は、本当は私の口からはっきりと断ってほしかったのだろうと思います。

親子って世の中で一番近い間柄なのに、実はちょっぴり離れた関係なんじゃないかしらと、近頃認識し始めました。それは私達が大人になったということでしょうか。渉さん、これは私自身にも言っていることだけど…両親がいなければ、私たちは生をうけられず、私の好きな渉さんは…またいだり、たたいたりしたら、うんとおこってくれるわたるさんはいなかったのです。

私達はどうして出会ったのでしょう。お互いのことを考えただけで、こんなにつらくなる出会いがあるなんて、夢にも思いませんでした。神様はきっと忙しすぎて〝真理子〟というりんごに少し傷がついていているのを見おとして〝渉〟という青くてツルツルしたりんごにコツンと当ててしまったのです。いたずらするつもりはなかったのです。神様はとても心を痛められたけど、〝渉〟こと青リンゴは相手のことを思いやって〝自分の好きな人が幸せでいてくれることが僕にとっても一番の幸せ〟とささやきました。素直だけがとりえの真理子リンゴが、大好きになってしまった青リンゴのいうことを聞かないはずはありません。

そうでしょう？　渉さん。渉さんがそうしてくれって言ったじゃない。私は渉さんの気持も、自分の気もちも、まわりのこともすべてわかっていたけど、渉さんが、私の渉さんがそうしてほしいって言ったから、そうしたのよ。

もちろん私には、すべてをふりきる勇気もないだろうし、どう常識的に考えても答えはひとつだったけど、私は、私をいとおしんでくれる人のいうことをきいたのです。私も今すぐ駆け出して、渉さんのうでをとり、見えない未来に向かって歩いて行きたい…。

渉さんに私からのお願いです。お父さんのことそんなに憎まないでください。渉さんが送ってくれた本の中にもあったでしょう。――その存在が容易に理解されないから父親は悲壮である。しかし、〝いつか子供が〟と未来を信じて黙々と働き続けるしかないのである――この本、大切にします。
Copy ありがとう。渉さんが授業中に書いた落書きはほんとに癒されます。それからペンダントも…あたしも必ず、必ず、送ります。
襟元にマフラーの似合う　季節…
あったかくして　すごして下さい。

真理子

渉様

十一月二十八日

淳兄ちゃんから電話があった、福教大へ鹿児島大学のダンスOBとして行くのでどこにあるか調べておいて、という内容だった。僕の安否確認だったと思う。こないだ佐賀に帰った時に僕は酔いつぶれて、婚約者のある女性と結婚したいと大騒ぎしてきたばかりだ。生きているのだろうか、兄ちゃんが心配するのも無理ない。

福教大……、そうだ、浪人時代の知り合いがいる。明美だ。電話帳を調べてダイヤルを回した。

「福岡と申しますが、明美さん」

「私ですが」

「あの、わかりますか」

「ひょっとして……」

「修猷(しゅうゆう)学館でいっしょだった」

僕が四浪、彼女は一浪のときだったから、出会ったのは四年前だ。

「福岡さんですか」

「よかった。わからなかったらどうしようかと思ってた」

「私、福岡さんのこと忘れませんよ」

「どうして」

「だって最初に私に声をかけた時のこと覚えてますか」

「えっと」

「忘れました？」

「何て言ったの」

「パチンコ行かんって」

「へー、ほんと、そんなこと言ったんだ」

浪人も四年目になって寂しくて、孤独な魂が太陽のように明るい彼女に引きつけられた。パチンコに誘いたくなるようなフレンドリーな子で、彼女がまとった温かい空気に近づきたかった。

「言いましたよ。私びっくりして、いきなりあんな風に聞かれるから。私パチンコするように見えるのかなぁって。悩んだんですよ」

来年から小学校の教員だそうだ。とても懐かしくなった。人生はこうやってひょんなことから楽しかった思い出が顔をだす。人はそれぞれ自分の場所で命をあたためて生きているんだ。今の僕の心は絶対にうらぎらないという保証つきの優しさや懐かしさに飢餓状態だ。むしょうに会いたくなって電話番号をいうと、すぐにメモしてくれた。

明美は運動神経がよくて、浪人時代に根城としていた姪浜の寮に招いてソフトボールをやったことがある。バッティングといい投球といい捕球といい男子チームにはいっても戦力になる腕前だった。陽気な彼女はどんよりした空気が漂う多浪集団の僕らにとって太陽のような存在だった。大学に入ると一度だけふたりで姪浜の小戸公園へ行き、太陽が沈むまで海をみていたことがある。授業中にレポート用紙に医大の愚痴を徒然なるままに書いて送ると、彼女からもルーズリーフの両面にシャープペンでびっしり書かれた返事がきた。

小学校入学のときに小学校の先生になりたいと夢を持ち、そのときから福教大の存在も知っていたこと、中学になり〝辺地教育〟に興味を持ったという美談も教えてくれた。その自分が五月病になり、ろくに勉強もしないで教師になることへの不安、そしてなぜか分からないけど、数年前に自分の頭に描いていた自叙伝には、こういう運命にあった気がする、と崩れることのない綺麗な文字で書いていた。最後には、〝よかったらヒマな時に日記に書くようなつもりで、福岡さんの独り言を聞かせてください。私も往復四時間半の通学、クラブで忙しく、会う機会はないと思いますが、手紙は力一杯書くつもりです〟とあった。

たまたま彼女の自宅の近くに行く機会があり、会いたくて家に電話したことがある。お母さんが電話に出て「明美は家庭教師にいっています。帰ったらお電話させましょうか」と対応が礼儀正しく、声がとても柔らかく、子は母に似ると思った記憶がある。

もしもレポート用紙とルーズリーフの手紙がつづき、あのとき彼女が家庭教師のバイトに行ってなければ、明美は僕のガールフレンドになっていたんじゃないだろうか。そうすれば僕は無邪気に無責任に手をたたいてマリコを引き寄せ、見ず知らずの人たちを苦しめることはなかったのだ。

「今はどうしてるんですか」

明美が聞いた。

「四年だよ」

「えっ、大学辞められたんじゃないんですか」

「どうして」

「そんな風にきいたから。手紙ではずいぶん悩んでられたみたいだから」

国立に通らなかった挫折感が尾をひいていたのかもしれない。勤務医の家庭の息子が金持ちの多い私立の学生たちのなかでやっていけるのか不安があったのかもしれない。そんな僕に稲場が声をかけてくれ、清三郎や至坊と仲良くなり、作田とも飲みに行くようになった。ウィンドサーフィンにも声をかけてくれた。友達に恵まれて医学部ライフを誰よりも満喫している。七隈プラザの茜の言葉を借りれば、今は落とし穴に落ちているだけだ。

「大丈夫だよ」

「よかった。ちゃんと頑張ってるんですね。どうです、大学は」

「さすがに授業はきつくなってきた。たいへんなとこに来たなって感じかな。明美さんも大学やめなかったんだね」

「えっ、どうしてですか」

「ルーズリーフの手紙に、授業が退屈でつまらないって書いてたから」

「……授業中にルーズリーフを一枚取り出してシャープペンでそのまま書いたんですよね」

「石川達三を読んでるって書いてあったし」

「『青春の蹉跌』が映画になってて、桃井かおりとショーケンがいいよって福岡さんのつぶやきにありましたね」

「同じ大学だったらいっしょに観にいっただろうな」

「断る理由はないですからね。あのころの私はひどい五月病だったんですよ。夏のように元気な私がうそみたいに」

「来年から小学校の教員って聞いて、なんだか嬉しいな」

「はは、人生って不思議ですね」

「不思議だね。明美ちゃんは何座」

「えっと、みずがめ座です」

「血液型は」

「なんだと思います」

「O型」

「あたり、そうなんです。人からいつも言われるんです。福岡さんは」

「O型」

「えっ、うそー」

「何型にみえる?」

「AB型」

「AB型ってどんな人なの」

「十かゼロ」

「俺ってそんなに好き嫌いがはっきりしてんのかな」

「よく知らないから」

「そうだね」

たしかに僕らは互いのことをほとんど知らない。しかし受話器をおいて長年の親友に悩みを聞いてもらったような、心が軽くなった気持ちになった。時間ができたら会ってみたい。優しいお母さんがいて、文学少女で、気立てのいい真面目で明るい明美がガールフレンドになれば、マリコは安心して僕に気兼ねすることなく嫁いでゆけるのだ。

十一月二十九日

僕はマリコに電話で二つの報告をした。七隈プラザの茜とドライブをしてマリコとの恋が終わったことを理解し、それを甘受できたこと。もうひとつは明美との電話で安らかな気持ちになり心の傷がかなり癒えたこと。

「そうなんだ。少し元気になったのね」

「うん」

「一言だけ文句言っていい？」

「なに」

「渉さん、あたしが彼女つくってねっていって四日後に茜ちゃん、八日後に明美ちゃん、いくらなんでも早すぎない？　あたしに文句いう資格がないのは分かっているけど、ちょっと妬いちゃうんだけど」

「彼女じゃないよ」

「せめて数カ月後とか一年後とかでしょ。これじゃ小説にもならないわ」

「救ってもらったんだよ」

「そうね。苦しそうだったから」

「茜ちゃんがうまいこと言ってたな。〝風が音を奏でなくなった闇の九月、十月、音と色をとりもどしはじめた十一月〟って。僕も〝風が音を奏でなくなった闇の十一月〟だよ」

「死んじゃだめよ」

「もう死はないな。十二月は音と色をとりもどしはじめると思うよ」

「よかった。もし、渉さんが死んじゃって、お葬式があるとするでしょ。そこにあたしがひょっこり行くじゃない。怜子さんとかみんなびっくりするの。なぜ、なぜ、なぜ、マリコが渉さんのお葬式にいるのって。作田くんだけが知っててニヤニヤしてるの。そして渉さんの部屋からあたしの手紙がボロボロでてくんの。あっ、そうだったんだって真相がわかって、作田くんが得意そうに説明しだすの」

「作田はうまいことやってくれそうだな。怜子にはいってないんだね。写真も僕だけに送ってきたし」

「知ってるのは同級生の勝代ちゃんだけ」

「大学の同級生?」

「うん」

「ほんとに手紙たくさんもらったね。ずっと持っとくよ。結婚しても」

「あたしも。渉さんにもらったとくに最初の手紙は離婚の原因になっても隠して持っとく」

「僕たち終わったんだね」

「もう、あたしたち二度と会わないの？」

「会っちゃだめだろ」

「……」

「マリちゃんと人生を一緒に歩きたかった」

「……渉さん、そっちじゃないでしょ。こっちよ」

「とんでもないとこに連れてかれそうだな」

「それはあたしの台詞よ。アフリカとかいうんだもの」

「キリマンジャロか……、行きたいな」

「ほんとに行きそうね」

「人生は一度しかないから」

「あたしもそう思って生きてきた。ねえ、後期の試験は二月でしょう。日程がわかったら教えてね」

「どうして」

「だってあたしにできる最後の仕事だから。毎朝六時半に起こしてあげる」

最後という言葉が寂しかった。

「しなくていいよ」

「どうして」

「つらいよ。もう会えないんだし、電話だけなんてつらいよ」

「……そうね」

「あとはクリスマスプレゼントを贈って終わりだね。今年のクリスマスソングはユーミンの『恋人がサンタクロース』かな、ぼくは甲斐バンドの『安奈』って気分だよ」

「なにが違うの」

「安奈の歌詞はね、

安奈　クリスマスキャンドルの灯はゆれているかい
安奈　おまえの愛の……

忘れた。でも、いい詩なんだ」

「ほんとに、もう会えないの」

「うん」

ふたりの恋に終止符を打つときがきたのだ。

翌日、僕はマリコに最後の手紙を書いた。電話もかけないと決めた。

〝今の僕の気持ちは安らぎに似たものです。僕は大丈夫のようです〟

そんな書き出しではじめた手紙で、ペンダントよりも広辞苑を買ってほしいとお願いした。ペンダントは一生首にかけとく訳にはいかないけど、辞書は僕とともに生き続ける。つまり永遠に僕はマリコとともにいることができる、横に妻がいようと、子どもがいようと、辞書をひらいてマリコを思い出せると書いた。

なぜ辞書なのか？　それはマリコの手紙だった。〝福岡渉〟という主題を得て書きつづける彼女の文章は僕への愛にあふれ、脈をうち、ぬくもりが伝わってくる、ぶれることのない生きた文章だ。そして愛の刃に傷を負った心が隠すことなく涙をながす、この世でもっとも美しく尊敬に値するものだった。そんな文字とつながる辞書を彼女からプレゼントしてほしかった。

最後はラブレターのお決まりの文句がならんだ。好きな人へ何百年も前から人類が使い古してきた、物語の終焉を伝える陳腐な言葉を羅列することしか僕にはできなかった。


マリちゃん、貴女を心から愛しています。

幸せになってください。そして、ほんとうに、ほんとうに、幸せをありがとう。

福岡渉

石井真理子様

十一月三十日

今日のお月様は流れる黒雲にも負けず、穏やかでまん丸な笑顔を見せてくれています。星ひとつない夜空に浮かび、寝静まった街をつつみこむように、そしてやさしく護るように、やわらかい光をなげかけています。

ふと思います。福岡で見るお月様も同じかな。野芥のあの公園にも同じ光が舞いおりているかしら。どんなに遠くても、私達はみな、同じお陽様、お月様を頂いて生きているのです。…

どんなにかくしてもお陽様とお月様は、何もかも見ているのですね。

こうしてお月様をながめて、ふと話しかけると、遠くの街に住む人にも届くような気がします。渉さんの部屋から黙って木の洗たくばさみ持ってきてしまいました。ひとつだけ…その代わりという訳ではありませんが、TELでも話した通り、湯布院で渉さんにおみやげを買ってきました。金の蝶ネクタイをしめて送ります。

今度の旅は、はじめから終わりまで、ほんとにずっと、――いや寝ている時だけは考えていなかった。どうしてかしらと自分で思うほど、渉さんの事ばかり考えていました。私のそんな心の動きが、あの人にもわかったのでしょう。〝結婚するまでにはちゃんと心の整理をしておいてほしい〟と言われました。（TELでは黙っていてごめんなさい。あんまり気にしないで。）

私は、ぎりぎりのところではあったけれど…涙を流したり、心を痛めたり、お月様に感動したりできる自分を知って驚いています。もちろん、私をそういう風にした人に出会えた事は、それ以上に神に感謝しています。うらんだこともありましたけど…

私の知らないことを、たくさん知っている人。

いろんなことを、教えてほしかったと思います。

残された時間はあまりたくさんありませんが、精一杯、嘘でもたのしくすごしたい。でも、私その人の為に死ねません。自分の命について考えた事などありませんが、たとえ親の為でもYesと答えられるかどうかわかりません。私の生物としてのすべてをささげる…では、心はどうかと聞かれたら、とてもむずかしい事。心をささげるって、どういうことだと思いますか。

これから竹のバターナイフが渉さんの朝食に御いっしょします。今日も一日、頑張ろう！

11／30　眠い眼をこすりつつ　Mariko

渉様

追：小児科の研修は十一月までで十二月からはまた内科です。白血病の看護学生の佳世ちゃんともお別れ。抗がん剤は彼女を苦しめて、髪が抜け落ちた頭にバンダナを巻いています。（私があげたやつでとても似合っているの。お洒落で気にいってもらっています）彼女に言われました。〝私だったら走る。先生はこれからも生きていくのよ。だったら好きな人と一緒になるべきよ。死んだら何もできないんだよ…〟きれいな目でまっすぐ見つめられて返す言葉がなかった。十八才に元気だしてってハグされちゃいました。

6

十二月二日

もうかからないと思っていた電話がなった。翌日出された手紙を読むと、彼女は夜に婚約者と会い、そのあとで僕に電話したことになる。

「あの人が仕事やめろっていうの……」

彼は来年には実家の病院をつぐらしい。僕は意見をいった。意見といっても六年の歳月と学費を費やして医者になったのにもったいない、という分かりきった話をしただけだ。

「ああ、だめ……。こうして渉さんと話してると、だめだ、あたし……」

「僕はだいぶ元気になっただろ」

「うん、板のハガキのあとは、ほんとにどうなるか心配だったのに。別人みたい」

「どんどん暗くなるばかりだからね。元気にしないと。心の整理をしたよ。自分の人生を自分で歩くんだ。恋人もできるだろう。妻もできるだろう。マリちゃんのことはもう、あきらめがついたよ」

「……」

「でもマリちゃんスペースつくっといたよ」

マリコが笑った。

「いつでも、マリちゃんが来たらそこに入ってもらうようにね」

「よかった。それ聞いて、あたし安心だわ」

「どうして電話したの？　ぼくの手紙がとどいてこまったの」

「ううん、そんなのどうにでも処理できるわ。ただ、あたしの人生を左右する出来事を前にして、誰かに聞いてほしかったの」

「今日はいつまでも話していいよ。マリちゃんが切りたいと思うときに切ればいい」

「やさしいのね」

「マリちゃんだから」

「毎日〝ゆふ号〟に会うの。朝と夜。朝はああ、あれ福岡から来たんだって。福岡のあのターミナルから、あの福岡の空気がバスのタイヤや窓にくっついていて、ほんとうに触りたいくらい、いとおしくなるの。夜も仕事が終わって帰宅中によく会うわ」

「でも、マリちゃんは乗らない」

「うん、でもあたし思ったの。ひとつだけ抜け道があったって」

「それはぼくも考えた」

「最終に乗って、始発に乗るの。福岡から別府についたらタクシーで病院まで行って何食わぬ顔で仕事すんの」

「いい考えだね」

「何年かしたら、あたし行くんじゃないかな。今日は佐賀にいい先生がいらっしゃるから、この子をつれて行ってきますからねって。そのころになったら、もう何もいわせないで、なになにホテルにいますからねって」

「おもしろいね」

「ほんとうに、あたしの性格からいったらしそうだな」

「人生は面白いね。苦しくて辛い日々のなかに、こんな風に明るい話題がポツンポツンとあると、なんか愉快になってく」

「うん」

「心の持ち方ひとつで、明るくも苦しくもなるんだな。どんな辛いことがあってもすかっと明るい気持ちになるように、心を切り替えて生きていけたらいいと思わない?」

「うん、思う」

十二月三日

翌朝、湯布院からのプレゼントのお礼をいってなかったのを思い出して、学校に行く前にマリコに電話した。電話は三回鳴って受話器があがった。

「手紙ついたよ。湯布院の。バター付けありがとう」

「バター付け……、はは、バター付け、あれはナイフよ」

「ナイフなの」

「そう、ナイフなの。切れない竹のナイフ。安全でしょ」

「ありがとう。毎朝使うよ」

「うん」

「マリちゃん思い出してバターを付ける」

「……渉さん、あたし、渉さんと出会ったこと、後悔してない」

毅然とした口調でマリコはいった。

「うん」

「たのしかったね。ほんとにたのしかったね」

「うん」

「……」

「もう出ないと、ほんとに遅刻するよ」

「……」

「はやく、僕があせるじゃない。夜でも、昼でも、朝でも電話していいから、急いで」

こうでも言わないと電話が終わりそうになかった。

「うん、じゃ」

「うん、うん」

「バイバイ」

「うん、バイバイ」

マリコは浪人してまで入学した医学部で何のために六年の時を過ごしてきたのだろう。それを捨てるなんて……。僕なんかに出会わなければこんなことにならなかったのだろうか、いや、よそう、〝渉さんと出会ったこと、後悔してない〟と彼女はいったのだ。彼女の言葉を信じること、それを尊重することしか僕にできることはないのだ。

十一月はつらい月だった。マリコは占いでは渉さんの最良の月よ、といっていたのに。このつらさが僕に何かを与える、だから最良の月とでもいいたかったのだろうか。冗談にも程がある。


白い封筒に書かれた黒い文字は心なし小ぶりで弱々しく、力がない。僕の住所も名前も彼女の名前もすべてがそうだ。差出人の住所は〝別府市〟のみ。

昨夜、僕との電話のあとで彼女は手紙を書きはじめ、日付がかわった午前二時三十七分に書き上げたことを知った。それを知らずに学校に行く前に僕はバターナイフのお礼をいうために電話した。なかなか電話を切らずに遅刻しそうな彼女に、〝夜でも、昼でも、朝でも電話していい〟と覚えたての嘘を口にした。受話器を置いたあとマリコは職場に行く途中で手紙を投函したのだろうか……。

あたしの人生を左右する出来事――それは仕事を辞めるように婚約者にいわれたことではなかった。誰かに聞いてほしかった――その誰かは僕だ。マリコは僕に助言を求めたのではない。こっそり会いつづける計画を相談したのでもなかった。決意を文字にする前にマリコは僕の最後の声を聞きたかったのだ。それが僕への礼儀だと考えたのかもしれない。

マリコから送られた二十五通の手紙のなかで、いちばん元気のない文字をみながら不安な気持ちで封筒の口を切った。

何からはじめましょうか。

今、私の目の前には、結婚式の夜、なんの屈託もなく微笑んでいる二人の写真があります。今度、私がこんな風に心からにっこりできるのは、いつの日でしょうか。

今日は何の覚悟もないままに婚約者をむかえたところ、多分、私の独身時代で最も心の重い話し合いとなるであろうと思われる、重大な数時間がはじまりました。

結果から先に言うと、結婚を機に仕事はやめる事になりました。やはり渉さんのいう通り、彼は家庭、それもしっかりとした基盤のある家庭を求めていました。今の仕事は過酷で、来年度の研修医は少なく、当直、救急をふくめて仕事がますます厳しくなる事、万一妊娠した場合にすごく危険である事、時間に全く見合わぬ給料 etc …二人で働かねば食べられないという事でもないのだから、家にいて開業まで社会勉強でもしていてほしいと言われました。

問題はそれから先でした。仕事については、私も毎日死んだように寝ては、疲れもとれないうちに起き出して働くのだから、やめて休むのは悪くないかもしれない。（もちろん自分自身でたてた目標があり、医者としてのキャリアと将来を考えたらいろいろありますが、これから二人で協力してやっていくのだからとこういう結論に達しました。）

〝今まで三年間は真理子のやりたい放題にやらせたのだから、これからは少しはおれのいう事を聞いてもらわないと困る。おれは婚約者なんだから…〟

　それから、するりと例の男性の話が出てきました。私のことはなんでも知っていたのです。私はもうすでに、それはうんと昔に区切りはつけていたので、アドレス帳には同級生として新住所をかいていていました。それをとてもとがめられたのです。忙しくて互いに連絡をとる事もありませんが、やはりそういう過去をもつ人なのだから、彼のいう通りかもしれません。

　そして渉さんの話になりました。もう一度、十月二度に渡る福岡行きについて問われました。私は10／10はかつ代の実家、10／30はかつ代のアパートと答えました。渉さんと会っていたんだろうと聞かれたけど、かつ代にはみんな話して、かつ代が会わない方がいいというのでかつ代のところですごしたといいました。

——でも、あの手紙をよんだ限りでは、どこまで進んでいるかと思わせるぞ。

——あの人、男性の割に文章家なの。

——どういうつき合いだったのか。

——手紙をもらって、私も手紙とＴＥＬだけ…

いろいろ質問され、私たちがあの日初めて出会ったと知って、びっくりし、すごく叱られました。私のすきのある態度について。

　写真を送ってきているはずだから見せろ、といわれて私は少し時間がかかったけど、なぜか嘘もつかずにみせました。（結果的にはよかったと思います。どうもいつか来た時、見られていたんじゃないかしら…又もや保管不備）そして、すぐにあの手紙といっしょにやくように言われて外にでました。でも、写真だけはどうしてもやけず、こっそりかくして来ました。

大切な写真だもの…友人に預けるという事も考えたけど、渉さんにあずけます。渉さんが、もういらないと思ったときに始末して下さい。これだけは、どうしてもいやなの。

今晩、この写真といっしょにねて、明日の朝、さよならします。

それまで、しっかり胸にしまうから…

そして渉さんには本当に申し訳ないんだけど、あとの手紙もあすの朝、さようならしたいと思います。この手紙をかき出す前、お風呂に入って、身を潔め、手紙をよみ返し、胸にしまいました。

私はぎりぎりの所に来ています。やはり結婚するに当たっては引きずっていけないものがあるのですね。いつかはきちんと処理しようと思っていたのですが、こんなにはやく、こんなふうにおとずれるとは思いもよりませんでした。

彼は重く厳しい声で最後にききました。〝本当に福岡君とは会ってないんだね。わかった。真理子を信じよう〟そう言ったものの、みんな知っているかの様に感じたのは私の心がゆれていたせいでしょうか。最後に彼はこう言いました。〝真理子ばかりをせめられないところがある〟

あの人は、私の心があちこち飛んでしまうことがあっても、それを知りつつも黙って耐えていたのです。この三年間どういう気もちだったかわかるか…そうつぶやきました。

このアパートも仕事をやめるなら無用だし、何よりそういう思い出のある場所にはいたくないとのことで結婚前に移ることになりました。

私には今首にかけているペンダントと、鈴木さんの本と、糖尿病の copy が残りました(10/9 tonight DOKI DOKI!)。でも心の中には、たくさん、たくさん、この三カ月のすべてが残されています。あたしの胸の中には誰も入りこめませんから。

今度のことはすべて私が悪いのです。たとえどんな相手であろうと、自分はすでに婚約をしている身なんだという事を、自覚していなかった。私が渉さんの心を喰い荒らし、彼の心をふみにじったのです。

先週の土日には、結婚後のつとめに対しても理解を示してくれていたのに、この二〜三日の間に何があったのでしょう。今日は仕事の話というより、私の気もちをさらっていった男性の話が主でした。

渉さん、御免なさい。私、これで手紙も電話もこれきりにします。ほんとうに、もうそろそろ自分の気持ちに区切りをつけないと式が迫っています。渉さんには黙っていたけど、いつか結婚か白紙かともめた時、日取りも決まりました。私の決断が甘いばかりに、渉さんをずるずる引っぱってしまって…

渉さん、私は…楽で平坦な道をえらびました。涙が出るけど、笑えてくるの。世の中にはこれほどにひかれ合う相手がいるものなのね。そういう人に、いつ、どんなふうに出会えるかは誰も知らないし、出会ったところで発車のベルの鳴り終わったプラットホームでは、どんなに走っても間に合わないのよね。

渉さんはこの間、宗教の話をしてくれましたね。この世には嘘がある。あの世では本当だけ…もうこれきりと思うと、紙がなくなるまで、ペンがすりきれるまで、書いていたいけど、せっかく渉さんに及第点をもらった手紙書き、かっこよく終わらなくっちゃ。

だんな様、安心して下さい。私の心はもうどこへもとんでいったりしないから…

とんでいくとするならば、心の中に、そっとびんづめにした思い出の中だけだから…。

私がどこにいても、渉さんが元気で、あと二年を終え、無事に卒業、国試を終えられ、お医者さんとして、長い道のりを、ゆっくりとでも着実に歩んでいかれる事を祈っています。そして何より、ご両親にとって一番可愛い末っ子でいてくれることを…

昭和57年12月3日　午前2時37分　　石井真理子
福岡渉様

十二月四日

土曜日午前の授業中は、マリコの手紙の文章と電話で交わした会話が頭の中を巡りつづけた。講義の内容は何も入ってこない。胃が痛い。潰瘍でもできたのかもしれない。放射線の授業は新進気鋭の講師が情熱満開で語りかけていたが、半分寝ていた。

授業が終わると稲場と大原海岸へ行った。風がまったくなくてウィンドに乗れなかった。砂浜にふたり並んで座って海をみた。冬の海は暗く波の音も寂しい。冷気が肌をさす。

「残念だなあ。完全な凪止まりだん」稲場がため息をついた。

「凪もなく、冷たい海が横たわるだけ」

僕はハイライトを深々と吸って空に向かって煙を吐いたけど、煙はそこに立ち止まったまま動かない。

「渉さん、元気ないね」

「終わったよ」

「なにが」

稲場は視線を僕にうつした。

「マリちゃんとはすでに終わってて、心の整理もついてたけど、ああやって現実を手紙でつきつけられると、きついな」

「えっ！　那珂川でチューを迫って頰っぺたぶたれて終わったんやなかったん」

稲場は驚いた。

「ぶたれればよかったよ。これはきつい」

「何したん」

「なんでアルページュなんか買ったんやろ。すごく自然な香りで懐かしさがして、それでいて新しい予感もあっていつのまにか買ってたんだ。運命を引き寄せる香水だなんて知らなかったし。与謝野晶子の歌なんか詠(よ)んで、髪なんかに触れて。高校のときにユースホステル同好会の先輩が教えてくれたんだよ。福岡くん、手をださんのは男性として女性に失礼、エチケット違反だって。女の子に恥かかせたらだめだって言われた。エチケットライオン流行ってたし、あの伊藤先輩は早稲田に行ったな。今頃どうしてんだろ……。まさかこんなになるとはね。作田と清三郎には十一月に振られたって酔っ払って話したけど、とどめを刺されたのは十二月三日の手紙。でもこれではっきり終わった」

「昨日？」

「ダンナに問い詰められたあとに、何も知らない僕に電話して、それから書きはじめて午前二時三十七分に書き上げた手紙、もう電話もしない手紙も書かないって宣言の手紙がとどいた。離婚の原因になっても燃やさないっていってた僕の手紙も燃やしたんだ。女は嘘つきで悪魔だよ。文章は全部暗記した。せっぱつまったときの人の集中力は半端ないんだな。授業中はずっと天使と悪魔が書いた文章が頭のなかをぐるぐる回ってたよ。彼女は十一月三十日にダンナと湯布院に旅行に行ったらしいけど、月が綺麗だったたって。竹のバターナイフをプレゼントに送ってくれた。なぜ竹かわかる？」

「月と竹って相性いいじゃん。『竹取物語』のかぐや姫みたいで」

「かぐや姫も月に帰るんだよな…」

「ご、ごめん。失言やった」

「いいんだよ。竹ナイフじゃ頸動脈が切れないからさ。心臓に刺せないからさ。安全でしょ、やさしいな、バカヤロー！　泣けてくる。十月の連休を過ごしてから二人の想いは止まらなくなったよ。試験がすぐにはじまって、ほぼ毎日電話と手紙。そりゃ楽しかったよ。試験も頑張れたし、一つも落とさなかった。そして十月の終わりに待ちに待った再会。すごく楽しみにしてたのに……、いきなりダンナに言われたって話をされたよ。そんなに好きなら学生さんとこに行きなって言われたって。それ聞いて、やったーって俺は喜んだよ。でも彼女は〝行きます〟って答えなかったんだ。つまり僕は選ばれなかった。十一月は徐々に彼女が遠ざかって、ほんとにつらかった。酒浸りさ。母ちゃんにも写真見せた」

おしゃべりの稲場が黙って聞いている。海をみたまま話しだした。

「きっと思うんよ、マリちゃん」いつもの冗談で茶化されるかと思っていたが、稲場の口調はいつになく真剣だった。「結婚して、辛いことあったらたい、渉さんと結婚してたら、あっ、これも自分で選んだ道って思えるからいいよ。今のままで、辛いことあってん。あーあの時、渉さんと結婚しとったらよかったたって思うんよ。ぜったい本人たちどうしなのに。マリちゃんが分からーん」

「結納すんでんだぜ」

「結納なんて関係ない」稲場は遠い目をして自分の人生を重ねた。「僕の両親は僕が中学のときに離婚したんよ。学費だけは父が出すっていう条件で。母の腕一本で僕は育てられた。親父に愛情はまったくない。学費出すだけの人。福大の学費も出してるけど感謝なんてまったくない。……だから思うんよ。夫婦っていうのは愛しあってることが一番なんよ。ぜったいそうなんよ。愛しあうことが一番大切なんだ。たとえ大喧嘩しても、愛しあってさえいればいい。渉さんはそげん彼女のこと好きなのに、どうしてマリちゃんは渉さんと結婚しないんかね。渉さんはいい経験ばっかりして心底うらやましいったい。果報者やね」

「なん言いようと。皮肉ね。稲場は三百万円のステレオがあるやん。車もいいのがある。何が不足なんだよ」

予想もしなかった稲場の言葉に驚いた。

稲場は首を静かに左右にふった。

「皮肉じゃない。なーん、そんなんやないったい。もっと何ていうのかな。自分が四十くらいになって、あっ、あのときは心がほんとにパンクしそうだったっていう、あっ、あんなこともあったなあっていう思い出たい。……そりゃステレオは、試験のときにコーヒー飲んで音楽聴いて息抜きになるけど。大切なのは若い時じゃないと経験できないもんたい」

「思い出か……、たしかに四十になって、六十になって、もっと歳とっても思い出すだろうな。こんだけつらけりゃ」

「いいなあー。……僕、今、ショックって知っとう？」

理解できずに稲場の顔をのぞいた。彼の横顔に笑いはない。しずかな目で海をみている。

「ショックは俺だよ。稲場、俺はさ、少しはましになってきたけど、口もまともにきけんくらいショックなんだぜ」

「……いや、それでもいい。信じられん、うらやましいよ。いつのまに、まさかねー」

冬の海は表情をかえずに冷たい色をたたえ、白波は絶えることなく渚に打ち寄せている。

十二月六日

翌日、僕はポセイドンのサチと天神で飲んだ。九月十二日からはじまった物語の報告をまだしていなかった。ベージュのスタンドジャケットと藍色(あいいろ)のセーターを着て首にはチェックのカシミアのマフラーをふわりとまき、ポニーテールをといたセミロングの黒髪が胸元で揺れている。サチは立ったまましばらく僕の顔をみつめた。冷たく清澄な冬の到来を無言で語りかけているような気がした。マフラーをとると僕の横に座った。

「ほんとに『悪女』と同じになったのね。福岡渉を役者にして台本を書いた気分よ」

ふたつの生ビールのグラスがカチンと音をたてた。まろやかな苦味が口腔から胸にひろがっていく。

「ほんとだよ。ポセイドンでサチと話したあとにオータニに行って、結婚式の二次会で隣に座ったのが真理子さんだよ。『悪女』のマリコと同じだろ、つい調子にのって言葉遊びをはじめたら、意気投合して、のめりこんで、婚約者との結婚をはやめてしまった。サチがいったように言葉は危険なおもちゃだったよ」

「しゃべれるじゃない。よかった。電話では心配だったけど」

「十一月は人を避けてたけど、十二月になると人と話せるようになってきた」

「で、この悲恋のレビューをしてもいいのね」

「うん。文学部四年の才媛の解説を聞きたい」

「ここは一人の女としてやってみる。歯に衣を着せないけどいいの」

「それがいい」

「わかった。隠しておいた言葉はいわなかったの」

「……イカナイデ、か」

「そう」

「いわないよ。みっともない」

「そこなのよね。渉くん、ほんとうに彼女のこと好きだったんでしょ。どうして結婚してくれって言わなかったの」

「あの子の周囲を考えたら言えないよ。婚約者や、その両親のこと考えたらね。他人を不幸にして幸せになんてなれないだろ」

「それ、すごく偽善っぽいのよね。悲劇のヒーローになってるみたい。まず、自分よ。自分が幸せになるべきよ。人生って永遠じゃないのよ。一度しかないのよ。限られた時間しかないの。だったらそんなに好きになったって心を大切にすべきよ」

「…そうはいっても、彼女には幸せになってほしい」

「偽善だな。嘘だと思う」

「結婚してダメになったら僕のところへおいでって言ったよ」

「ずるいのよね。君のこと愛してるけど、周りの事を考えて僕は身を引く、でもダメになったら待ってるよって、結局何もしてないじゃない」

「少なくとも人のものを奪うことにはならないだろ」

「まだ婚約中で結婚はしてないのよ。彼女は誰のものでもないのよ。福岡くんがそんなこと言ってたら彼女が走れるわけないじゃない」

「そう思うか」

「思う。あなたの元に走りたくても、それじゃ走れないよ」

「でも、そうなったら彼女はより苦しんだと思うんだ」

「人生は限られてるのよ。誰かが幸せになれば、誰かが不幸になるの。まず、自分なのよ。その婚約者だって結局は幸せになったじゃない。いろいろあったかもしれないけど自分を選んでくれたのよ。そして、そのために苦しんでる人が現にいるじゃない」

「……」

「二人はほんとうに好きだったんでしょ」

「…いまでも好きだよ」

「そして二人は苦しんでる」

「うん」

「福岡くんが結婚してくれっていえば、行くなっていえば……、可能性はあったのよ。二人の幸せが」

「百パーセント両親が賛成で八十パーセント本人同士が好きなら結婚はうまくいくけど、その逆はダメだっていってた。だったらどうして俺のアパートに来たんだよ。来ちゃいけないだろ」

「結婚するつもりで行ったんじゃない。惹かれたのよ、行かなきゃいけないほどに」

「この子は僕と人生を歩きたいんだって思ったよ。挙句にはでんぐり返し。答えは最初から分かってたって言われても心がついていかない。女は悪魔だっていったのは誰だっけ」

「きわめて完成された悪魔ね。ヴィクトル・ユゴーよ」

「俺も叫びたいよ」

「『ああ無情』……聞いてあげるよ」

「僕が盗んだのはパンじゃなくって、彼女の心ってことになるのかな」

「ジャン・バルジャンは十九年投獄されるのよ。パン一個を盗んだだけで」

「俺は何年投獄されるんだろ」

「一生」

「ちょっと待てよ。彼女とは三回会っただけだぜ。それが一生の罪って厳しすぎないか」

「三回の逢瀬か、ちがうか、逢瀬は二回だけね」

「最初は話してジルバ踊っただけだ」

「二回の逢瀬でここまで苦しむのか、こんなことってあるのね。いいなあ、卒論に引用しようかな。あのね、一生ってのは一生の思い出っていいたかったの。きっと年老いて死ぬ前にも思い出すことができるのよ。胸がときめいて、そして苦しくなるの。素敵じゃない」

「冗談じゃないぜ、じじいになったらしずかに逝きたいよ。ＲＩＰだろ」

「干からびて消えようとする魂が青年のようにときめき、こころから愛したがゆえに苦しくなるのよ。精一杯に生きていた証を心に抱きながら旅立てるのよ。素晴らしいじゃない」

「そんなもんいらんわい。で、ジャン・バルジャンはその後どうなるんだっけ」

「盗人から聖人になっていくの」

「気持ち悪いな。僕は地域医療でもやって人知れずひっそり生きてくよ。女は悪戯くらいにしといて、もう心なんて盗まない」

「百パーセント両親が賛成で八十パーセント本人たちが好きなら結婚はうまくいく……彼女にとって家庭はすごく大切なのね。これについては話し合わなかったの？　彼女と両親との歴史に何かがありそうだな」

「話さなかった。僕にも自分の家庭のこととなると言えないことはあるし……。初めて会ったときにマリコは、神様が決めた定められた人生があって人はそこから逃れられない、人生における両親の存在は大きいって言ってた」

「家庭って人生がつまってんのよね。ふたりの行動を決定した基盤なんだな。話し合えば道があった気もするなあ。うーん、チャンスはあったのよね」

「チャンス……新鮮な言葉だな」

「……福岡くんは結婚式の日に彼女を奪いに行こうって考えないの？　『卒業』のダスティン・ホフマンみたいに」

「キャサリン・ロスのたれ目の顔は浮かんでこないな。私立の医学生で親に高い学費払ってもらってる負い目があるよ」

「学生か。頑張って医者になればいいだけの話なんだけどね」

「サッちゃんが彼女だったら、もし僕が来いっていってたらどうした？」

「走った」

「……」

「そういわれたら女は走れるのよ」

「俺が悪いのか」

「悪いとはいわないけど、二人が結婚できないのは福岡くんの責任ね。女の人は好かれて結婚したらうまくいくと思う。その意味では彼女の結婚はうまく行くと思うけど」

「……手紙書いていいかな」

「マリコさんは三日前に手紙も電話もこれきりって宣言したのよ。君はどうして書くの」

「この会話を書きたい。手紙もらって動揺してる僕の心にピリオドを打ちたい」

「そうね、いいんじゃない。あたしの話は未練がましくなるけど、彼女はぜったい心の底に同じ思いを抱いているはずよ。それを口が裂けてもいえなかったんじゃないかな。苦しんだでしょうね。福岡くんをうらんだこともあるって手紙にあったんでしょ」

「うん」

「それは君に出会って言葉巧みに恋に導かれ、ラブレターをもらって彼女の心が奪われたことよ。でも、もうひとつあると思う。そこまで彼女の気持ちを奪っていながら、福岡くんがどうして来いっていわないのか……君が佐賀でお母さんに彼女のことを話したと手紙に書いたあとに、彼女は封書の差出人に自分のアパートの住所と姓名をはっきりと書いて送ったでしょ。……たぶん結婚するか否かの瀬戸際だったときで、他人に見られたら困る、秘密にしとかなければいけない自分の住所をあえて書いてSOSを送っているのに、君はアクションをとらなかった。〝どこでもドア〟買ってよって言われても岩田屋にあるかな、なんて粋な答えをしたつもりかもしれないけど、ここでも逃げてんのよ。彼女のもとに走って彼女のアパートをノックしなかった。ドアを叩き破ってでも入ってきてほしかったのよ。彼女の声にできないうらみはそこにもあると思う」

「十一月十三日の日付だった。はじめてマリコは手紙の差出人に自分の住所と姓名を書いたんだ。力強い筆致だった……。サチは鋭いな」

「人は勝手なことをいうものよ」

「ため息しかでねーよ」

「彼女は結婚して不倫でもいいと思ってるんじゃないかな。だってそうするしか君とつながっていけないいんだもの。それで、福岡くんはどうなの」

「……」

「福岡くんは離婚したら来いっていったけど、彼女は離婚しないよ。そのためにはどんな苦しみにも耐えて頑張りそうだな」

「そんな気はする」

「将来、彼女から電話があるよ。二年後、君が国家試験に通って、医者になったら、おめでとうって電話しそうだな」

「初任給でステーキをおごるって約束した」

「会うの？」

「……」

「そこが君の魅力でもあるけどね」

「会うか会わないかで迷うのがどうして魅力なんだよ」

「遊びじゃなくって本気だってことでしょ」

「……」

「どうやら、はじめて愛を知ったみたいね」

「…そういうことか」

「あたしね。大学院に行くことにしたの。二年後に修士をとって卒業。福岡くんと一緒ね。君の場合はタイミングだと思う。人生のタイミング、それは仕事になるかな、その仕事のタイミングでピッタリした子が現れたら、迷うことなく結婚すると思う」

「タイミングか、彼女もそんなこといってた。今の今の私たちだったから、こんなにぴったりひき合ったんだろうって」

「彼女が研修医一年生で心の整理ができない婚約者がいたこと、君が医大の四年生で子どものようにウィンドサーフィンに夢中になり、地獄の前期臨床試験に怯えていたことか」

「……僕が結婚するって、仕事のどんなタイミングなんだろ」

「この子といたら仕事が楽しいっていうか、仕事を頑張れるって思える存在かな。つまり仕事を人生ととらえたときに、その子を必要と感じるかどうか、そんな気がする」

「……」

「二年後、連絡してね。話ききたいな。意外とあたしたちがいいタイミングかもしれないし。人生はわかんない。だから面白い」

サチは片目をつぶり僕の背をポンと叩いた。肩にかかった黒い髪が揺れ、懐かしい甘い花の香りがとどいた。

僕は手紙を書いた。稲場の言葉やサチが指摘した僕の偽善と嘘を伝えたかった。封筒には僕の名前も住所も書かずに、彼女が最初の手紙で送ってくれた、彼女の大切な学生時代を見守ったというタヌキのお守りをくっつけた。こいつに見つめられつづけると彼女を思い出して辛くなるばかりだ。マリコは手紙に〝手紙も電話もこれきりにします〟と書いていた。僕も同じだった。終わるためにどうしても伝えなくてはならなかった。

十二月八日

学校に行く前の八時二十分に髭をそっていると電話があった。

「もしもし、福岡です」

「石井です…。渉さん、タヌキついたよ……。じゃないかと思ったけど」

手紙も電話もこれきりにします、と宣言してわずか五日後の電話だ。そうさせたのは僕の手紙だった。マリコの声は弱々しい。

「わかった?」

「うん、渉さんから、だと思った」

「僕ら気があうね」

「それにしても、渉さんの手紙、にくいわ…。稲場くんに話したのね」

「ウィンドサーフィンに行ったけど風がなくって」

「もう海の水冷たいんじゃないの」

「体はウエットスーツあるけど、手が凍りそうだ」

「風邪ひかないでね」

「大丈夫だよ」

「稲場くんはお母さんに育てられたのね」

「それは聞いてたけど。あんなにしんみり話したのは初めてかな。びっくりしたよ。僕がうらやましいなんてさ。こんなに辛いのに。はは」

「重い言葉ね。自分の人生にもとづいてるから、なんか、グサッて心臓を刺された感じがした。渉さんってほんとうにいい友達に恵まれてる。これであたしたちのこと知ってるのは作田くん、稲場くん、清三郎くんで、至坊くんだけが知らないのね」

「いや、稲場はいいやつだけど、豆腐の口だからさ、もう至坊は知ってるよ」

「おしかったな。一度、ほっほクラブの皆と飲みたかったな。お料理会でもいいな。ほら志賀島のポセイドンで鍋料理とかやってね。あたしの料理は美味しいのよ」

「食べたかったよ。あっという間なんだもん。管理悪すぎ。導火線に火がついて、その先が爆弾じゃなくって花火なんだよな」

「うん、シュルシュルって火がものすごい勢いで走って花火がパンパンパンって炸裂したわ。闇のなかに、ほんとにきれいだったね」

「うん」

「それにあの女の人…」

「サチだよ。ほら、結婚式で会ったときに話した子。ポセイドンのサチだよ。『悪女』を聴きながら、言葉は聞き手のもので危険なおもちゃになるかもって忠告した子。立原道造の詩を僕に思い出させた子だよ」

「覚えてる。あの時、あたし、彼女にちょっとライバル意識で燃えたのよ」

「はは、〝あたしは笑ってるだけじゃ満足しない〟って言ってた」

「そしたら渉さんが、〝たくさんしゃべりそうですね〟って切り返したの。楽しかったな」

「サチと飲んだんだ。いろいろ言われたよ。返す言葉がなかった」

「……渉さんの周りってすごい人が集まってんのよね」

「マリちゃんを筆頭に」

「あたしも入るの？」

「あったりまえだのクラッカーさ」

マリコは小さく笑って、つづけた。

「すごいわ、……どうして書けるの、あんな文章を」

「時間ないし、忘れちゃうし、伝えたい言葉だけが残るのかな」

「ふつう、手紙かき出したら二時間くらいすぐたつでしょう。それにお酒飲んで、どうして…にくい。渉さんの手紙、いつも、いつも、そうだけど」

「読んでもらえる人がいるからかな」

「……もういいわよ。それ以上、うまくなんなくって」

「楽しめた」

「……にくいわ。あたし、小包に入って、あっちこっちにぶつけられてるみたい。この一週間、きつかった。もうガタガタ」

「離婚したらおいでよ。待ってるよ」

僕はサチに指摘された卑怯な言葉をまた口にしている。でもそう言うしかこの電話を切ることができそうにない。嘘しか僕らの会話を円滑にすることができなくなっている。希望のない、不毛の会話……。

「うん、もう行くとこないし、ほうり出されるかも、こんなじゃじゃ馬って」

話しながら僕は恋を楽しんでいるような錯覚を覚えた。……ずいぶん苦しい楽しみだ。

十二月十日

もう二度と書かないときめたはずでした。でもペンを握ってしまっている私…結婚するという意志を固めたからでしょうか。先日は半分寝た状態で、自分でも何をしゃべったのかよく覚えていません。

この一年、私をとり囲むあれこれが目まぐるしく変化してゆきました。その動きはまだ止まるところを知らず、これからも何がおこるやら予想もできません。わかっていることは、誰一人として知った人のないところで、自分一人で大人として対処していかねばならないって事だけ…。

唯一の味方の主人でさえ、もうこれ以上譲歩される事のない、厳しい状況…大人なんだから、本音なんていっちゃいけない！　常に笑みをたたえて！　私の将来半分くらいは見えたみたい…でも頑張らねばならないのです。

今の私はあれこれ考えるには、ちょっと睡眠不足なのかもしれません。何も心配せず、三日程、死んだように眠りたい。おふとんは最高の友です。

１９８２年も残りわずか。新たな気持ちで１９８３年をむかえてもらう為に、プレゼントを贈ります。年末には、おそうじちゃんとして下さいね。お便所もきれいにしてね。１９８３年はいいことがたくさんあります様にと祈りつつ、谷内六郎さんのカレンダーを送ります。

とても寒い部屋からぬくぬくしゅんぷうそーの Wataru さんへ
まだ、渉さんのもとに二人の写真があるなら、永遠に銀色の世界にとじこめて下さい。

そしたら二人は、ずっと笑っていられます。

そしたら二人は、ずっと腕をくんだまんまです。

お願いします。

十二月十二日

もう書かないといわれた手紙をもらい、子どものころ夏休みを過ごした母の実家の呼子の海辺を思い出す谷内六郎のカレンダーをもらい、お礼をいわなくてはと思う。手紙も電話もこれきりという決意は瞬く間に形骸と化した。

今夜のＮＨＫ大河ドラマの『峠の群像』はマリコと僕を刺激するシーンが放映された。『峠の群像』は赤穂浪士の物語で、彼らをサラリーマン風に描いて話題となった。同時代を生きた近松門左衛門が登場し、美波は浪士のひとり不破数右衛門を慕う町人だ。「近松さん、心中するいうのは生きてるのがつらいさかいやと思うてましたけど、ちがいますのやな。いつまでもいっしょにいたいという気持ち、ようわかりました」宿敵の吉良上野介を討ち取り、本懐をとげ切腹を待つ不破数右衛門との別れに苦しむ美波が、雨に濡れ、橋から川面を見つめながら心のなかで語る。手の中の不破にもらった御守りが雨に打たれる。「わたしが先にあの世へ行って、不破さんが来はったら、おそいやごあへんかと怒ってやりますのや。きっと不破さん、こんなところでなにしてるって言わはるとおもいます。不破さんのびっくりする顔たのしみですわ」そういって美波は川へ身をなげる。

討ち入りは一七〇二年十二月十四日。浪士たちの切腹は翌年二月四日。二カ月後に有名な心中事件がおきた。四月七日、女郎のお初と醤油商手代の徳兵衛が曽根崎村の露天神の森で情死し、その事件をもとに近松門左衛門が人形浄瑠璃『曽根崎心中』を竹本座で公演して人気を博した。

雨に打たれて絶望の淵に立つ美波が夢見た心中は、マリコと僕にとっては看過できない映像だった。ドラマを観てしばらくは迷ったが、僕は電話のダイヤルを回した。

「渉さんもみてるだろうなって思って観てたよ」マリコは寝ぼけていたが、じきに覚醒した。「美波さん、橋に草履を揃えて、入水したね。樋口可南子の演技はよかったなあ」

「まさか死ぬとは思わなかった。美波の心中って言葉に、反射的に近松の『曽根崎心中』を連想して心をつかまれたよ。原作なのか、脚本の技なのか。うまい演出だったな」

「美波が、心中は来世でいつまでも一緒にいたい気持ちって分かった、あたしが先にいって不破さんを待ってるっていうんだもん。男と女が自らの意志で死ぬなんて、今までふーんって感じだったけど、なんだか身近にかんじるな。あたしも心にぐっときたよ……来世って、きっとあるのね」

「来世か…」

「土日のマリちゃん可愛かったのよ」兄さんの結婚式だったようだ。「渉さんがまたクローズアップされたの。こうして結婚式にいても渉さんがいないんだもの。何か変だった。うまく表現できないけど…。なんていうのかな、いくつか結婚式行ったけど、ただ呼ばれて、はいはい、おめでとう、で終わって、それじゃ、さいならってなってたでしょう。あたしの結婚式のとき、あたし、何を考えるかなって、もちろん、その時になってみないとわかんないけど」

「俺、五分ほど変わってもらおうかな、ダンナさんと」

「五分でいいの?」

「……じゃあ、三十五年ほど、ダンナさん、ちょっとお借りしますって」

「……三十五年、六十一か、それまででいいの」

「その頃になったら死ぬだろ」

「あたし、そんなに早く死なないよ」

「俺が死ぬんだよ。先に死なせてよ」

「あと、あたしひとりで生きてくの？」

「だって女の方が強いよ。それに子どもだって、孫だっているよ。楽しく生きてよ」

「女の方が強い、……そうね」

「僕には手紙が残るか」

「あたしには心のなかに渉さんがずっと生きてく」

「時が経てば忘れるよ」

「そうかな、あたし自信がない」

「過去を振りかえってみなよ。二十年前のこと、どれだけ覚えてる？」

「でも、そうだけど、あたし、自信ない。あたし、もう角を曲がってるの。あの人によ。曲がってしまったのよ。子どもができたら、子どもが間をとりもっていうけど、それだけじゃないと思うの。もっと何かが夫婦の間には必要だって思うの……。結婚したら、きっと、誰にも負けないくらい、いいお嫁さんになれると思うの。その自信はあるの」

「それだけ悩んで、ダンナさんに学生さんのとこに行けよって言われて、それでも君は結婚に固執して、自分の気持ちに嘘をついて、そこのとこが本当には理解できない」

「あたしには、いくらあたしでも、振り切るには大きすぎるわ」

「それも分かる」

「どうして、怜子さん、あたしを結婚式に呼んだのかな」

「……」

「…恨むわ」

呟くようなマリコの鬼気迫る声に僕は言葉を失った。

「渉さん、元気?」

「…まあまあ、元気だよ。マリちゃんは元気?」

「……」

「この道って決めたら、その道を逸れずに行くんだろう」

「うん」

心中して愛する人といつまでも一緒にいたいと願った美波の自殺は僕らの電話のきっかけになったが、受話器を置いて、僕らの電話は意味のないものになってきたことが分かった。夢と未来が消えたマリコと対峙することはあまりにも虚しくてつらい……「未来成仏　疑ひなき　恋の手本となりにけり」死んで愛をまっとうした『曽根崎心中』のお初と徳兵衛の美しさは僕らには無縁だ。

十二月十九日

ひさしぶりに〝ほっほクラブ〟のメンバーで志賀島に行った。うまくボードに乗れずに何度も冷たい冬の海に落ちたが、しばらくすると勘を取り戻して一時間ほど海上を走った。爽快だったが冷たさで手がかじかんだ。ポセイドンでは鍋会が開かれていて、伊藤さんが「学生さんたち、つついていきなよ」といつもの笑顔でさそってくれた。

至坊の車で天神まで送ってもらい岩田屋で降りた。七階に行き、ボールペンとメモ帳を買い、階段の近くの椅子に座りメッセージを書いた。志賀島から天神へ向かう車のなかでずっと考えていたが、結局文字にした言葉はシンプルだった。五回書き損じ、マリコの顔や姿、思い出を心に浮かべながら一字一字に心をこめて満足できるものになった。

急いで二階へ行きエプロンを探した。あっさりしたもの、僕にまかせる、それが彼女が欲しいエプロンだから簡単に見つかると思ったが難しい。

「贈り物ですか」と店員の子が聞くので、「友達が結婚するのでお祝いです」そう答えると、横でいろいろとアドバイスをするけど何の役にもたたない。

ずいぶんと引っ掻き回して、これでいいだろうとあきらめかけた時、目にとまるものがあった。白い生地に淡い蝶がとんでいる。派手でもなく、地味でもなく、かといってしつこくもなく、薄く抑えた明るさがそこここにあり、夢を見ているような気持ちになった。マリコとの楽しかった思い出が手にしたエプロンに重なった。

「これいいな」

店員が近づいてきた。

「ほかの柄もありますよ」

と、近くを探しはじめたが、僕は手にしたエプロンを差し出した。

郵送になるので僕の名前を書くようにボールペンを渡された。

「書かなくても届きますか」

クリスマスの日に届く品に僕の名前があるのはまずい。隣の人に男性からのプレゼントだと思われて迷惑するのはマリコだ。

「えっ、書いてもらわないと……、誰が送ったかわからないですよ」

「いいんです。わかると思います」

「えー、わかるんですか」

「クリスマスも近いから、福岡県、サンタクロースと書きますね」

「えっ、でも届かなかったとき、困りますよ」

「いいんです。届かなかったら、それでもいいです」

「困ったな……」

「ほぼ届くでしょ」

「ええ、そうですけど……、こんなのはじめてです」

店員は小さくつぶやいた。

「あの、このメッセージ、入れていいですか」

「いいですよ」

七階で書いたメモを取り出して二つに折って、エプロンの間に入れた。

「これで包んでもらえますか」見本においてある金色のクリスマスの包みを指さした。

「ええ、いいですよ。でも、ご結婚だったらこの鶴のお祝いがありますが」

「いいえ、これでお願いします」

見本と違って赤色だった。金色はないというのでしかたがない。手際よく赤い包装紙で包まれていくエプロンから目が離せない。旅立つマリコへの最後のプレゼントだと思うと愛おしくてしかたなかった。

7

夜九時前、『峠の群像』が終わるとすぐにマリコから電話がかかった。「この終わり方には納得できない」彼女の第一声は、元赤穂藩士の石野が祝言を十日後に控えた素良に嘘をいい、切腹の決まった赤穂浪士四十六士を追って大阪から江戸へ向かったことへの批判だった。それから曇った声がつづいた。昨日電話をした、今日も二時半ごろ電話した。先日、僕を電話で怒らせたことを詫びたかったが、僕がずっとでなくてあせったというのだ。……マリコのやさしい愛の言葉が並ぶけれど聞くのがつらい。

今日はテレビで『草原の輝き』の最終回を観たという。一九六一年にエリア・カザンが撮った映画をテレビドラマとしてリメイクしたものだ。『草原の輝き』はワーズワースの詩から引用されたタイトルだ。高校三年のバッドとディーンは相思相愛でバッドはディーンの身体を求めるようになるが、純粋であるがゆえに二人は傷つきディーンの心は壊れてしまう。バッドは大学へ進学するが酒浸りの日々を送る。ディーンは精神病院に入り、療養に専念する。時は流れ、バッドは退学し、自分に向いている牧場をはじめる。ディーンの心は回復に向かい、病院を退院する。別々の道を歩きだした二人が再会するシーンがラストで、マリコはこのラストを観たのだ。

バッドはイタリア娘と結婚して田舎の牧場でつましく暮らしている。ディーンも精神病院に入院中に知り合った医師ともうすぐ結婚する。退院したディーンがバッドの牧場をたずね、二人は静かな気持ちで再会する。ディーンはバッドに語りかける。

「ねえ、幸せ?」

「どうかな、そんなことあんまり考えないね」

「そのほうがいいかもね」

「ああ」

「私、来月、結婚するの」

「……ほんと、それはよかった」

「ありがとう」

「幸せになってくれよ」

「私も貴方といっしょ。幸せなんて考えてないわ」

そしてワーズワースの詩がつづく。マリコは心が揺れ、今の私たちにあまりにも似ているとため息をついた。

今日は五時ごろ買い物をして、七時すぎに帰ってきたという。そして月曜日はいいことがあるといいね、ともいった。ペンダントを買って僕に送ったのかもしれない。

ワーズワースの詩はたしかに僕らと重なってくる。マリコは自分の日常を語り、僕の明日を気遣ってくれている。しかし電話はもう意味のないことだ。苦しくなるばかりだ。——「そんなにその学生さんが好きなら、彼のとこに行けよ」十月三十日の最後の逢瀬の夜、マリコは婚約者の提案を拒否したことを僕に伝えた。心が折れてふらりと立ち寄った神陵文庫の菜々美の言葉が聞こえる。「彼女は天神バスセンターで狂ったように手をふったんでしょ。…そんな彼女を見た君は逃げられない。この愛の行方を最後まで見とどける責任があると思うな」

十二月二十一日

夏の輝き　花の香り
あの時間を
呼びもどす　すべはない
嘆くのはよそう
残されたものの中に　力を見いだそう

私は二十六年の人生を生きてきました。人としてはまだ短い時間ですが思います…ほんとうの幸せに出会える人は少ないのではないのか。人が幸せと感じるものに出会い、自らそれを選ぶ時、本物の幸せには苦しみやつらさが伴ってくるのではないか…。

もし、〝私は最高に幸せだけど、ちっともつらいことや、がまんすることなんかない〟っていう人があったら、その人はまだ最高の幸せには出会ってないと思うのです。出会ってないから今の幸せを最高と感じる。でも人にとって二番目の幸せの方が、他人を不幸にすることもなくていいのかもしれません。考え方によっては二番目の幸福が、ほんとは最高なのかもしれません。これは私の見聞きした範囲で考えた事だから、ほんとうはどうなのか、もっと年をとらないとわからないけど…。

今年はいろいろあったけどいい年でした。だって 渉さんに 会えたもの…人間として、たくわえるべき栄養をたくさんもらいました。運命は、時に、思いもかけないいたずらをするけど、私は神様に感謝しています。

クリスマスのお願い！ じゃなくて決意。

いつもそばにいてね、なんてもう言いません。

メリークリスマス！

Mariko

渉さま

広辞苑に関してはもう手紙もＴＥＬも…と決意した時、処置方針を考えたため、私からは直接届かないのであしからず。

今日、ペンダントが同封できると最高でした…できました。もう今年思い残すことはないです。

風邪に気をつけて、たのしい正月を。

十二月二十二日

二日はやいクリスマスパーティーが不思議屋であった。

〝ほっほクラブ〟の五人のほかにクラスの同級生が五人。女の子十人のうち七人は清三郎のつてだった。僕は七隈プラザの茜に声をかけて彼女は友達をつれてやってきた。

稲場がマイクの前に立ち、ビールを片手に乾杯の音頭をとった。会長だから乾杯して、といわれたが、とても人前に出る心境ではない。そもそも会長ってなんや、の世界だし、陰でこそこそやっている方が向いている。清三郎のとこへ行った。

「清三郎！　すごいよ。よくもまあこんなにかわいい子を集めたな。ほっほクラブの会長やってくれよ」

「いやいや、僕には荷が重いです」

「俺はもう引退や」

「名誉会長がなにをいいますかいな。渉さんのために頑張って可愛い子を集めましたよ。マリちゃんにとどめを刺された話は稲場さんから聞きました。で、今どこですか？」

「すべてを忘れ去ることがベストってとこ」

「へー、そんなステージがあるんだ」

「優しい言葉も、電話もかえってつらい。ステージフォーや」

「緩和療法ですね」

「ヤクをくれ」

「あの子はハワイによく行ってるからマリファナとかブラに隠して持ち帰ってそうです」

ピンクと青と赤の髪の子を指さした。爪は十色のクレヨンを塗ったようにカラフルでお祭りのようだ。

「好きあっとるのに別れるっていうのは辛いもんですね」

「残されたものの中に力を見いだそうって手紙にかいてあった」

「『草原の輝き』ですか」

「うん。夏の輝き　花の香り　あの時間を呼びもどすすべはない」

「うわー、きついなあ。今夜は飲んで踊りまっしょ！」

音楽にあわせて体を動かした。チークを踊り、ジルバを踊り、ワイワイ踊った。『ロック・アラウンド・ザ・クロック』が流れてきた。久々にロックンロールを踊った。至坊がおおいそぎで席をたった。

髪を後ろで束ね、リボンをした茜が大喜びで近づいてきて、ツイストを僕と向き合って踊った。ポニーテールにリボン、革ジャンにふんわりしたスカートが可愛い。汗が額から落ちてくる。笑顔がこぼれる。

「元気になったね」

「そう。もう大丈夫。明菜ちゃんの『セカンド・ラブ』も聴いてるよ」

元気な茜の声に、なんだか僕も元気になってきた。

「よかった」

「作田くんも元気ね」

「ダンス教室で習った成果がでてるだろ」

「うん、腰の振りが卑猥で上手。今日はひさしぶりに踊るんよ。気持ちいいなあ」

「おれも」

音楽はときおりスローになり、ロマンティックな楽曲も流れる。もうクリスマスか、僕は作田に『安奈』を歌ってとお願いした。大学に入学した一九七九年に流行った曲だ。

「渉さんのために歌いますよ」

そういうと作田はステージに立ちマイクを握った。甲斐バンドの曲が流れてきた。イントロのギターは浜田省吾が弾いたらしい。

茜が両手をメガホンにして大きな声をあげた。

「七隈プラザ、ダンス教室の星、作田くん、頑張りー！」

作田は嬉しそうに笑って茜に手をあげた。

安奈　寒くはないかい
おまえを包むコートはないけど
この手で暖めてあげたい
安奈　クリスマス・キャンドルの灯は　ゆれているかい
安奈　おまえの愛の灯は　まだ燃えているかい

ハスキーな美声に大きな拍手がわいた。

「いやー、作田くん、すごかー。あたしもリクエストしようかな。さっくーん、『そばかすの天使』！　歌って」

あれは十六……そっか、茜は高校二年から七年つきあった彼氏に女ができたって言っていた。

「茜ちゃん、ちょっと待って、出だしの歌詞はなんやった？」

作田が眉間に皺をよせた。

「あたしを捨てて行っちまった　あんたの背中に…」

茜が出だしを歌うと、作田は大きくうなずいた。

「好きよ　好きと何度も　叫びつづけた……、名曲だ。よし、七隈プラザのそばかすの天使からのリクエスト、歌います。茜ちゃん、よかね！」

茜は大喜びで飛び跳ねている。傷ついて、羽根が折れていた天使の元気いっぱいな姿を見ていると、勇気づけられるようで嬉しい。マイクを手にして歌う作田はいきいきと輝いている。医者になるのをやめて音楽の道に進みたくなったのも分かる気がする。夜の七時から始まったクリスマスパーティーは零時半までつづいた。

十二月二十四日

夜九時三十分ごろ電話がかかった。

「井上ですけど」

「えっ」

初めて聞く声だった。

「あの、マリちゃんの」

「…かっちゃん」

怜子以外のマリコの友人はこの名前しか知らない。大学の同級生だったはずだ。

「はい」

「あの、本のこと、聞かれてるでしょ」

何の話か分からない。

「あれ、聞かれてないいんですか」

「あの、本ですか?」

「ええ」

「本を送るってですか」

「今日、私、行ってきましたから。紀伊國屋の三番のレジに行かれて、名前をいえばいいですから」

「福岡って」

「ええ」

「……」

「おかしいな、マリちゃん、言ってなかったのかな……」

「本って広辞苑のことですか……手紙には自分から送らないって書いてたけど」

「本はちゃんと置いときましたから、そのむねはお伝えします」

マリコは僕の願いを忘れていなかったのだ。こういうやり方があるのか。

「井上さんですか」

「そうです」

「…かっちゃん？」

「ええ、そうです」

声がちょっと笑った。優しい声だ。

「マリちゃんから何度か名前は聞きました。どうも、わざわざ、ありがとうございました」

「いいえ、電話でいろいろ聞きました。頑張ってくださいね」

「ええ、頑張って取りに行きます」

「えっ……マリちゃんに電話なさるんでしょ」

「いや、もう、電話は…」

「そうですか。彼女、忙しいみたいで、いまは内科だけど、小児科で主治医だった患者さんが気になるようで、よく行ってるみたいです。夜遅いようで、なかなか電話できなくて」

「佳世ちゃんかな……看護学生で白血病が再発した」

「その子です。病室でいろいろ話すみたいです。病気や医学とは関係ない、恋愛の話とか」

「そうなんだ、あまり詳しくは教えてくれなかったな。患者さんのことだから守秘義務なのかな」

「…姉妹みたいになったけど、お姉さんなのに叱られるのよって笑ってました」

「そうなんだ」

「本は三番レジに預けてますので」

「あっ、はい。どうも、ありがとうございました」

「いいえ、頑張ってください。ほんとに頑張ってください」

壊れそうなガラス細工をそっと包み込むような口調だった。

もっと話をしていたかった。大学時代のマリコを知る親友、マリコが僕に話さない病院での出来事を語る同級生、とても他人とは思えず、もっといろんなことを話したかった。かなうことなら彼女に会って、マリコのことをいろいろ聞きたかった。マリコのことを知りたかった。高校のときの彼女、中学のときの彼女、小学生のときの彼女、僕は何ひとつ知らない。……僕らは天神と中洲と野芥のアパートでしかデートをしたことがない。西新や姪浜や能古島や志賀島や土曜の映画館、平和台球場にも大濠公園にも福大のキャンパスにも医学部の学園祭にも、どこにも二人で肩をならべて出かけたことがない。

十一時過ぎにマリコから電話があった。

「サンタクロース、ありがとう。メリークリスマス、うれしいわ」

明るく弾んだ声が聞こえる。

「あたし、今帰ったの。届いたわよ。病院でね、夕方、電話があったの。お隣の方から、サンタクロースからプレゼントが届いてますよって。あたしピピピピってきたの。ルンルンって、仕事がんばったよ。いそいで帰ったの。当たってた」

「届いたんだ」

「届くわよ。サンタクロースって書いてあるもの。日にちもピッタシ。メリークリスマス。これなかったら、あたしクリスマスなんてなかった」

「どうして」

「だって病院で何もないし、ずっと遅くまで仕事でしょ。終わっても何もないし。ツリーもないし。明日、忘年会ってこともあるでしょうけど。渉さんは、今日は？」

「何もない」

「どうして」

「二日前にあった。クリスマスパーティー、面白かったよ。七時から十二時半まで。女の子十人くらいで、男子も十人くらいかな。踊りまくったよ」

マリコの返事はなく、この話題に入ろうとしない。僕は話をもどした。

「郵便って届くもんだね。アパートでしょ。差出人の名前もサンタなのに」

「うん、隣の人が預かって下さったの。でも、嬉しいな。こんな素敵なエプロンもらって」

「よかった。喜んでもらえて嬉しいよ。エプロンって難しいんだね。いいのがなくってずいぶん迷った。あっさりしたものっていうから選んでみると安っぽいし、高いのになるとフリルとかなんやらがゴタゴタついてて、まいったよ。店員さんがいろいろ探してくれるけどなくって、ゆっくりどうぞっていうからひっくり返して探したよ」

「わかるわ。エプロンって難しいのよね。あたし、いつも困るの。なかなか、ないの」

「気に入ってくれたんだ」

「うん、すごく気に入った。あたし、だいじにする。正月に家に帰ったときにしようかな」

「そうしてよ」

「うん。わーい、エプロン。渉さんが買ってくれた。病院で電話もらったときに思ったのよね。初任給でっていってたけど」

「でも、それバイトの金だよ。塾の先生に一万前借りして買った」

「そんな…。でも渉さんが働くころになるとあたしの住所も分からなくなるだろうし…やっぱ、いろいろとね…」

「一応働いたお金だから」

「ありがとう。あたしだいじにする。これ、モリハナエでしょ」

「たまたまだよ、……あきらめかけた時にこれが目に入ったんだ。いいなって」

「覚えてる？　あたしがピンクのハンカチで渉さんの汗、拭いたでしょ。クシャクシャになって。渉さん、あっ、モリハナエだって」

「はじめてアパートに来た時だね。風邪がひどくなって助かったよ。ずっと探して、もういいやって思ったら見つかった。気に入ったらそれしかない。O型ってそうだろ」

「……」

「それ、派手でもないし、地味でもないし、何ていうのかな、蝶々が、なんかさ、夢って感じがしない？」

「……」

「白い布地に白い蝶が飛んで、淡い明るさが全体を包んでさ、夢をみてるみたいだよ」

「モリハナエさんって蝶が好きで、自然の中を歩いて見つけたものが好きなんだって」

「ふーん、俺、ファンになったかも」

「病院で子どもの頃のクリスマス思い出してたの」

「よかったね、子どもの頃って」

「ほんと、よかったわ。純粋で」

「小学校に入る前かな、アイスケーキが登場してびっくりしたよ。親父が病院の冷蔵庫に保管して、夜になると冷えたクリスマスアイスケーキ持ってくるんだ。美味しかったな」

「そうね、アイスケーキって。うちは妹とふたりでしょ。サンタの靴がケーキについてて、それの取り合いになったから、ケーキはいつも二つだったの。クリスマスが近づくとね、もうそれが楽しみでね。クリスマスの日までは棚の高いところにケーキがおいてあるの。クリスマスがくると、その靴を大喜びでね、クルクル回しながら、どこでも、外でも遊び回るの。妹と二人で、よかったなあ…。なつかしいな。あの頃がしあわせね。何も知らなくって、純粋で…一週間くらいすると飽きちゃって、どっかにポンって捨てちゃうんだけど…。うちはね、クリスマスはモミの木だったの」

「うちもだよ」

「へー、うちは父が毎年、山に切りに行ってたの。渉さんのところは」

「庭に植わってた」

「へえー、すごい。父がモミの木を切るのが仕事でね、木の周りにマキを並べて、支えを作って煉瓦（れんが）、紙の煉瓦をつくって、そのマキを隠すのが母の仕事だったの。そのうち、あれが出たでしょ。あのピカピカって光るやつ」

「ああ、あれ、きれいだったね」

「そう、あれ、初めて見たとき、もうビックリしてね。きれいだった」

「俺もだよ。あれをつけんのが楽しみで、何日か前から飾り付けて見るんだ。夜なんかずっと見てたよ。飽きなくってね。飾りは僕の仕事だった。いちばん下だろ。でも小学生までだったな。

中学に入るとちょっとね。親父がおふくろにポツンといってんの。もう渉はツリーの飾りはしないだろうなって」

「大学で二人ともいなくなって、帰ったとき、小さなコンパクトのツリーになってた。テレビの上にチョコンと乗ってるの」

「分かるなあ…」

「うん…、ねぇ、いろんな飾りがあったでしょう。あの、ぴらぴらしたやつ、わかる」

「うん、あの銀紙みたいな、長いヤツだろ」

「そうそう、綺麗だったわ、それに綿もあったでしょ」

「あった、あった」

「あちこちに、ふわふわ乗っけて、サンタさんもいた」

「いたね、ほら、ステッキもあったよ」

「あった、あった、銀色のボールも」

「あれが光るときれいなんだよね」

「そう、そしてあったね。ツリーのてっぺんに大きな」

「星！」

同時だった。

「……なつかしいな。よかったなぁ……、あの頃が……、本当に……、なつかしいわ……」

「あっ、井上さんから電話があって、本は紀伊國屋においたって」

「ほんと！　電話しない、手紙も書かないって決めたころ、そうするって決めたの。ごめんね、取りに行ってくれる？」

「もちろん。彼女いってたよ。今は内科だけど小児科に佳世ちゃんにときどき会いに行ってるって。白血病が寛解して看護学校に入学したのに、再発した子でしょ。気になってたけどちっとも話さなかったね」

「研修医って一年目の医者でほんとに未熟なの。医師として患者さんに距離をおいて冷静に対応しなきゃって思う気持ちと、佳世ちゃんにお姉さんのような気持ちになる自分がいるの。渉さんが結婚式で渡辺淳一を批判してたでしょ。患者の秘密を暴露してるって。それはあたしも思うの。で、病院のことはあまり話さなかったかな」

「そうなんだ」

「ありがとう。……佳世ちゃんのことはいずれ話すね」

「気にしなくていいよ」

「こうして電話するのも……、ずっとしてたりして……いや、いけないっと。バイトして二十九日に佐賀に帰るんでしょ」

「うん」

「あと、一度は今年中に、ぜったい電話するから」

「でも……」

「ううん、いいの、いいの、するわ」

「…うん」

「一九八三年が渉さんにとっていい年だといいね」

マリちゃんにとっても、とは彼女の立場と気持ちを考えると言えなかった。

「……」

「さぁ、このエプロン、今から着ようっと……、うれしいなぁ……、試着だ」

「うん、着てみてよ」

「わーい、エプロン。渉さんが買ってくれたエプロン」

「……」

「ルン、ルン、……」

長い沈黙がつづいた。

「……紙とか包みとか、屑(くず)はみんな、どっかに捨ててね」

お互いにもう婚約者のことは言わない。見られたらまずいとか、言わなくても分かっている。

「……はは」

沈黙がせつなく、電話が切れるのが怖くて、なにかをしゃべらなくてはと焦る。

「ほんと、気に入ってくれて嬉しいよ。届かないかと思った。ただひとつ残念なのは包み、金色にしたかった。だって見本が金なのに赤いんだから。これになってますって。結婚するんですっていったら鶴亀にしましょうかっていうんだ。だからこのクリスマスの包みにしてって注文ばっかりつけたよ」

「嬉しいわ。そんなに、気をつかってもらって」

「得意なんだ、そんなの…」

「……」

「だって、サンタクロースだもん」

「……そうね」

「……」

受話器の向こうで鼻をすする音がかすかに聞こえる。泣いているのだ。

「届いてよかった」

「ありがとう。だいじにするわ」

「喜んでもらって最高にうれしいよ」

「ありがとう」

「試着しなきゃ」

もう十二時をまわっている。

「うん……、ランラン……」

「さっ、そしたら…」

「ねえ、渉さん！」

ひときわ大きい声がした。

「このカード、渉さん、岩田屋で、デパートで書いたの？」

好きです
いつまでも
いつまでも……

「そうだよ。店でボールペンとメモ帳買って、書いて、エプロン包むとき、入れてもらった。ちゃんと届くんだね」

何度も書き損じて最後の一枚のメモだった。ホッとした。よかった。読んでくれたのだ。

「あたしも同じよ」

素っ頓狂で愛嬌のある声がした。マリコは意識的に明るいトーンの声を出したようだ。まじめな声で言ったら辛くなることがわかっているのだ。もういくら好きだといっても、どうにもならない自分の立場を、彼女自身が誰よりも知っている。

言葉は消える、口調は変わる。そうやって自分をごまかして人は生きる。悲しければ悲しいほど笑ってみせる。……そんなマリコが愛しくて、痛々しい。

「……うれしいよ」

「……」

「…寝ようかな」

「うん」

「…切るよ」

「おやすみなさい」

「おやすみ」

十二月二十六日

紀伊國屋へ本を取りに行った。

部屋を出る前に、別府のアパートで焼却を免れたマリコと僕の写真に向かって片手をあげ、電灯の紐にぶら下がるマリコにもらったバッグスバニーの唇をポンと指ではじいた。長い脚をクロスさせ、ニンジンを片手に悪戯っぽく笑うアニメでおなじみの兎は、部屋の宙を右に左に揺れながら僕を見送ってくれた。

天神のショッパーズはすごく混んでいた。紀伊國屋の三番のレジに行き、名前を告げると、店員が袋を差し出した。中にリボンが見える。

『ファウスト』、『ワーズワース詩集』、『三国志』を買って外に出た。

歩道で信号待ちをしていると、〝ゆふ号〟が目の前を通り過ぎて行く。

「マリちゃん、広辞苑受け取ったよ、ありがとう、大事にするよ」

別府へ向かうバスに向かってつぶやいた。胸があつくなった。

横断歩道を渡り、野芥行きのバス停とは逆の方向へ自然と足が向いた。天神バスセンターに着いた。十月三十一日の最終便のチケットを買うためにマリコが並んだ自動販売機の前にはだれもいない。別府行きのところまでいくと〝ゆふ号〟の看板があった。あの夜、マリコはバスの最前列の窓を開けて僕をみつめていた。バスが動き出すと開けた窓から身を乗り出して一生懸命に手を振った。狂おしく必死で手を振り続けた。その姿が消えるまで、そして消えてからも、僕はただその場に立ち尽くすことしかできなかった。それがマリコを見た最後だった。

踵（きびす）を返して野芥行きのバス停へ向かった。部屋にもどると広辞苑を開いた。真、理、子に赤のボールペンで丸をつけた。夢と愛と幸福のページを探して読んでみた。それから一番最後の白いページに今日の日付と紀伊國屋、学籍番号と自分の名前を書いた。最初の白いページには彼女から届いた板の絵葉書に綴られた立原道造の詩を書いた。

夢みたものは　ひとつの愛
ねがったものは　ひとつの幸福

十二月二十七日

神陵文庫へ行き、菜々美に声をかけた。十月三十日、三十一日のマリコと最後の逢瀬のあと、自分を見失っていた僕は彼女を訪れた。ナインハーフから始まる会話はいかにも菜々美らしく、まっすぐな言葉が飛んできた。僕にはマリコを迎えるものがないといい、バスセンターで狂おしく手をふるまでにマリコを追い詰めた僕は、この愛の行方を最後まで見とどける責任がある、逃げる手もあるともいわれた。実家に帰って母にマリコのことを話したのは菜々美に背中を押されたこともある。

菜々美は休憩をとって隣の喫茶店の前の談話スペースへ誘った。ガラス張りの壁からは光が存分にはいってくる。自販機でコーヒーを買って向き合って座り、菜々美は僕の話に耳を傾けた。

「マリコさん、残念だったね。福岡くんと一緒になれば幸せだったのに」

菜々美は優しい目をして僕を見ている。

「で、恋がほんとに終わった瞬間は？」

「板の絵葉書もらって完全にアウトだと思ったな。それからエピローグにはいったよ」

「それっていつ？」

「十一月十七日」

「……ナインハーフよ」

「えっ」

「ふたりは九月十二日に出会ってるから数えると九週半で恋は終わったのよ」

「ほんとだ」

「『ナインハーフ』はハリウッドで映画化の動きがあるの」

「昨日手紙を引っ張り出して最初から順に読み返したんだ。最初は楽しくって、それからどうなるんだろうって読み進んで、だんだん苦しくなってきた。まるで小説を読んでるみたいだった」

「何通あるの」

「十二月にも三通きたから、二十七通」

「三カ月で二十七通……。試験期間中はほぼ毎日でしょ。福岡くんが頑張ってるからって彼女も頑張ったのよ。一年目の研修医ってめっちゃ多忙でしょ。普通できないよ、ていうか不可能よ。胃薬とか鎮痛薬とかお守りとかお菓子とかも入ってたんでしょ」

「ハイライトももらった」

「二人は三回しか会ってない」

「うん」

「……私の周りではこんなの初めてだな。ねえ、もう会わないの」

「会えないのに電話はつらいし、彼女もつらそうだし……。年内にもう一度電話するっていってた。それで電話も終わり。未来がないのに会うなんて苦しみを倍増するようなことはしないさ」

「おしいなあ」

「会う理由がないだろ」

「彼女は『草原の輝き』のワーズワースの詩を手紙に書いたのね」

「テレビで最終回を観たって」

「あの結末か…、酒浸りのバッドは大学で知り合ったイタリア娘と家庭を持ち、ディーンは精神病院で知り合った医者と来月結婚することになった。そのふたりが静かな気持ちで再会して、幸せなんて考えてないって言うやつね」

「そしてワーズワースの詩が登場。夏の輝き　花の香り　あの時間を呼びもどすすべはない　嘆くのはよそう　残されたものの中に力を見いだそう」

「私はあの終わり好きじゃない。分かるの、たしかにそうなんだけど、きれいに終わらせてる気がして嘘っぽいんだな……観客にこびているようで。もう一度観ようって思わない」

「菜々美の好みの終わり方はどんなだよ」

「『天井桟敷の人々』……。バチストとギャランスが再会するでしょ。二人が抱き合っている部屋にバチストの妻ナタリーがやってきて、静かにいうの。〝ごめんなさい。バチスト……わたしあなたがひとりきりかと思ってたの〟ギャランスが出ていこうとするのをナタリーがドアを背に立ち塞ぐの。〝また行くの！　気楽でしょうね、去っていく人は〟ここからラストまで、巴里（パリ）祭の雑踏のなかをバチストがギャランスを追うシーンまで息もつけない迫力よ。この映画は十一回観たな」

「えっ、こないだ会ったときは十回っていってたけど、また観たんだ」

「作為的な気がするけど、『草原の輝き』にもいい台詞はある。ディーンが精神病院から退院する時に医者に聞かれるのよね。バッドに会わないのかって」

「うん」

「医者がいうの。恐怖は直視すれば消滅する」

「そしてディーンはバッドの牧場に行く。彼はイタリア娘とつましく暮らしている」

「福岡くんとマリコさんが再会すれば小説になるかも」

「乱痴気パーティーなし、精神病院なし、株の暴落もなく、誰も死なない。退屈で誰も読まない小説だ」

「読者はマリコさんひとりでいいんじゃない」

「……マリちゃんだけは読んでくれるかも」

「ね、電話するんでしょ」

「もう一度電話するっていってたし、僕からしたけどなかなかつながらないんだ。生きてんのかな、心配だよ」

「気が向いたらでいいから、柳原燁子(あきこ)の話をしなさいよ」

「……柳原白蓮(びゃくれん)」

「そうよ」

「……」

菜々美は軽くウインクをして笑った。

十二月二十八日

塾のバイトが十時から午後四時まであった。帰りに西高の同級生で姪浜の寮で浪人時代をともに過ごした田口のところへ行った。彼は私立の歯学部に通っている。徹マンのあとできつそうにしていた。お茶を飲んで七時からの家庭教師のバイトに行き、それが終わるとミミで夕食をとってアパートにもどった。

十二時過ぎにマリコに電話した。一度鳴って受話器があがった。生きていたんだ。ホッとした。マリコは疲れていた。忘年会、餅つきとつづき、毎日寝るのは二時すぎだという。寝ぼけていたこともあり僕にはあまり関心はなさそうだ。少し寂しかったがいいことだと思った。紀伊國屋で辞書を受け取り、彼女の名に印をつけて二行の詩を書いたと話した。

「あたしも広辞苑を買う」といったが、買わないと思った。マリコは定められていた道を、再び自分の足でしっかりと歩きだしている。菜々美との話をした。

「そうね。恐怖は直視すれば消滅する、お医者さんがディーンにいって、彼女は結婚しているバッドに会いに行くのよね。彼女も来月結婚が決まってる」

「僕らも再会があれば、小説になるかもっていってた」

「書くの?」

「人の恋愛なんて退屈で誰も読まないだろうな。恋人たちが死ねば人は感情移入するんだろうけど」

「あたし読むよ」マリコは笑った。ひさしぶりに彼女の笑い声を聞いた気がする。「心中のような非日常に人が惹かれるのは事実よ。でも、あたしは作者の信念に惹かれる。『峠の群像』に『曽根崎心中』の作者の近松が登場したでしょ。どうしても赤穂浪士と曽根崎心中が重なるの」

「四十六士が切腹した二カ月後に曽根崎村の露天神の森が血にそまったんだよね。お初は女郎、徳兵衛は醬油商の手代。共通点は……武士も女郎も手代も自ら生を断ち切って死を選んでいる」

「そうなの。赤穂浪士も曽根崎心中のふたりも死んで生きつづけている。『峠の群像』を観て確信したの――近松は〝忠義に殉じた武士は賞賛されるのに、どうして恋に殉じた女郎は笑いものになるんだ〟って憤ったにちがいない。〝手練手管〟の巧みな女郎が〝裏表のない一途な恋〟に命をかけ、来世で永遠に結ばれることを信じた美しさ……情に感じるのが近松の真骨頂で、お初と徳兵衛の供養をしたかったんだと思う。大成功よ。これが上演されて心中事件が多発したんだから」

「近松門左衛門か」

「文章には書き手の心が宿る。渉さんの小説を読んで、あたしの心をここまで奪った人の正体がわかる。うまい下手は関係ないわ。楽しみだなあ。マリコの若気の至りだったって苦笑いするか、マリちゃん、こりゃしかたないよって納得するか」

「主役はマリちゃんの手紙だよ。でも嫌でしょ」

「どうして」

「だって結婚してるし、家庭があるし、迷惑がかかる」

「あのね、自分が小説の主人公になれるのよ、いったいどれだけの女性が経験できると思ってんの。ほんの一握りもないくらい一握りなのよ」

「つまり……」

「いいわよ。書いて。で、あたしの名前は何にするの」

「あきこ」

「どんな字を書くの」

「火を書いて華」

「燁子」

「そう」

「火のように燃える華か、素敵な名前ね」

「うん」

「モデルがいるの？」

「柳原燁子って女流歌人で筑豊の石炭王の妻だったけど、東京で出奔して若い社会運動家のもとに走ったんだ。マスコミは大喜びだよ」

「…渉さん、いろんなこと知ってんのね」

「菜々美と話してたら、『草原の輝き』の結末は嘘っぽくて嫌いっていうんだ。『天井桟敷の人々』にはかなわないって。で、彼女が柳原燁子の話をしなっていったんだよ」

「福大の神陵文庫の人ね。渉さんが同じ匂いがするっていってた。つきあったらいいのに」

「彼氏いるみたいだよ。友達だよ」

「……渉さんの顔を思い出すときって、いつかわかる？」

「いつ？」

「まず最初に思い出すのがあたしをピーターパンまで迎えに来て、渉さんのアパートに行く時の表情。髪はお風呂上がりでバサバサだし、困った、困ったって、本当に困った顔してて、まずその顔なの。それから勉強してる時の顔ね。それとテレビ見てる時の顔。あたしが台所でおつまみとか、ゆで卵つくってたでしょ。その時、渉さんがテレビ見てんの。何かそこにあたしがいても違和感がないっていうのか、普通で、その場にとけこんでるの」

「どんな顔だろ」

「何か、とてもホッとしたっていうか、安心して座ってる感じがしたわ。勉強してるときとおなじくらい思い出すの」

「そんな顔するんだ」

「渉さん、いつ佐賀から帰ってくるの」

「いいじゃない、いつでも」

「どうして」

少し寂しげな声だった。

「四日だけど、もう来年になったら電話しないよ」

「…そうね」

「広辞苑ほんとうにありがとう」

「うん、渉さん、よいお年を迎えてね」

「よい年を迎えてください」

「はい」

ちょっとけだるい声だった。

「じゃ」

「おやすみなさい」

「さようなら」

互いに最後のプレゼントを受け取って約束を果たした。小説を書くかもしれないという話もした。菜々美にいわれた柳原燁子にも言及した。そして電話はもうしないと宣言した。マリコに電話をする口実はなにも残っていない。これが最後の電話だ、そう思って僕は別れの言葉を口にした。……しかし、マリコは口にしなかった。

8

十二月二十九日

実家の佐賀に帰り、製薬会社に勤める滝澤に電話した。女に振られたから中洲を案内してくれよ、とお願いしたら、〝またか〟と相手にされず、逆に〝教員試験を受けるから会社を辞めるので会社の金を使えない〟などという。地理が好きで昔から教師になりたかったという夢を語り出した。正月の休みに麻雀と新年会をやることになった。夢をなくした今の僕には一人でいることが耐えられない。

十二月三十日

福岡家のなかで一番相性のいい自由奔放に生きてきた明治生まれの婆さんを佐賀から福岡空港へ送った。婆さんは新潟にいる叔父さんのところへ行き正月を過ごすのだ。僕は父の車のハンドルを握ったが帰りに事故ってしまった。父が横からいろいろ運転のアドバイスをするのにいらついて、後方車にぶつかると思いながらもハンドルを切ってしまった。何をやってもうまくいかない。頭を下げて平謝りをする父を見ながら自分が情けなかった。

一九八三年一月一日

家族四人で迎える正月の朝。長男の隆兄ちゃんは父の望まない結婚をしたので家の敷居をまたぐことができず、誰も彼の子どもをみたことがない。かつては賑わった我が家の正月が寂しくなってゆく。それでもネクタイをした父は正座して年始の挨拶をし、一年の抱負をのべた。老いにはあらがうことができない。ぬぐうことのできない孤独が漂っている。基兄ちゃんが中二の春に死んだことが深い傷になったことは理解できるが、……ふと思った。若かりし父は隆兄ちゃんが幼いころから兄弟のように彼を九重登山に連れていった。その彼を勘当するほど憎んだ背景には深い愛情と期待があったのだ。医者を継がなかったことは問題ではなく、あの結婚で彼は静岡の女系家族の妻の実家に入り、見栄えのよさと優しい性格で可愛がられることだろう。その代償に人質のような人生を紡ぎ、長男でありながら佐賀の墓を護れなくなる未来を父は直観したのではないだろうか。隆兄ちゃんが老境にはいり、父が心を込めて護ってきた先祖代々の唐津の墓を護ろうとしても、遠く関東に居をかまえる妻や息子には他人事なのだ……愛を来源とした怒りと絶望がぬぐいがたい孤独の衣を父にまとわせている。家を継ぐということは、この正月の席順の上座に座るということを意味している。僕が医者になることとそれはどうしてもつながらない。

夕方に三社参りをした。着物は背筋が伸びるようで気持ちいい。父と母と淳兄ちゃんは母の実家の呼子へ行った。これは唐津の菩提寺に眠る基兄ちゃんとご先祖様の墓参りを兼ねている。僕は気分が乗らず佐賀に残らせてもらった。医学生になった僕に、かつては厳しかった父が気をつかうようになった。そんな父といると落ち着かないこともあるが、マリコとの決別が大きい。彼女が行きたいといった基兄ちゃんの墓の前に今は立ちたくない。

一月三日

高校の同級生が集まって新年会があった。友達といると安心だ。二次会はジャック&ベティー、三次会はノンビラートへ行って踊った。リカちゃんとかエミちゃんとか数人の子と電話番号の交換をしたが誰とも会うことはなかった。とにかく一人になることが嫌で四次会のドルフィンへも行ったが、同級生は数人になった。家に帰ったのは三時だった。

一月四日

歯科大生の田口の中古のカローラに乗せてもらって福岡に戻った。神崎経由で三瀬峠ごえをしたがパワーがなく、一時間半もかかった。気の置けない友達との無駄な時間が嬉しい。

マリコから年賀状が来ていた。賀状に緑の色紙を傾けて貼り、その上にイノシシを模(かたど)った色紙を貼っている。何通目の手作りだろう。ほんとに心をこめて手紙に向き合う人だ。

新年がお互いに
　光にみちたものでありますように
渉さんの　これからの人生が

順調でありますように

昭和58年　元旦

賀状にサンキュウとささやいた。泣ける。胸がきゅっとしめつけられる。もう電話は互いにかけない約束だ。幸いなことに一時間半後には塾のバイトなので感傷にひたる暇はない。また読んでしまうとつらくなって酒に手がのびそうなので、他の賀状の下にマリコの賀状を差し込んで見えないようにした。バタバタとバイトの準備をして、アパートのドアを開けた。松田聖子の歌声が後ろから追いかけてきた。

♪トゥルリラー　トゥルリラー　風に吹かれて　知らない町を　旅してみたい――松本隆が呪文をかけ、財津和夫のメロディーが風にのり、松田聖子が〝旅にでなさいよ〟と背中を押しているような気がする。ドアを閉めると冬の冷気が体をつつんだ。バイクのアクセルを全開にしてどこか遠い所に行ってしまいたい。

昨夜は新年会で四次会まで飲んでいたので五時間しか寝ていない。頭がぼけていたが、なんとかバイトを乗り切った。帰りにローソンに寄ったら誰かが尻をさわってくる。田口だ。見覚えのある浪人生が二人いる。麻雀は四人いないと始まらない。しかし、いいのだろうか、さすがにこの時期に浪人生が麻雀をするのはまずいだろう。幸い短い時間で切り上げて徹マンにはならなかった。今年こそは、と入試の激励会のようなものだった。

アパートに帰って菜々美に電話をした。二日後にロートレック展を一緒に見に行くことになった。救われた気分になった。

マリコにもらったペンダントをずっと首にかけていたが、なんだか重いので外して電灯の紐に緑の糸でつるしているバッグスバニーの首にかけた。頑張れよとつつくと、くるくると愛嬌よくまわる。二人の結婚式での写真を見ていると辛くなるので、モジリアニの絵の下にかくして見えないようにした。僕はこの部屋で生きて行かなくてはならない。二月には十七科目の後期試験がはじまる。……マリコを思い出すものは整理していく必要がある。

胸が少し痛い日々がつづいている。先輩にそんな心筋梗塞はないと笑われて安心したが、痛みは消えない。

一月五日

雨なので外に出る気がしない。無性に浪人のときの友達と話したくなって西岡に電話した。彼とは姪浜の寮で二年をともに過ごした。〝友人に会ったらゴキブリのようにコソコソ隠れる〟は彼の名言だ。馬が合い、一緒にいることが多かった。今は宮崎にいる。電話の声は元気だった。浪人時代の思い出や近況を話したが、マリコのことは話さなかった。

福大医学部の合格発表を見に行ったときに西岡は僕についてきた。合格者一覧の自分の受験番号を前にして、国立志望の僕に喜びはなく否定的なことを口にした。「そんなことといったらいかん」西岡はいつになく真剣な表情だった。「福大医学部を目指して頑張っている人がたくさんいるとよ。どんだけの人が落ちたと思うとるん。そんな人たちに福岡さんは失礼だよ」ここを目指す人たちがいる、ましてや僕が通ったことで誰かが落ちた……そんなことは考えもしなかった。驚いて西岡をみると彼は目を逸らさずにつづけた。「福岡さんの目的は国立の医学部じゃないでしょ。医者になって病気で困ってる人たちを助けてあげることが目的でしょ」いつも冗談ばかりの西岡の口から飛び出した核心をつく一言に、返す言葉もなかった。

午後になり二時ちょうどに滝澤が空港から電話をしてきた。教員試験を受けに東京へ行くのだ。

「今搭乗がはじまったけん電話した。仕事は辞めるつもり。とにかく試験は受ける」

「そんないい給料のとこはなかなかないぜ。今の会社は辞めないでこっそり受けろよ」

「けじめをつけて夢に臨みたいんだ」

「夢なんて見ると、失くした時はつらいぞ。お前のとこの薬をなんでも処方するからさ、会社の金で俺を中洲につれてってくれよ。純愛なんてもういいよ」

「ようやく気づいたか。でも福岡、中洲に健全な幸せは落ちとらん。金、金の人生もつまらん。あっ、二時五分、もう行かんと。飛行機落ちたら渉が最後に話したやつになるな」

「弱気なこというな。おまえ頑張れよ」

「うん。渉は先が決まっとうけんよかね、頑張って医者になれよ。中洲を案内できんでごめん」

滝澤が福岡から離れていくことがうらやましかった。授業がなければバイクに乗ってマリコのいる九州から逃げ出したい。スズキGSXのタンクを満タンにして関門海峡を走り抜け、山口から島根と鳥取の日本海沿いを進み、北陸の海岸線を走り、能登半島を一周りして、新潟を北上、秋田を縦断し、青森の五所川原（ごしょがわら）を経て津軽半島の最北端、竜飛（たっぴ）岬を目指してひたすら走りつづけたい。

一月七日

ロートレック展を菜々美と観にいった。会場は多くの人でにぎわっていた。ポスターがかっこよくて、ムーランルージュの踊り子たちが魅力的だ。最初は菜々美といっしょだったが直に別々になった。三十分たったころ僕は一枚の絵の前で動けなくなった。

「やっぱりここにいた」

菜々美がいつの間にか僕の横に立っている。

「この絵、ほかの絵とは違うんだ」

「『マルセル』よ」

「きれいな人だな」

「ほんとね」

「もの静かで、やさしさにあふれてる。なんか丁寧に夢を描いているようにみえるんだ」

ムーランルージュの華やかな絵と並んで、人間の本質をえぐりだすような狡猾(こうかつ)な作り笑いが誇張された絵も展示されている。大腿骨を骨折して脚が短くコンプレックスを持つロートレックだからこそ描けたのだろう。しかしこの絵は違う。

「夢が好きね」

「人は失くしたものがよくみえるんだ」

「……」

「笑うとこだろ」

「ロートレックはマルセルに恋をしたのよ」

菜々美は僕の肩に手をあてていった。

「ここはダンスホールじゃないよね」

「船の旅だったの」

菜々美は話し出した。一八九五年、アーヴルからボルドーに向かう船内でロートレックは人妻に恋をした。彼はボルドーで下りることができずに彼女とともにリスボンまで船に乗った。彼女は夫の待つダカールに向かい、恋はロートレックの一方的な片思いに終わった。

「ロートレックにしては珍しくロマンティックな思いを込めた作品となったのよ」

「だからか。清楚で夢をみているようなんだ」

「夢を描いたのか、ふーん、いわれてみればそうね」

「欲しいな」

「この絵は京都で一九六八年に盗まれたのよ。七年後時効になり、翌年に出てきたの。中学の先生から預かってたっていう夫婦が現れたのね。犯人はこの絵が心底好きだったんだろうね」

「俺も盗みたい。手伝ってくれないか」

「売店で絵葉書を売ってるからそれで我慢しなさい」

「しゃーないな」

「で、再会はありそう?」

「マリちゃんか。電話なし、しない、年賀状が来てたけど、読み返すのが辛いので他の年賀状の下に隠した。写真も見ると苦しくなるんでモジリアニの絵の下にかくした。今夜からマルセルの下になる」

「ふーん」

「頑張ってるだろ」

「そうね。嵐の前の静けさって気もするけど」

「意地悪いうなよ」

「人の恋愛って分かるのよね。自分のはからっきしだめだけど。ねえ、今度引っ越しするから手伝ってくんない」

「いいよ。至坊にも声をかけるよ」

一月十三日

菜々美の予言がほんとになった。マリコが酔っ払って電話をしてきたのだ。

「酔ってんの。マリちゃん。焼酎のんだの。はは、あっ、緋い鯉、恋……、ははは」

公衆衛生のレポートに書いた〝緋い鯉〟を恋にかけるだじゃれ……笑えないだじゃれだ。もう電話をしない約束だったじゃないか――なのに、声を聞くと嬉しさが胸にひろがってくる。

「佳世ちゃんがね…、亡くなったの」一転してマリコは嗚咽をあげて泣き出した。「あたし小児科から内科に移ってたけど、彼女のとこによく行ってたの。こんなことだめなのよ、公私混同って渉さんに叱られる。でもあたし主治医だったでしょ。彼女だけに渉さんのこと話したの。十二月にあたしから引き継いだ主治医も同期の研修医だからいろいろ聞いたの。抗がん剤が効かないのに副作用で骨髄抑制おこして白血球、好中球が下がって、治験の薬を試して……輸血もずいぶんやって……最後は感染おこして敗血症だった」

「マリちゃんと話して佳世ちゃんも精神的に支えられたと思うよ」

「そう思いたい。でもね、あたし佳世ちゃんにいわれたの。どうして好きな人といっしょにならないのって。人生は一度きりなんだよって。彼女の前で、十八才の看護婦になる夢を奪われた少女の前で、あたし泣いたの。しょちなしね…。彼女、苦しい呼吸しながら、うっすらと目を開けていったの。電話してね、生きてるからできるのよって」

「……」

「あたし、不安……、というより、怖い。こんな気持ちで結婚してどうなるの。周りとはうまくやってけると思うわ。でも、ダンナと、こんな風じゃ……。夫婦ってこんなものじゃないと思うの。ぜったい破綻が来そう。あたし、怖いわ。思うの、何か、あたし、間違ったことしてるんじゃないかって」

佳世ちゃんの遺言なのか……マリコは酒を飲んで受話器を握った。マリコの声を聞けるのは嬉しいが、彼女の苦しい心を聞くのはつらい。かなうことなら会って慰めてあげたいが会えない。互いに忘れるべきだ。だからこの電話はまずい。彼女の声が愛おしい、また聞きたくなる。ぬくもりを思い出してしまう。しかも二月からは後期試験がはじまる。こんなことがつづけば僕は試験に集中できず、落第が現実味を帯びてくる。とっさに僕の口から心の底に畳み込んでいた本音がとびだした。

「マリちゃん、僕の誕生日に会わない？　さよならパーティーやろうよ」

「三月三日、いいわ。どこ…、ホテル、ドリームランドは…。最後くらい夢をみたい……、名前変えなきゃね、佐藤三郎とか」

「最後はきちんとしなきゃ」

「そうよ、ちゃんと最後はするものよ」

呂律が回ってない。

「フェアウエル・パーティー」

「あ、三月だめだ。二月で仕事やめんの。下旬だったら。ね、ホテルって入っていけるの」

「なんとかなるさ」

「…佳世ちゃん、先生ね、電話したよ。そしてね、渉さんにもう一度だけ会うことにした」

患者の死、不安な結婚、僕との再会……マリコは混乱している。しかし、僕は自分のことしか考えられない。再会はモルヒネだ。先輩の話を思い出した。

〝治療の施しようがない末期がんの人の痛みをとるためにモルヒネが使われるけど、モルヒネをかたくなに拒んで効果のない治療を選択する人がいたんだ。会社でがむしゃらに戦ってきた人で、強い自分を家族に見てもらいたいと切望し、それを見て妻は夫を、娘は父を立派だと尊敬しつづけた。ところが彼は一人のときに年老いたナースを好んで部屋へ呼ぶんだ。聞くと、弱音を吐きワンワン泣いているのよ、とそのナースはけがれのない目をしていった。彼は最後の最後にモルヒネを打ってくれ！　と叫んで、請われたナースが希望どおりに注射して息を引き取った。人の最期というものはその人が背負った人生に左右されるのかもしれない。素直に人生を受け入れてきた人は最期も穏やかだと緩和専門ナースから聞いた。モルヒネを使うタイミングはさまざまだが、生きるためなんだ〟

あと一カ月半でマリコと会える……夢のようなことだ。マリコが僕のアパートに最初に来た時に夢で終わる夢など見ないと心に誓った。しかし今はそんな儚(はかな)いシャボン玉のような夢をみることで後期試験を乗り切るしかない。愛とか、生とか、死とか、人生とかの抽象的な概念でくたびれ切った僕の心に、シャボン玉は活力を与えてくれる。しかし、再会の喜びの後には永遠の別離……悪魔のような奈落が待っている。それでも十七科目の試験を乗り切り五年に進級するために、魂を売るしかない。留年はできないのだ。

夜が明けるとマルセルの絵葉書に、佳世ちゃんの冥福、昨夜の驚きと喜び、再会の夢を走り書きし、医学部の前の郵便ポストに投函した。電話もかけない、手紙も書かない……そんな二人の誓いは再び破棄され、奈落の闇に消えた。

一月十六日

「父さんが学会で福岡に来て渉くんと食事をしなさいって、ポンって万札をおいて行った」

そういって至坊が夕食に誘ってきた。彼女のアサリちゃんも一緒だ。

至坊の父と僕の父は佐賀で医者をやっていて長い付き合いだ。至坊の母さんもたまに僕の母を訪ねて来る。さらに至坊の姉さんとは附属中学校で同級生だった。美人で音楽を専攻して福大の大学院に通っている。七隈の居酒屋で三人で飲んだことがある。バイオリンをやっていて小澤征爾と会ったと嬉しそうに話していた。

「渉さんと食事をすると楽しい。美味しそうに食べるし、至坊もいい感じになるの」

アサリちゃんは、最近仕事がきつく、また明日も仕事かと思うと嘆くので、万葉集の歌を口にした。

「世の中は　空しきものと　知る時し　いよよますます　悲しかりけり」

「それ誰の歌なの」

「大伴旅人（たびと）だよ。亡き妻を歌ってる」

「シンプルな歌で分かりやすいな。渉さんは好きなの？」

「うん。旅人って名前がかっこいいだろ。誰も人生を旅しているじゃない。これは旅人が大宰府に赴任したときに、最愛の妻を亡くした悲しみを歌ったものだよ」

「私は誰か大切な人を失ったわけじゃないけど、心にしみるな。会社っていうか社会っていうか、むなしいものよ。学生のふたりがうらやましいな」

「旅人って大伴狭手彦（さてひこ）の子孫だよ」至坊が話し出した。「五三七年にヤマト朝廷の百済（くだら）救援の命を受けた大伴狭手彦が、唐津に船団を引き連れてやってきたんだ。そして松浦佐用姫（さよひめ）と恋に落ちた。佐用姫は僕の実家の厳木の豪族の娘だったんだ。厳木の丘陵に大きな佐用姫像が立っているよ。絶世の美女だったらしい」

「この話は佐賀から唐津への遠足のたびに、厳木で佐用姫像が見えるとバスガイドのお姉さんが話したから暗記したよ」僕は小学校のバス旅行を思い出した。「狭手彦は船団の修理と物資の補給が終わると朝鮮半島に旅立つ。佐用姫は唐津の鏡山から領巾（ひれ）をふり狭手彦の船団を引き戻そうとするがかなわず、七日七晩泣いて呼子の加部島（かべしま）で石になるんだ」

「大伴氏の祖先と子孫がつながるのね、大伴旅人の歌はいつごろなの」

　アサリちゃんが聞いた。

「七二八年に旅人が大宰府の長官に赴任してすぐに妻は亡くなってるから、その頃かな」

「千三百年前に愛する妻を失った夫の歌……万葉集だから挽歌になるのね」

アサリちゃんの言葉はすとんと心に落ちてくる。

「千三百年と考えると、なんだか自分を冷静に見つめることができるんだ。愛別離苦は人生そのもので、それでもみんな生きていくんだって」

「マリコさんは残念だったね。またいい人あらわれるよ」

「もう女はいいって感じかな」

「僕にはマリコさんが佐用姫にみえてくる」至坊は真面目な口調だ。「別れることが避けられないで出会った二人……『肥前国風土記』に書かれているけど、大伴狭手彦が半島に去ったあと、佐用姫は夜ごと狭手彦に似た若者と会い、ある夜、衣に糸をつけて後を追うと、若者は蛇に変わり佐用姫は沼に引き込まれるんだ。古代史で蛇は神だから、佐用姫は神と結ばれたことになる。佐用姫はヤマト朝廷と敵対する隼人(はやと)の血をひいていたから、神武天皇のときから天皇の側近だった大伴氏の青年武将と佐用姫の間に子があったことを歴史から消したんだよ」至坊の鼻がピクピクと動いている。

「へー、大伴氏が一族を護るために公文書の『肥前国風土記』に嘘を書いた……面白いな。でも誰がそんなことできたんだよ」

「大伴旅人さ。彼が大宰府の長官だったときに佐用姫の死を『肥前国風土記』に記載したと思うんだ。朝敵の隼人の血は大伴に流れてないという証拠になる。裏をかえせば佐用姫は石になんかにならずに狭手彦の子を産んだんだ。佐用姫は隼人の女だよ。泣いて死ぬようなやわな女じゃない」

「遠足で行った鏡山に大伴旅人の歌碑があったな。——遠つ人　松浦佐用姫　夫恋に　領巾ふりしより　負へる山の名——たしか七三〇年に旅人が先祖の狭手彦と佐用姫のロマンに焦がれて、大宰府から唐津に行ったときの歌だってバスガイドのお姉さんが言ってた」

「海のかなたへ去っていく夫に佐用姫が領巾を振って山の名前になった……旅人が詠んだ万葉集の歌のおかげで鏡山は〝領巾振の嶺〟って呼ばれているんだ。ロマンがあるから歴史は面白い。マリコと渉のロマン……佐用姫と狭手彦みたいに子どもつくったら」

　唐突な至坊の言葉に僕は狼狽した。

「な、なにを言い出すんだよ。アサリちゃん、なんとか言ってよ」

「渉さんって女が分かってないなあ。女は本気で愛している男の子どもが欲しいものよ」

　アサリちゃんは僕の目をみて、それから至坊の横顔に視線をうつした。

一月二十二日

　学校では男子学生が集まると女の子の話で盛り上がるが、僕はその場を離れるようになっていた。うんざりなのだ。授業が終わると図書館に行く。ここがいちばん落ち着く場所だ。天井が高く静寂に満ちた空間に座っていると、知的で平和な時間がすぎてむなしさを感じることがない。

　マリコの結婚式がいつかは知らないが、刻一刻とその日が近づき、まぎれのない終わりが近づいているのを感じる。十八歳で亡くなった佳世ちゃんに促され、マリコが酔っぱらって電話してきたのを機に電話が再開した。電話で彼女の声を聞いているときは楽しいのだが、電話が終わり、布団にはいると苦しさが押し寄せてくるようになり、僕は心の平静を失っている。マリコの精神状態も起伏が激しくなっている。僕に会いに来た理由を〝衝動〟と言ったら彼女は声を荒げた。

「衝動でできると思ってるの。そりゃ最初はそうだったかなって思ってもみたけど、二回目はいろいろ考えたわよ。まして知ってる人の多い福岡だもの。よほどのことがないと行くわけないじゃないの」

「三回目は来なかったじゃないか」

「本気で言ってるの？　棚から牡丹餅がぶらさがってるのに、私だって取りたいわよ。でも土日はびっしり予定が詰まってるの。取りたくても取れないの、取りに行けないのよ。わがままばっかりいわないでよ！」

「三回目は僕が行く。一回目も二回目も僕が見送ったんだ。立ち去る者は気楽だ」

「よく言うわ。どれだけあたしがバスセンターで苦しかったか、気が狂いそうだったのよ」

「……今度はマリちゃんが見送る番だ」

「あたしは見送らない。嫌よ。プラットホームなんてぜったい嫌よ。改札口までは行ってあげる」

最後は寂しげで静かな口調になった。

受話器を通して聞こえるマリコの言葉は感傷に揺れながらも、確実に現実を受け止めはじめていた。氷柱のような台詞が僕の胸を容赦なく刺してくる。

「前ほど〝ゆふ号〟に飛び乗りたいとは思わないけど、何回も会うの。懐かしいの。でもね、あたし、自分の気持ち整理しなきゃいけないし」

「……」

「渉さんのお父さん、お母さんも消えた。前は会うこともあるかなって思ったこともあったけど……。青い薄い、和紙に包まれた存在だったけど」

寂しいけれど彼女のいうことは現実だった。昨年の年末に約束したように電話をやめていれば……電話を再開しなければ、徐々に忘れることができて、こんな苦しみを味わうことはなかったのに。

そして僕を混乱させるのは彼女のなかでまだ生きている僕への愛だった。

「夢を見たの。誰かが、私の行く先々に手紙をおいてんの。そして書いてあるの。マリちゃんガンバレ、僕もガンバリます。僕はいつも君のことをどこかで見つめてますって。渉さんなの。茶封筒に便箋」

ときおり飛びだすマリコの心の吐露は僕の心に過去と未来の幻燈を映し出している。

「あのペンダントを買ったところを通ったら、いろんなことを思い出したの、渉さんに頼まれたあれも送った、あれも送ったって。渉さんも私に送ってくれたし」

「約束だったから」

「そう。で、約束は全部したんだけど……、ああ、よかったって。でもね、何か、変なの。ただ約束をしたからそれをしたって。しなくてはならないからしたって、義務でした感じで、何か殺伐としてるの。これは何か違うってね。こんなことじゃないって」

ひとつひとつ片づけられてゆく彼女の心とちがって、僕の部屋には彼女が残していった思い出がそのままの形で残っている。電灯の紐にぶら下がったバッグスバニー、その首から下がったペンダント、台所の刺し子の布巾、ランドリーバック、洗面所の歯ブラシ、デンタルフロス、イソジンガーグル、広辞苑、僕に余命を託された二人の写真。引き出しの中には二十八通の手紙……

思い出という魔物が無言のうちに僕の心に忍びよってくる。

「一、二、三で切ろうね」

　マリコはいった。麻薬だ。話しているときの喜び、床のなかでは苦しみで胸が痛くなる。僕は再会を口にして、彼女が整理しているものをまたバラバラに散らしているのかもしれない。そうしたい願望があるのかもしれない。愛の残像にまだ抱かれていたいのだ。悪いと思う、思うけど、今の僕は自分の事しか考えられなくなっている。

一月二十七日

　マリコは小児外科の患者のことを語り出した。

「ダウンの子じゃないのかな。嚢胞（のうほう）があるの。お母さんが必死なの。三日くらい寝てないのよ。きっと、こんな子、生まれてこなかったほうがいいって思ったことがあると思うんだけど、死ぬかもしれないってなったら、あんなものなのね」

「それは違うだろ。母親に失礼だよ。母親は心の底では生まれてこなければ、とか死んでしまえばって思ったことはあったかもしれない……。でも治療を託された医者が〝あんなもの〟なんて言っちゃだめだろう」

「そうね、そうよ。これは渉さんが正しい。あたしが悪かった。でね、その子がね、もう、お母さん、お母さんって泣くのよ」

「手術になるんだ」

「そうね、可愛いのよ」

「ダウンの子の心はめちゃ純粋で綺麗だから、ダウンの子どもなら欲しいっていう看護婦さんがいた」

「目がすごく綺麗なの、邪心がなくって、かわいいのよ。子どもって、よその子でも可愛いわ。抱いたの。ねえ、渉さんって何型、O型だっけ」

「さあ」

僕の血液型を忘れたと思うと腹がたって子どものようにすねた。

「O型は生野菜、A型は煮てあるの、B型は焼いてあるの、AB型は煮て焼いてあるから、訳が分かんないの。O型だったよね」

「知らん」

「もう。生野菜ね。だったら渉さんと私の子どもはO型ね。だとしたら分かんないわけだ」

「なにが？」

「ううん、いいの。気にしないで」

「生野菜の生野菜でミックスサラダだ」

「すごい子よ。男泣かせ、女泣かせ、素直で、人に好かれるの。そいで運動ができてね、そうだ、すごい文章家ができる」

「はは」

「それでね、頭もいいのよ。面白い子ができるわ」

「いいね」

「今度は日曜に電話するね。ちゃんと勉強しなきゃおっこちるよ」

「縁起でもないこというなよ」

「いいの、好きだからいってあげてんのよ。発表はいつ？」

「三日くらいかな、よく知らないんだ」

「よく知ってたりして」

「虐めるね。千尋の谷に落とされてるみたいだ」

「いいの、渉さん、好きだから何でもしてあげる」

「話がめちゃくちゃだよ」

「何も思わない人には何もいわないわよ。何もいってあげない」

「……言えてる」

「菜々美さんは元気？」

「ロートレック展につきあってくれた」

「そっか、マルセルの絵葉書もらったね」

「あの絵は他と違うなって思ってたら、画家が純粋に好きになった人だって教えてくれた。ただね、人妻だったんだ。他人事じゃないよな」

「……渉さんの彼女になれるね」

「彼氏いるんだぜ。そんなのはもういいよ」

「……」

一月二十九日

封筒の宛先に僕の名前と並んで〝奈々美様〟、裏面の差出人には僕の母の名前が書いてある。どうして知ったのかマリコは答えなかった。

奈々美へ

まだまだ学生としての試練の道をゆく奈々美、お元気ですか。

私は社会人としてスタートしたばかりなのに、もう下車を間近にして何ともいえぬ気持ちで毎日をすごしています。私の気持ちを知ってか知らずか、時はものすごいスピードで私をおいかけてきます。最近、特に感じるのですが、私は大学を決定する時も、結婚を決意する時も、全然前向きには考えてなかったのではないだろうか…そして、実質的ケッコンを控え、これだけはすべてが自分におおいかぶさってくるものだから、誰に言われなくとも、どうしても真剣にならざるをえない状態になっている…今までの私とは思えないほどに、慎重で小心です。多くの日本女性がそうであるように、子供でもできれば、子供だけに目をむけてすごしていけるだろうという、予測だけはもてましたが…とても恐ろしい事です。物事に対してまっすぐに考える事ができなかったということは。

さて、いつも通り明るくいこうか…しけん、絶対へたばらずに頑張ってよ！　私の心の百分率が、ダンナ様だけじゃないのは悪い事でしょうか。不貞でしょうか。心の自由はあっていいと思うけれど…

悪知恵、むくむく湧いてきたよ。

二月の終わりに悪友ななみが別府に出てきたのでついつい一晩遊んでしまいました…それじゃダンナに申し開きできないので、2～3人で送別会をしてくれたことにして〝受付の女の子〟んとこへ泊ったことにしようかな…あーあ、悩みつつ当直室の夜はふける。

Mariko

後期試験を前にして夜の電話が復活したが、昨年の前期試験のときとは様変わりした。あの頃のように恋情に誘われて次から次に言葉が湧き出ることはないのだ。

「元気そうだね……。ダンナとはうまくいってるの?」

「うん、なんとかね…。でもぞっとする。一生ずっと顔を突き合わせるって思うと。それに、おしい。仕事やめなきゃならないのが」

仕事を辞めるつらさは話にでるのに、少し前までは主役だった僕は登場しなくなった。胸がつまる。僕の心は過敏になりすぎている。

「……よかったね」

「だって、もう、覚悟決めなきゃ」

冷静な声でマリコはいった。目の前に迫った式が近づいていて心の整理ができているのだ。僕らの過去をたどる言葉はない。しかたないと分かっていながら、彼女の理性が冷たく感じる。

「俺、大分に行っていいのかな」

主役になれなくなった男の弱気な言葉だ。

「はは、もうだめとか言ったりしてね」

「だめか……」

「ははは、うそよ」

冗談さえでてくる。電話をしないという約束を破られ、追い詰められた僕の魂が切望した再会が諧謔となり、かつては紅の封印をした同じ唇から毒が飛び出してくる。僕は違う人と話している気がした。話をすることが辛く憎しみさえ感じる。心の整理がついて婚約者と新たな人生を歩くと決めた女が、再会の日に他の男性に抱かれるなど汚らわしい。自分から会おうと言っておきながら、マリコを抱かないと決心した。卑劣な自分に反吐が出る。

「二月下旬に大分で会うのは昼間にしよう。会ってそのまま福岡へもどるよ」

二月一日の電話で僕はいった。

「せっかく悪知恵を考えていたのに……おしいわ」

あれだけ冷静になり諧謔さえ交えて話していた彼女が、今度はおしいなどと情のこもった言葉を口にする。マリコに主導権を握られた電話がしゃくなので反撃を考えた。彼女の弱点は嫉妬だ。僕を選ばなかったくせにほかの女性の話をするとヤキモチを焼くという不可解な性癖が彼女にはある。

彼女を攻撃する二つの話を思いついた。

一つ目は仲のいいラボの男性に岩本さんがいるが、彼の奥さんの妹と見合いのようなことになってしまった。招待されてアパートに遊びに行くと寿司が用意されていて、奥さんの妹が来ていた。あれっと感じたのは奥さんも同じだった。岩本さんの性急な思い付きだった。寿司を食べたあと、妹さんと二人で外へ出た。「これって見合いなんですか?」と僕は聞いた。「うーん、そんな感じもしますね」彼女は答えた。結婚したら東京ディズニーランドに行きたい、それをかなえてくれる人がいいと笑った。笑窪が可愛かった。彼女は僕を見ていった。「彼女いないんですか」、「いないよ」、「嘘、嘘はだめですよ」、「嘘じゃないよ」そう答えたときにこの子を抱けば楽になるような気がした。

もう一つは薬理学教室の助手のお姉さんだ。彼女のところへはときどき暇つぶしで遊びにいくのだけど、先日昼休みに寄ったら「今度飲みに行きましょう」と誘われた。「えっ、はい。チーク踊りましょう」と答えたら、「ええ、踊りましょう」と返事がかえってきた。

電話でこの二つの出来事をマリコに話したら予想どおりに機嫌が悪くなった。僕は晴れやかな気分になり、トライアンフ！　と心のなかで叫んだ。……いったい俺は何をやっているんだ。

二月二日

七号館の横を歩いていると、青い職員服を着た見覚えのある女性と目があった。通り過ぎて、あっと互いに振り返った。

「福岡くん、どうしてるの」

千春さんだ。

「試験だよ。医学英語。このあとは地獄の後期試験がつづくよ」

肩を並べて歩いた。

「……岡田さんは、元気？」

僕は聞いた。

「元気そうよ。結婚するってよ」

「えー、誰と」

「去年の三月に大学辞めて、新しい職場の人と。仲良かったよ。お揃いのセーターとか着て、二度、うちのアパートに来た。カッコいいよー。三月七日が結婚式。今、壱岐に帰ってる」

「……プレゼントしないとね」

手帳のメモを切って千春さんに渡した。〝雅代さん、結婚おめでとう。幸せになってください。渉より〟

「重かったんだね。福岡くんにとって岡田さんの存在は…」

「うん。僕のこと何ていってた？」

「面白い人って。それで、いやらしいって」

「はは、いやらしいって？　でも、わりと真面目だったのに」

「ほんと、残念ね」

四年前に入学したとき彼女も新入職員で英語のＬＬ教室担当だった。新緑と春の光、桜、そして涼やかな風が流れていた。映画を観に行き、コンサートに行き、彼女のシビックでドライブをした。ときどき車を貸してもらったこともある。彼女は昨年三月に退職してそれから連絡は途絶えた。

夜十時に電話がかかった。

「わかりますか」落ち着いた声だった。

「えっ……」

「わかりますか?」

「う、うん。たぶん」

「誰だ?」

「福大に関係ある人」

「はは、誰かな?」

「岡田さん、雅代さん」

「当たり、元気にしてますか」

「うん」

一年ぶりの電話だった。彼女は話し出した。

千春ちゃんから電話があったの。複雑な気持ち。もらってくれる人があった。結婚してって言われて、そんな気、全然なかったけど。私はどうでもよかったけど、急ぐって。そんな、もてないよ。

「千春ちゃんも元気だった?」

「うん、いつものようにお尻をくねくねして歩いてたからすぐわかったよ。彼女もすぐに気づいて声をかけてくれた」

「はは、色っぽいのよね」

「彼はかっこいいっていってたよ」

「まあまあ」

「結婚プレゼントしないと」

「何か送ってくれるって?」声が明るくなった。

「うん、みんなで送るだろうから、僕も千円くらいお祝いしようかな。学生だしお金ない」

「もう、冷たいね」

僕はずっと彼女の気持ちが分からなかった。でも、こうして結婚式の一カ月前に電話をしてくれた。彼女は真剣に僕のことを考えていたんだ。大学を辞めたのは僕から離れるためだったのだろうか。

……彼女にとって初めてのキスだった。でも、彼女は身体を許さなかった。不真面目といわれたけど、僕には自然なことで二人が深くむすばれるのだと考えていた。僕が欲しかったのは安らぎだった。僕ははっとした。このストーリーはマリコの心を揺さぶった『草原の輝き』と同じじゃないか……愛し合うふたり、若さゆえに男は身体を求め、女は拒む。男は別の女と関係を持ち、女の心は壊れてしまう。二人は離れ、歳月が流れ、そして再会する。互いに別の伴侶との人生が決まったのちに。幸せなんて考えないと互いに語り、ワーズワースの詩がながれる。

夏の輝き　花の香り
あの時間を
呼びもどす　すべはない

「彼女できました?」

「いや、あかん。俺ってダメみたい」

マリコのことも、草原の輝きも、ワーズワースの詩も話さなかった。

「はは、学校はもう四年ね。どう、たいへん?」

「うん、朝から夕方まで授業。九時前から五時前まで」

「びっしりね」

「それで、図書館でちょっと勉強して帰るともう時間ないし、また次の日がきて、また授業。帰る、寝る、また学校、その繰り返し」

「あと二年じゃない。頑張ってね。卒業したら何科?」

「何だと思う?」

「産婦人科」

「まじめに」

「小児科」

「どうして」

「何か子どもが好きみたい」

「うん、いいかも」

「どうするの、佐賀にいるの」

「わかんない。この世界、教授が指さした方に、はい、そうですかって感じ」

「福大にいることもあるの?」

「うん」

「福大だったら子ども連れて行こう。診てね」

「うん、お母さんに手がのびたりして」

「こわいな。母さん、されるがままだったりして」

大切なものをなくしてしまったことに今頃気づいてどうするのだ。無理に身体を引き寄せていた自分が情けない。かといって他にどうすればよかったのか分からない。

「結婚、いいな、幸せにね」

彼女はそれには答えなかった。

「四年になるんやね」僕らが出会ってという意味でいった。

「そうね、四年ね」

「はやいなあ」

「うん」

「なんかとっても懐かしいって感じ」

「そうね、なつかしいな」彼女の声が輝く。

「岡田さんも二十一だったたし、僕も入学したばっかかりで、とにかく新鮮だった」

「そうね……、なつかしいな」

「シビックよく貸したもらったもんな」

「はは」

「ポロシャツ、カーディガン、巻きスカート、ハイソックス」

「はは、よく覚えてるね。今でもたまに着るよ」

「ああ、青春は消える。みんな結婚してく」

「青春とか大げさー」

「これが人生なのかな」

彼女は答えない。

「別れたら電話してね」

「そうする」

「ふたりでお酒でも飲もうよ」

「二年のうちに別れるよ」

「待ってるよ」

「うん」

医学部に入学して四年が過ぎた。彼女とは常にどこかで関わり合っていた。近づいたり遠のいたりしながら、温かい目で見守ってもらっていたような気がする。その彼女が結婚する。式の一カ月前に電話をしてくれた。最後に話ができてよかった。社会人と学生の違いはあるが、希望を胸に福大の門をくぐったふたりは二十一歳から二十五歳になった。

彼女は一カ月後に結婚して新しい人生を歩きはじめる。僕はマリコとの愛の終焉という絶望に目隠しをして後期試験に突入する……夏の輝き　花の香り　あの時間を呼びもどす　すべはない……僕の胸に深く刻まれた二つの事象はあと一カ月で完全に幕をおろす。

もう青春は終わったのだ。青春という属性が自分から離脱して遥か彼方へ去っていく、そんな光景を目撃したような気がした。

二月四日

お元気ですか。

今日の内科、うまくいきましたか。

勉強の合い間には肺癌にならないタバコをどうぞ！

そして暗記ルームにはジャスミンの香りをば…

戦いは始まったばかり…

Best の状態で　明日の耳鼻科に臨まれたし…

Mariko

Wataru さま
ここに鼻をつけて。〝らぶ〟の香りです。

二月九日

マリコに電話した。明日は整形の試験で覚えることが多すぎて徹夜は必至だ。寝過ごさないようにモーニングコールをお願いするためだった。彼女は元気がなかった。

「どうしたの」

「うん」

「何か、嫌なことがあったの」

「…うん、そうね。あたし、大分にたった一人なの……。誰も…、両親もいないし。ずっと一時間、いろんな友達に電話してた。渉さんは試験でじゃましちゃ悪いから」

「二回かけたんだ」

「そう、ごめんね」

「近くにいたらね」

「近くだったらな……、あたし、そう、肩もんであげるのに」

「…ありがとう。明日起こしてもらおうと思って。整形外科が大変なんだよ」

「ねえ、〝どこでもドア〟買ってよ」

ドラえもんのドア、彼女がずっと欲しいと望んでいる、どこへでも行けるドアだ。岩田屋にあるかな、と答えたことがあり、逃げている、とサチに指摘されたことを思い出した。

「……」

「六時半でいい？」

「ううん、でるときでいい。明後日は休みだから頑張って起きて、詰め込むだけ詰め込む」

「頑張ってね」

励ましの言葉をかけるマリコの声には元気がなかった。

目的があるということは救われるものだ。とにかく今から十時間のうちに、短い睡眠をとり、整形の数十ページの内容を暗記しなくてはならない。過去問と、先生の強調したところを確認し、ポイントを押さえ、山をはり、少なくとも六割は取らなくてはならない。寂しいだの、心が痛いなどといっている余裕はない。マリコは消えるわけじゃない。

二月十日

　整形外科の試験が終わり、体から力が抜けて虚脱した感じだ。昼飯にてんぷら屋に行き、それから床屋にいった。なんとなくオールバックにしてもらった。春のような日で窓にはあたたかい陽射しがあふれ、床屋のなかはキラキラときらめいている。二千三百円を払ったら財布の中には二千円しかない。あと十日どうやって暮らそうか、田口か西高の同級生の山中に借りるしかなさそうだ。

　図書館に行ったが気が抜けている。神陵文庫にぶらりと行った。菜々美と雑談でもしよう。彼女の方へ進んでいくと、本棚の前で見覚えのある心臓外科の先生が洋書を読んでいた。講義をした先生だ。ダメもとで聞かない手はない。

「あの…先生、先生試験出されますよね？」

「え、ええ、出します。私が出すところはつくりました」

　先生はずっと洋書をみていて、話しづらい。

「あの…問題は記述形式ですか、国師形式ですか」

「私の作ったものは、かっこ埋めです。簡単です」

　それ以上は何も聞けない雰囲気だ。どこが出るのか知りたいのだが、とても聞けない。先生の手が若干震えている。学生に試験問題漏洩（ろうえい）の疑いがもたれたらやばいと緊張しているようだ。交感神経が刺激されて心拍が速くなっているのかな、などと浅薄な知識が頭のなかを駆け巡る。俺の口は稲場と違って固いんだけどな。

　カウンターの向こうで菜々美がクスクスと笑っている。まあ、かっこ埋めの情報は皆に流すことにしよう。しかし簡単と言われても、学生には通じないよ、先生！

「その髪どうしたの。違う人みたい。でも、いいよ」

オールバックにした髪をまじまじと見ている。

「気分転換、床屋に行ってきたんだ」

菜々美といろいろ話した。ここには学生も先生もやってくるのでいろんな情報が発掘できる。学生のこと、研修医のこと、今の医学界のことまで話がおよんだ。神陵文庫は全国展開していて出張販売もやっているようだ。

「こないだ自治医大にいったけど、あそこの学生は勉強するよ。これでもか、これでもかってくらい洋書を買ってく。二大内科学書のセシル、ハリソン、整形に行ったら行ったで整形の洋書を買うのよね。十万くらい買ってった人もいたよ」

「洋書なのか。進級できれば臨床実習はじまるからな。アメリカあたりで勉強するのもいいかな。心臓外科の先生に出題内容を聞いてるようじゃだめだよな」

「大丈夫よ。学生さんは進級していくとどんどん変わるから」

「そっか」

「マリコさん、どうなったの」

「結婚式の日取りは決まって、心の整理がついたみたいだけど、元気ないんだよ。でも、もうどうしてあげることもできないんだ」

「もう会わないの」

「さよなら会をやることになった。二月の終わり、彼女が仕事をやめて、僕は試験が終わって結果がでるころかな。彼女が主治医だった看護学生が亡くなったんだよ。姉妹みたいに仲良くなって、僕のことも話してたみたいなんだ。たぶんその子の恋に対する信念と夢に応えてあげたかったんじゃないかな。その子からみたら生きているから心が痛くなるし、苦しくなる。贅沢だよね。酔っ払って電話があったよ。でも再会は僕から切りだした。会えるという目的さえあれば試験を乗り切れるかなって」

「いいね」

「昼間に会うのでいいと思ってんだ」

「キスもできないよ」

「心を整理できたってことは、彼女は嫁いでいくことを受け入れたってことだろ、そんな女性を抱く気にならない。自分で言い出しといてずるいと思うけど、彼女が不潔な気がした」

「『草原の輝き』のバッドと同じだ」

「どういうことだよ」

「私が観たのはエリア・カザンの映画でナタリー・ウッドがディーンを、ウォーレン・ベーティがバッドを演じるやつよ。滝の傍に車をとめてバッドがディーンの身体を求め、ディーンがそれを拒むシーンからはじまる。彼女の身体も彼を求めているのに、彼女は彼に身体を許さないのね。高校三年のやりたい盛りの彼は他の女の子と関係をもってしまう。ショックで二カ月家に閉じこもったディーンはパーティーに出ていき、バッドに近づいて誘う。車のなかで身体を開こうとするの。それを今度はバッドが拒むの。抱いてしまえば彼女と結婚もできるのに……君の自尊心はどうしたんだって混乱して叫ぶのよ。男の純愛っていうのかな、なんだか弟のわがままを見てるつなんだ」

みたいだったけど。福岡くんの話を聞いてると、これって普遍的なものなのね。男の純情ってや

「二十五になってか」

「君が童貞だなんて冗談にもならないけど、純粋に好きになったのね。男の人ってそうなるんだ。これはちょっとした驚きだし、おもしろい」

「モルヒネってこんな感じなのかな。会えるのは夢で、救いにはなるけど、その先はなくって闇が待ってる……経験ないんでわからん」

「生きるためにモルヒネは使うんでしょ」

「先輩も同じこといってた。再会のあとには永遠の別離が訪れるんだ」

「いつでもおいでよ。モルヒネをたっぷり用意しとくから」

菜々美は僕の胸に人差し指を立てた。

「心臓にモルヒネか」

「普通量じゃ効かなくなってそうじゃない」

そういって笑った。

夜にマリコに電話したが、元気がない。とくに話すこともなく、話も弾まなかった。

二月十一日

しけん、うまく消化していますか。

まっくらな夜の町を、バス独特のエンジンのひびきに揺られながら思いました。どこまでも、どこまでも、このまま見知らぬ景色や町並をいくつも通り過ぎて、いつまでも、いつまでも、バスに揺られて行けたら幸せなのに…でも、バスの旅は目的地のバス停に着いておわりました。思ったより短くて、ちょっぴり車内の蛍光灯がまぶしすぎました。

心の淋しい日は、異郷の地の寒さが身にしみます。おとうさん、おかあさん、そして猫のJonまでがなつかしく、走り出したい気もちです。

休みあけのしけんは…む、産婦人科ですか？　このハンカチもっていって下さいね。入院患者さんがみんなにくれたものですが、先生用はみんな男用だったので、渉さんに送りますね。奇妙な色です。どうぞ、よろしく。

私の今欲しいもの
朝のおふとんのぬくもりの中で、ごろごろ！　をもう30分
ひなたぼっこに絶好のお陽様と縁側
職につく前の視力
そして、2月下旬か3月上旬にWataruさんと心やすらかにすごせる日が、必ずもてるという確信
神様、私ってそんなにどうしようもない人間でしょうか。せいぜい並だと思いますが。
もう一度、子供にもどりたい…。

Mariko

渉さんへ

やりきれなかった。僕には何もしてやれない。したくてもできない。救うことができない。助けてあげたい。幸せであってほしいのに、やりきれない。

夜の電話……産科の試験対策をしていると話したら、マリコが沈んだ声で話しはじめた。最近は会話がつづかなくなっていたけれど、今夜は少し違った。

「ねえ、渉さん、女って何なの」

「……」

「何なの」

「産婦人科の教科書とノートが目のまえにあるよ。子宮と卵巣のイラストがある。産科的には卵子と精子がくっついて子どもができて、母親の胎内で育って、出産するってわけで、これは男にはできない」

「産科的に言うと、か……。あたしも思った。尊いことよね。子をつくる。子を産む、そしてその子が成長して小学校、中学校、高校生になって大学に行って、大人になる……。でもね、それって女なら誰でもできることよ。怖いことよ」

「産科の先生が真面目な顔でいってた。女をみたら妊娠を疑えって。十歳の子どもでも五十歳のおばさんでも妊娠の可能性はあるから、外来で嘔吐、腹痛をただの胃腸炎と決めつけるんじゃなくって常に妊娠の鑑別が必要だって」

「女は子どもをつくるだけの道具なのかな」

「違うよ。犬だってキタキツネだってさ、子離れするまでは命がけで子どもを守ってる」

「そうね……」

「マリちゃんは仕事をつづけたいんじゃないの」

「そこよね」

「僕のクラスは女性が十五人で彼女たちは女医さんになるわけさ。小児科の先生が講義にくるけど全員女性で魅力的だよ。ウーマンリブとか騒いでる連中がいるけどさ、仕事をしたい人はすればいいんだよ。出産、子育ては極めて大切なことでこれに専念することってすげえ重要な仕事だろ」

「あたしの医大もそうだったから、分かるの」

「先輩にいうことじゃないと思うけど、日本は女性に仕事させない、二言目には差別だって批判する人がいるけど、僕らの周りは女医さんや看護婦さんが多いからぴんと来ない。専業主婦は立派な仕事さ。たとえば北欧の女性は男女平等っていうけど、それだけ男と対等で過酷な仕事もしてるそうだよ。酷寒のなかでの漁業とか兵隊とか。でもね、幸福度は日本の女性はトップで、世界の女性に聞くと日本の女性と変わりたいって答えるそうだよ」

「日本の文化は護らなきゃ。渉さんのお母さんの実家も神社でしょ。テレビは偏向ばかり」

「テレビ局って学生運動した人が多いんだ。子どものころ家によく麻雀に来てたＮＨＫの足立さんは、慶応大学で学生運動やってた人で、就職試験は落ちまくってＮＨＫにだけ通ったたって笑っていたよ。マリちゃんは医師免許があるから少し休んでまたやりなよ。開業して軌道に乗ったら二人でやれるんじゃない。……人の家庭の話だから僕がいうことじゃないか」

「……」

僕らがこうして話ができる時間も残りすくない。試験が終われば僕は大分へ行き彼女と会うのだが、それ以降は会うことはない。電話することもない。これからの自分の人生に深く関わることを彼女と話したかった。

「僕からも質問があるんだ」

「なに?」

「ヒポクラテスの誓いなんだ」

「ギリシャ神への宣誓文ね。結婚式のとき渡辺淳一の話でもりあがったわね」

「因幡の白兎の誓いが日本にはふさわしいとかね。でね、マリちゃんの思ってることを今度会うときに教えてほしいんだ」

「ヒポクラテスの誓いっていくつかあるけど、どれについてなの」

「純粋と神聖をもってわが生涯を貫き、わが術を行う、ってやつ。医者は神様なのかな」

「神様か……、生涯を医療、人道に尽くす……今度会う時まで考えとくね」

「ありがと」

マリコと僕の心に潜む疑問や憤りや不安から浮上してきた本音が、ふたりの瀕死(ひんし)になっていく会話に息を吹き込んでいくようだった。

9

二月十二日

山中のアパートに行った。佐賀西の同級生で現役で医学部に入学したが、留年を繰り返して僕の後輩になってしまった。現在は休学届を大学に申請している。精神科志望でこの分野は詳しいので、僕の精神状態を診察してもらおうと思い立った。

「福岡、試験はどうだ」

「とにかく落ちないようにやってるさ。整形が終わったと思ったら産科だよ。その次は内科、そして訳のわからない精神科がつづく。ところでおまえも知ってのとおり、俺は失恋の後遺症でやばい」

「人妻に恋なんかするからさ」

「婚約中の女性だよ」

「違うのか」

「全く違う。で、山中は精神科志望だろ。俺、大丈夫か」

「まあ自業自得だけどな。寝れるのか」

「彼女と電話をすると楽しいのに、夜になると辛くて目が覚めることはある。今は試験の暗記がすごい量だろ。おかげで辛さを感じる時間が少なくなった。二、三時間は寝てる」

「死にたいか」

「首をつろうとか思わんが、生きる意義とか死とかいうことをよく考えてしまう。どうして俺は彼女と出会ったのか、死んだら苦しみが消えるのかとか、永遠とかいう言葉が頭のなかに浮かぶんだ」

「死と永遠はベクトルが逆じゃないのか」

「死ねば二人の愛は永遠に生きるかもしれん。近松門左衛門の主題だ」

「曽根崎心中か、崖っぷちの人間は詩人だな。彼女が憎いのか」

「彼女が可哀そうでしかたなくて助けてあげたいけど、どうしようもない。憎い…、そうだな、憎いと思うことがある。あれほど俺に好意をみせていたのに、だんだん整理されていって冷静になる彼女の声をきいたときに憎くなった。そんな気持ちになる自分にも嫌悪するし、彼女の気持ちを混乱させたい衝動にかられたり……、矛盾する気持ちが心のなかで右往左往してる。電話でも話す内容が少なくなった。もう一度会うことだけが救いだ」

「福岡、お前は軽症だ。そもそも病識がある。病名をつけるなら失恋うつだな。眠れないなら心療内科にいって眠剤をもらえよ。その女が憎ければ我慢して胸にためずに、吐き出したほうがいいぞ」

「だれに」

「俺にいま言ってるじゃないか。ほかの女友達にでも聞いてもらえればもっといいか。最近ウィンドサーフィンの悪友とは会ってるのか」

「あまり会ってない。経緯を知ってるから、怖いというか不安、あまり触れられたくない」

「そっか、けっこう辛いようだな。過敏になりすぎてる気もするな。軽い境界性パーソナリティ障害はあるのかもしれん。いずれにせよ半年したら治るぞ。またお前の遊び人の仲間と海に行ってウィンドサーフィン始めたら完治だろう。失恋なんかすっかり忘れてまた彼女ができる」

「ちょっと安心した」

「もう一度会うといってたが、結婚を決めた女に会ってどうするんだ」

「けじめをつけたい。それに会えると思えば、試験を頑張れる」

「会っても別れが待ってるのに、会うことが希望なのか」

「何とでも言えよ」

「失恋で若者が自殺することは少なくない、それも男が女の倍以上死ぬぞ。そんな気持ちになったら躊躇（ちゅうちょ）せずに学部長の西園さんに相談しろよ。彼は著名な精神科医だ」

「自殺か……」

「それともうひとつ言っとくことがある」

「なんだよ」

「彼女はおぬしを好きだが、一緒になることができないんだろ。だとすると彼女も同じだぞ」

「失恋うつとか、境界性パーソナリティ障害とかってことか」

「そういうことだ。彼女をあんまり厳しく思うな。つらいだろうけど、彼女はもっとつらいのかもしれん」

「すごいな……。山中、おまえはいい精神科医になるぞ。しかし、お前のような博学なやつがどうして留年するのかな。やっぱり過去問のコピー対策をして要領よくやらないとだめだぜ。教授の嫌う学説は絶対に書くなという鉄則もあるし」

「そうだな……もうすぐ休学面接があるんだ。大学側と」

「そんなのがあるのか」

「二月十四日、十人くらいいるようだ」

「ところで俺のアパートの上の大家の婆さんが最近おかしい」

「どんな」

「ベランダに出て、ぶつぶつしゃべるんだよ。そして死ね、死ねとかいう」

「そっちのほうはやばいな」

「怖い」

「お前、飯食ってんのか」

「金があと二千円しかない」

「これやるよ、百円だった」

山中はスーパーで買ってきた弁当をくれた。冷たかったけど味はしたし、空腹は消えた。

山中のアパートを出て至坊の新しいマンションに行った。産婦人科の勉強をいっしょにやることになっていた。至坊は不在だったが鍵をいつもの場所からとって、中へ入った。途中で雨が降ったので顔がSLE（全身性エリテマトーデス）のようだ。まてよ、SLEの死因の四位は自殺だったような。そんなことを思いながら台所でコーヒーを淹れていたら、こぼれてキッチンマットに染みがついた。ティッシュで拭いても消えないので、洗剤をつかってみたが消えない。

悪戦苦闘してもダメで至坊が帰ってきた。ごめん、コーヒーがこぼれたというと、ああ、いいよ、で終わった。

至坊はよく勉強していた。二、三分話せばどの程度やっているかがわかる。四年も終わりになり、この試験期間中に同級生の医学の知識が加速度的に増えているのを実感する。試験前の情報交換はみんな知識あり考察ありでほんとうに参考になる。ほっほクラブを見回すといちばん危ないのは僕だろう。学生の素人診断ではあるが、失恋うつとも境界性パーソナリティ障害疑いともいう精神状態で、なんとか落第しないために姑息的な試験勉強に没頭している。なんといっても授業を集中して聞けなかったのが痛い。二日酔いの頭にマリコの幻と手紙の文面があらわれ、幻をかき消しながら聞く講義は十分に理解できないことも多かった。講義ノートにはマリコに関する落書きがいたるところに散見され、その文章がなかなか洒落ている。山中じゃないけどいまの僕は詩人だ。

二月十三日

せめて日曜の朝くらい、九時くらいまでこうしていたい。あたたかい布団のぬくもりに甘え、ラジオの音楽を聴きながら、香ばしい香りのする熱いコーヒーを飲んで、タバコを吸うのだ。毎日つづく試験を乗り切ってゆく自分へのほんの少しの贅沢……。深く吸いこんだタバコを吐きだすと白い煙がゆらゆらと宙をただよう。ささやかな安らぎが僕をつつむようで満ち足りた気持ちになる。何気なく聴いていたラジオにおもわず大きな声を出した。

えっ！　カレンが死んだ――もう一週間たつんだ。テレビやラジオや喫茶店といたるところでカーペンターズの曲は流れていた。渓流の水のように透明感のあるカレンの歌声は、優しく、切なく、静謐な心をもたらし、死とは別世界の人だった。

『I need to be in love』がラジオからきこえる。カーペンターズは愛の溢れるものばかりだと思っていたが、解説を聴くとこの曲は運命の人がみつからない哀しい女心を歌っているらしい。四番目の詩は運命のいたずらを歌っているようだ。知った人のいない大分で結婚式を迎えるマリコの孤独と不安……彼女の心を想像した。

あんなに好奇心に満ちていた私だったのに
友達が一人もいないこの町では別人のよう
日が暮れて静寂が訪れ　寂寥という悪魔が心のなかに巣食ってゆく
午前四時だというのに寝ることができない
〝希望〟というものを無理やりこさえて　それにすがりついて自分を励ます日々
涙がでるけど　心配しないでね　私は大丈夫

無理をして笑っているマリコの幻影がみえる。〝どこでもドア〟さえあれば、午前四時のマリコの部屋に行き、彼女の手を握ってあげることができるのだが。……マリコが切望した〝魔法の扉〟は僕がその気になれば手に入れることができたのだ。胸が締めつけられる思いだ。

ふと、死が身近なものに思えてきた。僕は小学一年生のときに見上げた火葬場のエントツを思い出した。……青空にとどくような高いエントツからのぼる一筋の煙を見ていると、ひとりの大人の人が近づいてきた。その人の目は涙にぬれていた。親戚のお兄さんだったのかもしれない。白血病で亡くなり荼毘(だび)に付されたばかりの基兄ちゃんの中学の同級生だったのかもしれない。その人は僕の横にしゃがみこみ、僕の肩に手をそえた。大きな温かい手だった。「ほら、お兄さんが昇っていくよ。渉くん、あの煙がお兄さんだよ」その人は僕と同じ目線でエントツから空へのぼる煙を指さした。「どこに行くの」、「天国だよ」僕は兄ちゃんが死んだことをはじめて実感し、兄ちゃんが天国に行くのだと本気で思った。「お兄ちゃーん」青空に昇っていく煙にむかって思いきり手をふった。

僕の目に涙はなかった。三つ上の淳兄ちゃんは火がついたように泣いているのに、僕には死が理解できなかった。三月二十九日の明け方に基兄ちゃんが息を引きとったときも、兄ちゃんの中学の同級生が泣きじゃくった葬式でも、兄ちゃんが火葬炉から白い骨であらわれたときも……。毎年お盆に唐津の菩提寺(ぼだいじ)へ墓参りし、自宅近くの川で精霊(しょうろう)流しをして基兄ちゃんを見送るうちに、涙ひとつこぼれなかった自分に気づいて不安になった。

ラジオのカーペンターズの追悼特集の曲は『トップ・オブ・ザ・ワールド』に変わった。時計の針は九時を指している。このあたたかい布団を出なくては。明日は内科Ⅱの試験だ。これからが勝負で、マリコがかつて表現したように僕はコピーの山に埋もれている。マリちゃん、がんばれ！　小さな声で叫んだ。そして電灯の紐に緑の糸でぶらさがっているバッグスバニーをつついた。こいつの変わらない悪戯っぽい笑顔にいつも救われている気がする。

二月十四日

チョコレートのないバレンタインデーだ。初めてもらったのは中学一年のときで、バスケットの練習のあと同じバスケ部の女子からメロディーチョコレートをもらい、バレンタインの存在を知った。胸がときめいたチョコレートは中学二年だった。怜子がモロゾフを教室の僕の机のなかにこっそりいれていたのだ。十年の歳月が流れて怜子の親友のマリコからのチョコを期待したが、郵便受けは空っぽだった。

明日は精神科で発狂しそうだ。夜十一時にマリコと話した。

「明日電話してね」

「うん」

「でるときでいいから」

「うん、頑張ってね」

彼女の声は明るかった。僕の気持ちも明るくなった。たぶん僕らのあいだでは一番短い電話だった。要件を伝えただけだけど楽しい気分になった。友達のような気がした。

翌朝の電話は十秒くらいだった。

「おはよう」

「もう起きていたの」

「うん、もう行くよ」

「頑張ってね」

「うん、精神科で発狂だよ。覚えきれん。ダメだ」

「大丈夫、精神科だから。ダメだと思っても、できてるわよ」

これだけの会話だったけど心に涼風が吹いたように感じた。これはいい。僕らに残された時間はあと二週間。雑念のはいる余地のないショートの会話をつづけるのは素敵だ……。

精神科の試験には記述問題があり、僕はアパートの二階の大家の婆さんが精神を病んでいる状況を描写し、自論を交えてすらすらと書いた。われながらいい答案になったと思った。点数はよくないかもしれないが、落第しない自信があった。

試験が終わって山中のアパートに行った。今日は休学中の学生と学校側の面接があったらしい。山中は他の休学中の学生の話をはじめた。

山中と仲のよい田村さんは医学部を辞めて経済学部への転部を決め、割と元気だったらしい。平田さんは愛嬌のある人で何度か話したことがあるが、彼は面接会場に現れず、事務の人は復学の意志はないものとみなします、と言ったらしい。

「十人の休学者のうち八人が来ていた。ひとりの女の子に、あなたはどうして休学なさったのですかって聞くと、彼女は精神病院に通ってますって一言。俺たちの二級下だった」

「暗かったか」

「うん。一年のときは全部受かったけど、二年の十一月に休学したって」

「可愛かった?」

なんと話していいか分からないので、そんなことを聞いた。

夜には母から電話がかかってきた。マリコの電話、精神科の試験、山中が語る休学生のリアルな医学部の闇と今日はいそがしい。

「あなた、どうして生活するつもりだったの」と笑い声だ。「電気代が四千円だったたし、試験中だったから銀行に行ったら、三百三十円じゃない、どうするつもりだったの」

三百三十円じゃなくて三百三円だ。母も年をとった。

「一万円いれといたよ」

助かった！　生きていける。

「あっ、父さんが、バレンタインデーにチョコレートもらったって。渉はいくつもらったかなって、あんたにいっといてって」

チョコなんてひとつももらってない。父も老けた。そんな風にしか息子との会話のきっかけがもてないのかな、……そう思ってしまう自分が哀しい。

二月十六日

家から一万円の入金があったので余裕で昼ごはんはミミへ行った。スーパーの冷たい百円弁当はしばらく食べなくてもすみそうだ。西さんと彼の友人の先輩がいっしょだ。西さんは一学年上だが留年して、今は同級生だ。温厚な性格でアパートに遊びに行くと、机に向かっていつも勉強をしている。

「山中が昨日、休学者の面接に行ったら八人来てたって」

僕には衝撃的な話なので、切り出してみた。

「そうなんだ。僕の学年にも休学してる人がいる」

西さんはうなずいた。

「自殺する人がいるってほんとですか？」

西さんは留年の経験があるだけに医学部の闇の情報に詳しい。

「ほんとだよ。僕の同級生が一人電車に飛び込んだよ」

「おれたちも一人あったな。油山で首を吊った」

先輩も答えた。一学年に一人くらい自殺があるらしいが、僕の学年ではまだ聞かない。先輩はつぶやくように話しだした。

「二年生が多くって、五年になると少ないかな。臨床実習までくるともう自殺なんて考える暇はない。教科書じゃなくって患者を通しての勉強だから、遊びまくっていた学生からも魔法のようににやけた表情が消える。卒業したらそんな患者さんを実際に診るわけだから気合もはいるよ。国試も近いからね。二年生のときだと、先が見えない不安ってのはあるのかな。自分が医師に向いているのかなっていう迷いもあるし、ラテン語の教授のように医学部の学生を目の敵にして意味のない糞難しい問題を出すやつもいる」

西さんは静かに話を継いだ。

「医学部って陽から陰、明から暗までさまざまなんだよね。すんなり医者になれればいいけど、そうでない学生もいるんだよね。現役で入学しても留年を繰り返して医者になれない人もいれば、福岡くんみたいに四年浪人してもつまずかないでストレートで進級する学生もいるし、さまざまだよ」

「私立の医学部っていうと一見華やかにみえるけど、悲劇もあるんですね」

「私立、国立は関係ないよ」先輩が答えた。「ほんとうに医師としての適性があればいいけど、そうじゃない人も多いだろ。私立は親が開業医でそこを継ぐためって人が多いし、進学校の秀才は成績がいいってだけで医学部を目指す人もいるし、将来の安定ってことでくる輩もある。ただ私立は授業料が高くて借金している人も少なくない。卒業まで六年かかるから、途中から進路変更するのは簡単じゃないよ」

夕方五時半に国松のアパートに羊羹を食べに行った。熊本高校出身で先輩にミノルタのＣＭで衝撃的なデビューをした宮崎美子がいる。国松は僕と実習が同じグループでめちゃくちゃお世話になってきた。父親は耳鼻科の偉い先生だが、勤務医で金はあまりなく僕と貧乏感が似通っている。実家から羊羹を送ってきたので食べに来ないかと誘われたのだ。ほっほクラブは試験中なのでウィンドサーフィンもなく合コンもなく、完全に活動休止状態だ。

「羊羹うまいな。国松は卒業したら福大に残るの、熊本に帰るの」

「わしは熊本に帰る。親父もいるし」国松の部屋もコピーが散乱している。「何か試験の情報があれば教えてくれ。明日の朝、電話するよ」国松が懇願する。

「オッケー」

病理の実習で顕微鏡の中の細胞を識別する能力の高い国松にはいつも助けられた。そんな友の頼みを心優しい僕が断ろうはずもない。

最近朝の六時になるとクラスの友達から電話がかかるようになっている。試験に関する新情報があるかを確認するのだ。先生たちは授業のなかで強調する部分があり、なかには試験に出すというニュアンスを口にする先生もいる。授業に集中できないことが多かった僕にはそんな情報がすごく役にたつ。

二月十七日

朝起きると雪が舞っている。国松から電話がかかってきた。今日は皮膚科で、これまた暗記地獄だ。

「情報あった?」

「なかった。二時半まで起きてて三人から電話かかったけど、みんなダメだったって」

この情報交換は二年後の医師国家試験の前夜までつづくのだが、実際に事前情報がそのまま出題されることはなかった。試験に出そうな山の確認や根拠を話すうちに自分たちの理解が深まっていった。試験直前のクラスメートの医学知識には目を見張るものがあった。試験の五分前の友達との会話に救われたということもあった。中国に『三国志』の故事に由来する〝呉下の阿蒙にあらず〟という言葉があるが——無学だった呉の呂蒙は将軍に上りつめ、猛勉強をして高い教養を身につけた。参謀の魯粛は呂蒙と対談し、彼の高い見識と知識に驚いて〝むかし、呉の都にいたころの武略のみの阿蒙(蒙くん)ではなくなった〟と感心したという——その言葉を想起するほど、昨日までの同級生とは別人のように賢くなっているのだ。

抑圧されたストレスのなかに僕らはあったが、こんな電話やコピーの情報交換になんだか心と心が行き交う温もり……入学した時の無邪気な仲間意識のようなものが蘇って嬉しくなった。

夜、マリコから電話があった。僕の好きな声だった。甘えた、少し低い、波長の長い声で、小賢しさのない感性そのままの声だった。どことなく寂し気でまだ僕への想いが残っているのかな、と勘ぐってしまった。

二月十八日

二階の大家の婆さんの症状が進行しているようで、山中に愚痴とも相談ともつかないことを話した。精神科の講義は受けたし試験勉強もしたのであやふやだが、知識はある。片言の英語を話すノンネイティブ同士の会話のようにブロークンだが、不思議と二人の間で話はよく通じた。

「上の婆さん、おかしいぜ。山中、お前精神科志望だろう。診てやれよ」

「なにいってんの。おれは休学中の身だぞ。電話したら？　匿名でいいらしいよ」

「措置入院か？」

「そう。二名の医者が診断すればできるんじゃない？」

「ちょっと回数多いんだよな。このごろ」

「心配だな」

「気味悪くて、あれおかしいぜ。ぜったい」

「うーん、せん妄状態じゃないのかな」

「意識混濁が変動してるってわけか」

「そう」

「錯覚と幻覚があらわれて一種の興奮状態」

「うん、だれかが行ったらやむよ。つまり外界からの刺激に反応するわけね」

「見当識（けんとうしき）がないわけだ」

「そうね、オリエンテーションがないのかな」

「自分がどこにいるのか、何をしているのか、外部との関連というか、状況がわからない」

「そうそう」

「これってほっとくと分裂症に走るんだろ」

「もう分裂症じゃないの」

「おまえ、診てやってくれよ」

「いやだよ」

「精神科医になるんだろ。ほら、研修だと思って」

「なに言うんでございますか。私は軽い患者さんだけ診るの。軽い患者さんだけ」

山中は友達のところへ行くというので僕はアパートへもどった。正直、気味が悪くて怖い。ただマリコからの手紙が来ていて、少しばかり元気がでた。


皮膚科の戦績はいかがでした?

今週もラストスパートで外科Ⅱをとろう!

最近患者さんのゴウマンな態度が多く見られます。マスコミで被害者意識をあおりたてられているからではないかと思います。もちろん、こちらも〝診てやる〟なんていう思いあがった態度は慎むべきですが。

自我をおさえねばならぬ事が、これまた一仕事です。

春よこい! はやくこい!


前日の福岡はすごい強風で暖冬の恨みを晴らすように粉雪が乱舞した。雪は降りつづけ、夜には一面の雪景色になり道路には白い轍ができた。真っ白な絨毯を踏む足はサクサクっと柔らかな音がしてクッションのようで心地よい。耳は冷気を感知するけれど寒くない。顔に吹きつける風は冷たいが気持ちいい。いつもはかったるそうに寝ている近所の犬が元気に吠えている。通りを行き交う車は普段と違って速度を落としてゆっくりと走っている。僕はいつものとおりに同じ時刻に同じコースを走ったのだが、雪はすべての景色を微妙に変えていた。

夜空にはオリオン座の三つの星の横を淡い白雲が流れていく。地上を覆う白い雪の絨毯は星の影をうけて銀色に光っている。雪が降って積もったというだけなのに、見なれた変哲のない光景が美しく優しさに満ちたものに変わっている。僕はダイヤルを回した。この情景をマリコに伝えたかった。ほかに何も語る必要はなく、ただ受話器を通して、僕が目にして心が洗われた情景を話した。

「あの歌、ほんとだったのね」

「うん、ほんとだった」

「犬は喜び　庭駆け回る……」

マリコの楽しそうな声を聞くことができた。

二月十九日

土曜の午後くらいは昼寝をむさぼりたい。二時間も寝ればまた現実と向き合う。日曜日は休みで月曜には眼科、そして小児科がある。眼科は明日できる。少なくとも今日のうちに小児科に目を通しておかないと。

ふと、自殺のことを考えた。自殺するにはある程度の意欲と体力が必要だ。うつ状態のどん底からの回復期に人は自殺するらしい。昨年の十一月はつらかったけど、それ以上のどん底はマリコと再会のあとに来るのだろうか。福岡の雪はせっかく積もっても翌日には溶けて土と混ざってしまう。美しい雪景色はもうなかった。

二月二十日

「あと一週間ね」

「はやいね」

僕らは静かに話した。

「二月はあっという間なのよね。ほんとにあっという間よ」

「あと一週間しかないんだよ。毎日電話してよ。一分でいいんだ。声を聞くだけでいい。一週間を過ぎれば僕らはすべてなくなる。電話も、手紙も、会うことも、何もない」

「そうかしら」

「そうしないとだめだよ」

「あたし自信ない。怖いわ」

「もうアパート出るんだし、電話したくてもできない。しばらくするとマリちゃんは花嫁」

「それは…渉さんはそうでしょ。でもあたし、渉さんの電話も部屋も知ってるもの。カギはあたしがにぎってるの」

「鍵のありかも知ってるし」

「そうよ、鍵はあたしがにぎってるのよ」

「ウソばっかり。もうちゃんと整理がついてるじゃない、マリちゃん。僕には分かる。君は結婚が決まった日から〝ゆふ号〟には乗らなかった。僕もようやく整理がついたみたいだ。この一カ月ははやかった。マリちゃんの心を乱したのは僕だもんね。手紙を書いて、電話して、でもじたばたしたかったんだ。そうしないとやりきれなかった。ごめんね」

「ううん」

「でも、乱れたものはゆっくり整理すればいいんだよ。一生かかってでもゆっくりと」

「一生かかってね。…もう、私たち会えないの？」

マリコの声が聞こえてくる受話器がとてもいとおしい。時は静かに流れる。十二時二十分。明日の眼科などどうでもいいという気になった。受話器をしずかに握りしめた。

「…だから、あと一度、会うんだ。宿題があるだろ。聞きにいくよ」

「ヒポクラテスの誓い……純粋と神聖をもってわが生涯を貫き、わが術を行う……、医者は神様なのか。でも、そんな大切なこと、一週間で答えをだせっていうの」

「一週間も、一カ月も、一生も同じことだよ。永遠なんてものはこの世にないんだ。動いているものは必ず止まるんだ。マリちゃんの答えは僕の心のなかで生きつづける」

「…うん」

「なつかしい。二人が会ったこと、もう遠い、遠い昔のことのような気がする」

「そうね」

「なんていうのかな、マリちゃんのこと、いちばん懐かしいよ。中学の同級生とか、高校の同級生とか、とても懐かしいだろ」

「うん」

「そんなものがすべて吹っ飛んだ感じだよ。怜子も吹っ飛んだ」

　マリコが笑った。

「僕たちは真正面からぶつかり合ったね」

「そうね。……あたし、怖いわ」

「またいってる」

「ううん、渉さんはいいの。あたしいなくなるし、場所も電話も分からない。それで整理がつく。でも、あたし渉さんのいるところ知ってるの」

「今度会ったあとに電話はもうやめてくれよ。じっと部屋のなかで電話を待つなんて…。今日はなかった、明日は、その次は、そして忘れかけたころに電話。今度はいつだろう。僕には回すダイヤルがないのに。それはいやだ」

「……うん」

「マリちゃん、あと一週間だ。電話を大切にしたいんだ。マリちゃんの仕事も一週間で終わるんでしょ。頑張るんだよ」

「うん、ありがとう。渉さんの試験もあと一週間、頑張ってね」

「まかしといて」

「……渉さん」

「なに」

「あたし柳原燁子さんのこと分かったわよ。やっぱりそんな人だったのね」

昨年の十二月二十八日に最後の電話と思って話したことを思い出した。小説を書くならマリコの名前を燁子にするといった。夫を捨てて若い社会運動家のもとに走った女流歌人。

「……」

「でもね、渉さん、あたしね……、結婚したら離婚はしない」

「……わかってるよ」

おやすみなさい、と僕がいうと、マリコがおやすみなさい、という。受話器を置くまで、それまで彼女は待っている。僕は切なくそれでいて甘い安らぎにも似た不思議な静寂のなかにいた。受話器を置くと小児科のコピーに目を向けた。新生児のモロー反射は山だろうか。文字のなかに僕は吸い込まれていった。

二月二十一日

上の大家のばあさんがついに気がふれたみたいになっている。今もベランダに出てぶつぶついっている。怖くてこのアパートを出たくなってきた。

精神科志望の山中のところへ相談がてらに行ったら、ちょうど田村さんと電話をしていた。医学部をやめて経済学部へ移ると決めた人だ。山中の周りには休学の友人が数名いるのでときどき話をする機会はあるが、みんないい人で優しい。山中は僕に受話器を渡した。

「あっ、福岡さん。順調にいってらっしゃるそうで」

「あ、はい」

「私はもう、やめることにしました」

神妙な声だ。

「はぁ」

「もう、勉強しきらんです。自信がなくなりました」

寂しい声だ。

「もう、ついていけません。私、薬理なんか読んでも、とてもあれ、こなせんかったですよ。いちおう、まとめノートなんか見てましたが、だめだったです。たぶん薬理、零点やったんじゃないですかね。それで、これからいったいどれくらいの量をやらないといけないかって、ざっと見たら……、もう、とてもいけないです。こりゃだめだと思いました……。それじゃ、失礼します」

聞いていてたまらなかった。特待生で入った人が、高校のころは東大へも行けるほどの秀才だった人が、こうだ。僕は何もいえなかった。頑張ってくださいなど、とても僕にはいえなかった。

二月二十二日
おおきな流れ星がながれた。ほんとうにおおきな流れ星だった。ぼんやりと空をながめていた僕の目に、北斗七星の上を一直線に、どうどうとよぎり、そして消えていくのがみえた。マリコ、とつぶやいた。

二月二十三日
小児科の試験がおわった。となりの席の村山さんにずいぶんと友情を注いだような気がする。

つぎは泌尿器だが、いまひとつ気力がわかない。できなければ今度は僕が村山さんの友情をもらってもいいのかもしれない。

医学部の本屋へ行った。

「あっ、まだ来てないよ」僕の顔を見ると菜々美がいった。

はじめて洋書を注文したのだ。小児科の診断と治療のポケットサイズのものだ。医学英語の文法は簡単だけど、医学用語にいまのうちから慣れておきたかった。卒業したら国内での診療の他にもいろんな道がありそうだ。米国でも英国でもアフリカでもアジアでも患者がいて、医療が行われている。医療の分野でも英語は世界の共通言語になっている。

「上のおばさんどう?」

「どんどんひどくなってる。ベランダにでてぶつぶついうし。僕のステレオの音がうるさいのかな。怖いよ」

「中森明菜ばっかり聞いてんじゃないの」

「ボリューム下げるように注意しているよ。アパート出ようかな」

「ねえ、大分に行くの」

「うん、試験終わったら、ちょうど彼女も仕事を辞めるんだって。ちょっと行ってその小児科の洋書に僕の名前を書いてもらおうかな」

「けじめをつけるのね。二月二十八日よね。大丈夫だと思うけど、こうしようか。天神の丸善に本がその前日までに着くように手配しとく。だから大分に行く前に寄ってもらえる?　そのほうが確実よ」

広辞苑をマリコから送ってもらったときもその方法だった。

「サンキュウ」

「でも、これで最後なのね」

「うん、最後のモルヒネだよ」

「彼女もかわいそうね。仕事辞めたらずっと家にいなさいって、何もしないでいいっていわれても、そんなのねー」

「女ってなんなのって聞かれたよ。産婦人科の試験勉強中にね」

「『女の一生』か」

「モーパッサン、それとも杉村春子？」

「そうね。モーパッサンは希望に満ちて修道院を出た少女が、夫の裏切り、母の裏切り、そして子どもの裏切りと不幸がつづいて最後は赤ん坊に救われる。主人公のジャンヌはマリコさんとは違うな」

「杉村春子のほうは」

「決め台詞があるよ。〝だれが選んでくれたのでもない、自分で選んで歩き出した道ですもの。間違いと知ったら、自分で間違いでないようにしなくっちゃ〟結婚して家に入り病院を支えていくのだから、こっちかな。覚悟はマリコさんにはありそうね」

僕は肩をすくめて、本棚にある『医学大辞典』を手に取ってみた。ずっしりと重みがある。

「菜々美ちゃん、これ一ページめを開いたらいきなりすごいのがでてきた」

「なに？」

「あいうえお順でさ、俺の心にさすがにグサッと来る単語だよ」

「最初のやつ？」

「そう」

「ひょっとして〝愛〟」

「そう、愛だよ。笑っちゃうよ」

「愛があるから、大分に行くんでしょ」

「そうだけどさ。医学辞典の最初が愛とはね。そんな講義なかったな。倫理はあったけど」

「福岡くん、大分から帰るのは三月一日？」

「いや二月二十八日だよ。丸善の本に僕の名前を書いてもらって帰ってくる。花束くらいもっていこうかな」

「一晩くらい泊まってきたら」

「結婚の気持ちの整理がついた女を抱きたくないよ。まえにいっただろ、不潔な気持ちになったって。『草原の輝き』のバッドに似てるって菜々美ちゃんが反応したやつ」

「彼女はそれでいいのかな」

「そのほうがいいと思うよ。電話で確認するけど」

「飲みたくなったら菜々美さんがつきあっちゃる」

「ありがとう。助かるよ。福岡に戻ったら、彼女とは二度と会わないし、電話もしない、これは二人の約束だ」

「ほんとに約束したの？」

「電話で何度もいった」

「福岡くんが約束だって思い込もうとしてるだけじゃないのかな」

「……」

「電話もしないか、……マリコさん、最後の最後まで電話しそうだな」

「……困るよ。モルヒネはもうないんだから。おれって自殺なんか考えんのかな」

「そのまえに電話するのよ」

菜々美がカウンターの受話器をとり、耳にあてた。笑顔はない。

二月二十四日

二階の大家さんが怖くて国松に二回電話し、田口にも電話した。みんなの意見はアパートを出るべきで一致した。父に電話すると、アパートを変わる際の敷金を出してもらえることになった。父と素直に話すことができたのはマリコのおかげのような気がした。

マリコに電話してアパートを出ることを話した。

「そう、しかたないわね。それにあなた、ふつうの人と違っていろいろ知ってるものね」精神科を少しかじっていることを言っている。「でも、あたしちょっと残念だな…、渉さんも…わかるでしょう。そこに行けば会える場所がなくなるのね」

「うん」

「あたしひとり出るのってバランスとれないものね。あたしだけ渉さんのとこ知ってて、渉さんが知らないってのは…。きっと神様がそうしたのね。あたしたちを…」

「だと思う」

「そうよ」

「二十八日に行くよ」

「うん、あたしもそのほうがいいと思ってホテルいろいろ調べてるの」

今夜は至坊のマンションで勉強をすることにしているので、マリコに彼の電話番号を伝えて、なにかあれば電話するようにいった。

二月二十五日

昨夜、至坊のところに行く前にマリコから電話があった。

「あたしたち、会う意味あるのかしら」

受話器の向こうにマリコの沈んだ声が聞こえた。大分に行くのは四日後で、それは彼女も承諾し手紙にも書いていた。それを今さら……僕は動揺した。

「いまさらなんだよ。外科のプリントがあと六枚あるんだよ」

「試験前にごめん」

明日電話してもらうようにいって電話をきった。至坊にこの話をしたら、「別に深く考えんでいいっちゃないと」と流され、気が楽になった。しかし、試験前になんだといいたい。あとにしてくれよ！　イライラしたけど試験勉強に集中しつつ、会う理由を整理してみた。

今朝、電話をした。

「深い意味があるよ……。説明しないといけないよね」

「…いいわ、…あるなら」

　僕は説明を試みた。

「会わないとすべてがなくなる気がする。君と出会ったこと、教えてもらったこと、それが消えてしまうような気がする。人生って昨日とか明日とかじゃないって思うんだ。永遠に残るものがほしい」

　先日は永遠なんてものはこの世にないと言いながら、永遠に残るものがほしいと言っているけれど僕のなかには矛盾はない、……うまく説明できない自分がもどかしい。

「聞いてるわよ」

「迷ってるならお願いだから会ってほしい。迷惑はかけないし、その日に福岡へ帰るよ」

　泣きたい気もちだった。これから外科の試験もある。

「意味があるならいいのよ」

「……最後を見たい。こんなに夢中になった人、こんな気持ちになった人はいないんだ。中途半端なままで終わりにしたくない。会って、目を逸らさずに僕の心を奪った人をみたい。はっきりとさようならをいいたい……」

「会うわ」

「僕はマリちゃんを地獄におとしてしまった」

「地獄におちた……渉さんが高校の時に好きだった坂口安吾の『堕落論』を思い出すな。堕ちきるとどうなるんだっけ？」

「誰でもない自分が自分を発見し、それが自分を救うことになる」

「あたしも救われるのかしら」

「うん。『堕落論』って自分の力で立ち上がれっていってんだよね。感傷ではない永遠を見据えた美学だと思ったよ」

「渉さんと出会ったこと後悔してない」

「ヒポクラテスの誓いの答えも聞きたい」

「純粋と神聖をもってわが生涯を貫き、わが術を行う、医者は神様か…」

「うん」

「あと三日しかないね」

「三日も二十年もいっしょさ」

「わかった」

二月二十六日

怒濤(どとう)のような試験は終わってみると、瞬(また)きをしたくらいの時間だったような気がする。天井の高い教室に大きな窓から光が差し込んでいる。ついさっきまで真剣に試験問題と格闘していたクラスメートたちの姿が目に浮かぶ。教室をでて日輪の陽射しを浴びると体がポッカとあたたかく、さっと流れてきた風に春を感じた。しかし建物の陰にはいるとふたたび冬に舞い戻った。

アパートに帰り、ドアを開けた。風が僕を追い越して部屋にはいってゆく。ドアを開け放ったままにして台所に立った。戸外から流れてくる風が頬を打つ。突然目の前にマリコがあらわれた。台所のカウンターに立ち、コトコトコトと手慣れた仕草でビールのつまみを作っている。振り返ると、ドアから入ってくるマリコの顔が微笑んでいる。ドアを出てゆくマリコの均整のとれたうしろ姿。その向こうには遥かなる山並みに陽光があふれ、白い雲がさらに白く輝いている。試験が終わったとたんに僕の部屋にはマリコの幻がそこここに見えだした。

夜の電話でマリコはしきりとあやまった。

「ごめんね。朝、時間なくって。頑張ってねっていうの忘れちゃった。最後の試験だったのに」

「うん、いいよ」

「ホテル予約したよ。いい部屋かどうかわかんない」

「いいよ、空が見えれば」

「ほんと…」

マリコは受話器ごしにキスをした。

「二十八日はホテルに先に行くけど、マリちゃんは何時に来れるの？　十二時くらい」

僕は聞いた。それによって福岡をでる時間をきめようと思った。

「ううん、そんなにはやくいけない。渉さんは福岡にその日に帰るの……ひょっとしたら」

心を整理した彼女の冷静な声をきき、彼女が結婚を受け入れていると感じたときに、要件をすませたらその足で福岡にもどることにした。そのことは電話で伝えたはずだった。

「そのつもりだよ。じゃあ、来れるのは二時、三時かな」

「無理よ。朝までいる。大丈夫、たぶん朝までいる」

「……じゃあ、七時かな」

僕の用事は二時間もあれば済む。七時から二時間後の九時ならバスか汽車があるはずだ。

「そんなにはやく行けない。たぶん九時前かな。できたら朝までいたいな」

夜の九時……それから用事をすませて福岡へ戻るのは難しい。宿泊という予定にない展開になった。彼女と一緒にいる時間が長くなったというのに僕の心は弾まない。別れを惜しむ時間の長さと、別れた後の苦しみの強度には相関があるはずだ。統計学の先生は教えてくれなかった。

「バスがいいかな、汽車かな」

「汽車だといいよ。駅から近いの」

10

二月二十八日

野芥からバスに乗った。天神に着くと、昨日までとは一変した春の陽気が体にまとわりついた。体が弛緩して切なさがにじみでるようで気分が悪くなった。肌を突き刺すような冬の冷たさは苦しみを凍結し、数少ない僕の親友になっていたというのに、今日の暖かさには憎しみさえ覚える。福ビルで買い物をし、菜々美に注文してもらった本を丸善で受け取り、博多駅から大分行きの列車に乗った。六カ月の物語の終止符を打つための旅だ。車窓を流れる景色をぼんやり眺めながら、マリコとの距離が近づいていくのを感じた。

大分駅に着くと、駅の近くに花屋を見つけて中に入った。美しい深紅の薔薇(ばら)が目に飛び込んできた。華やかで生命力あふれる生花（なまばな）に心が奪われ、迷わずに十二本を包んでもらった。酒屋でシャンパンを買い、ドリームランドへ向かった。受付でマリコにいわれた名前をつげると、五〇一号室の鍵をすんなりと渡された。部屋に入るとレポート用紙をとりだしてマリコへ短い手紙を書いた。

〝如月（きさらぎ）のおわりと弥生のはじめがひとつになる夜のことをぼくは生涯忘れません。夢みたものはひとつの愛　ねがったものはひとつの幸福　それらはすべてここにある。ありがとうマリちゃん　1983.2.28 7:48PM　ドリームランド　501号〟

もう二度と電話をしないと誓った約束を破って、一月にマリコが酔って電話をしてからというもの、ぼくは衝動的に何度か彼女に手紙を書いたが、これがほんとうに最後の手紙になる。これ以上つづけることは精神的に不可能なところまできているのがわかる。

シャワーを浴びた。温かい水が試験あけで疲れたからだに気持ちよかった。寝落ちしそうなので、彼女が来ても入れるようにドアのロックをはずした。

九時に電話があった。

「抜けられないの」今日はマリコの最後の病院勤務で送別会が行われ、まだ終わらないようだ。

「ごめんなさい。何時ごろつくいたの」

「五時過ぎ」

「退屈でしょ、ひとりで」

「ううん、することあって、シャワーをあびたりで、退屈はしないよ」

「ごめん、ちょっと抜けられないの」

「いいよ、わかってる。ゆっくりしといでよ」

ショーン・コネリーが出演している映画をみるとはなしに観ていたら、十時十分にかるくドアをノックする音がした。ドアを開けると、マリコがいた。大きな包みが二つ、花束を一つ抱えている。ほんとにマリコは仕事を辞めたのだ。そこには惜別の悲しみよりも送別会の華やかな余韻がただよっている。主役が退席するのは大変だっただろう。

　マリコがそこに立っていた。四カ月ぶりにみるちょっとすました顔、スタイルのいい身体に浅(うす)黄(き)のトレンチコートがよく似合っている……、似合っているというよりカッコいい。確かにマリコがそこに立っている。

　僕らはじっと見つめあった。マリコはさっと周りをうかがうと部屋にはいった。初めてぼくのアパートに入ったときと同じだ。

「はやかったね」

「十時前に友達の電話がありますからって抜けてきたの」荷物を置くと、コートを脱ぎ、靴を脱いだ。「どうしたの、正装して」ぼくを見て彼女はいった。

「お風呂はいったら」

「でも……」

「入っておいでよ」

「…でも、渉さん、ひとりにするの可哀そう」

「いいよ」

「うん」

マリコはぼくの手を握った。たしかな肌の感触に夢じゃないんだと思った。ぼくは唇を近づけた。

「だめよ…、あとで」

マリコはぼくの首に両手を回して体をよせ、そして手をはなした。ぼくの目をみている。

「いやなことは先にすませときたいの。渉さんに聞かれたくないの」

ぼくは外に出て非常階段から夜空を見た。今夜の空には月も星もない。マリコは婚約者に電話をしている。電話が終わり、マリコは浴室にはいった。

「きれい」

マリコの声が聞こえた。薔薇を見つけたのだ。流しに水をためて活けている。シャワーを浴びて彼女は戻ってきた。

「ほんとに渉さん、来たのね」

「来ちゃった」

「どうして靴をはいてるの」

「シャンパン開けようよ」

「うん…、そっか、わかった。だからだ。これも着ないと」

マリコは椅子に掛けていたブレザーを僕に着せた。

ＶＡＮのブルーのボタンダウンシャツ、黒のニットタイ、濃紺のブレザー、リーガルの黒い革靴。お気に入りの服装だった。最後だからきちんとしたかった。

「憎いわ、渉さん。あたしも靴をはく」

そういってマリコも靴をはいた。

「あたし、渉さんのような恰好してこなかった」寂しげにつぶやいた。「あたし、きっちりしたくなかったの。ずるずるじゃないのよ。でもどこか抜けておきたかったの」

「うん」

「忙しかったの」

「分かってるよ。さあ、やろう」

ぼくらはテーブルをはさんで向かいあって座り、グラスをならべた。

「渉さん、ほんとうに渉さん、来たのね。福岡から来たのね」

ぼくの大好きな、甘えるようなマリコの声が聞こえる。シャンパンのコルクを親指で押してゆるめるとポンっと音がして、天井の隅に向かって勢いよく飛んだ。ぼくはマリコのグラスにシャンパンを注ぎ、マリコはぼくのグラスに注いだ。泡があふれた。

「なんに乾杯しようか」

「そうね……、再会を祝して」

「うん、再会を祝して、そしてマリちゃんに、お勤めごくろうさん」

「ありがとう」

ふたつのグラスが音をたてた。マリコは一気に飲み干した。

「すげえ」ぼくも残ったシャンパンを飲み干した。五臓六腑（ごぞうろっぷ）にアルコールがしみた。「やっぱり冷（ひ）

えてねえや」

「渉さん」

「なに」

「渉さん」

「なんだよ」

「渉さん、ほんとうに福岡から来てくれたんだ」

「来たよ」

「渉さん、ほんとうに福岡から来てくれたのね」

「うん」

　ぼくを見つめるマリコは元気そうに見える。ぼくは立ち上がりドガの絵葉書を渡した。

「今日福ビルに寄ったんだ。マリちゃん、葉書好きじゃない。ほら、初めてぼくのアパートに来た時にどうしても福ビルに行きたいっていって、板の絵葉書を買ったよね」

「うん、渉さんを苦しめたハガキ…渉さんはいつのまにかアルページュを買ってたのよ」

「福ビルによったら、これがあったんだ」

「……『踊り子たち、ピンクと緑』」

「ドガはいろんな踊り子を描いてるけどこれが一番好きなんだ。舞台に出る直前の踊り子たちの姿がみごとだよ。一人ひとりの表情と仕草が自然で力にあふれている。背景の木々は日本の浮世絵の手法を使ってるんだって」

「ほんとね。おなじ表情じゃなくって、みんな生き生きして、緊張感が美しいわ」

「まさにいまから舞台に出て光を浴びる踊り子たち……マリちゃんもぼくも同じだよ。マリちゃんは結婚、ぼくは四月からは臨床実習で二年すると医者として実社会にでていく」

「……そうね」

「これを描いたときのドガは目がかなり悪かったらしいよ。それでもこの構図は絶妙のバランスで、配色も素晴らしい」

「本当の風景って心で見るものなのかしら」

「きっとそうだよ。マリちゃんは絵葉書好きだから、何か買おうと思って寄ったんだ」

「うん、覚えてくれててありがとう」

忘れるはずがない。あの日に出会ってから一日たりともこの子のことを想わなかった日はない。

ぼくは丸善の包みから白衣にはいるサイズの小児科の診断と治療の洋書をとりだした。

「マリちゃん、お願いがあるんだ」

「なに」

「この本に僕の名前と学籍番号を書いてほしいんだ。もうすぐ臨床実習がはじまって生身の患者さんを通しての医学の勉強がはじまる。医学英語に学生のうちから慣れてたほうがよさそうだから。自治医大の学生なんて洋書をバンバン買うんだって」

「あたしが渉さんの名前を書くの？」

「名前、覚えてる？」

「うん」

「なに？」

「ふくおか」

「当たり、で」

「わたる」

「わたるってこう書くんだよ。河や海を歩くんだ」

僕はマリコの手のひらに渉と書いた。

「知ってた?」

「うん」

「書いて」

「どこに書くの」

背表紙の裏の白い部分に書いてもらった。今日の日付、そしてここの場所。マリコは丁寧に一つ一つを書いて、最後に上のスペースに英語の一文を添えた。“With all my Heart”

「心をこめて、私のすべての心をこめて……」

マリコはつぶやいて僕の目を見た。

「ありがとう。これが欲しかったんだ。会いたかった理由かな」

「この本は病院実習が始まると、渉さんの白衣のポケットにお供するのね」

「マリちゃんも一緒だ」

「ときどき思い出してもらえるのかしら」

「…マリちゃんのことは忘れなきゃ。じゃないとまた辛くなる」

「あたしは忘れない」

「……時が経てば忘れるよ。マリちゃんのことは思い出さないようになると思う……。マリちゃんも同じだよ。でもこの六カ月に心の中に染みこんだことは生涯消えない気がする」

「……」

「大分への汽車のなかでも思ったけど、ぼくらが知り合ったのは半年前なんだよね」

「そうね。あたしたちたくさん話したけど、会うのはこれで四回目なのよね。一回目は怜子さんの結婚式、二回目と三回目は渉さんのアパート、そして四回目が今よ。渉さんがあたしに会いに来てくれたの」

「ユーモアと文章の素養にあふれる希代のハッピートーク、ぼくと同級生でぼくより一足はやく臨床をはじめた女医さんがあらわれた。ぼくは臨床講義がはじまり、膨大な量の試験への不安があった。ウィンドサーフィンでそんなストレスを発散してたよ。そんな時に怜子の結婚式に君があらわれたんだ」

「魔法をかけられたみたいだった。結婚式ではじめて会ったときね、渉さんを試そうって遊び心があったの。それなのに、渉さんに〝ときめきのない道中〟なんて話してた。自分が信じられなかった。いくらあたしだって初対面の人にあんなことといわない……」

「ダイヤをトンカチで割ってみますか、っていうんだもん」

「渉さんとの話がめちゃくちゃ楽しかった。家に帰ってこれは幻じゃないかって頬をつねったら痛かったの」

「躊躇したんだよ。でも手紙を書いて迷いながらポストに放り込んでしまった」

「手紙は檀一雄の絶筆の句からはじまるの。〝モガリ笛いく夜もがらせ花二逢はん〟二はリツ子と檀のことで、モガリ笛に二人の凄絶な運命が重なっているの。そして名も知らぬ歌姫の歌が聴こえてくるのよ。〝風に呟くこの想い　夢に揺れ　時に流れてキラメキとどけ〟……渉さんとあたしの運命を重ねて夢をみたわ。もう自分の心がとめられなくなった」

「言葉が危険なおもちゃになったね」

「福岡に走っちゃった。それも前期試験の直前に……」

「お茶か食事だと思ってたよ。まさかアパートだなんて」

「……あのタイミングじゃないと会いに行けなかったの」

「びっくりしたけど、心のなかでは望んでたのかな」

「思いどおりになったのね。悪い人ね」

マリコはニッコリと笑った。

「悪女にいわれたよ」

マリコがぼくの手をつよく握った。

「マリちゃんは手紙や電話でつねに僕の傍にいて応援してくれたよ。毎日お互いの事を考えてた。夢をみているようで楽しかった」

「線香花火みたいにシュルシュルって燃えたね。きれいだったなぁ」

「あっという間だったな」

「渉さん、こうして来てくれた」

「……明日、ぼくが帰る福岡はマリちゃんを忘れたい街角だよ」

「……」

「忘れないとだめなんだ。人生を生きていくために、ぼくらがドガの踊り子たちのように、」

「ずるい」

僕は言いかけていた言葉を飲みこんだ。

「渉さんばっかりかっこよくてずるいわ。ネクタイにブレザーに革靴でしょ、シャンパンでしょ、こんなにきれいなバラの花、臨床小児科学の洋書に名前を書かせて、きっと医者になったら小児科医になるのね。そして、『ひとり上手』の歌詞。かっこよすぎる。許せない。あたしは黙って聞くしかないじゃない。その歌の始まりはこうよ……私の帰る家は　あなたの声のする街角　冬の雨に打たれて　あなたの足音をさがすのよ」

「マリちゃんが初めて僕の部屋に来て、別府に帰るとき、天神でトワに歌ってもらおうとした歌だ。あたしの帰る家は渉さんのアパートなのに、どうしてこうなるのって」

「…あたしは明日からこのホテルを見ると、渉さんの足音をさがすのよ」

「……時がたてば忘れるさ」

「渉さん、最初に怜子さんの結婚式で会ったときにいったのよ。心だけ連れて行くんですか？それって好きな人を置いてくことですよって」

「『ひとり上手』の歌詞は物語のように書かれてる。……雨のようにすなおに　あの人と私は流れて　雨のように愛して　サヨナラの海へ流れついた」

「そうよ。でもね、歌い手の口からこぼれ落ちた瞬間に言葉は聞き手のものになるの。あたしは歌詞の奴隷にはならない。…きっちりしたくないの。どこか抜けていたいの」

「悪戯好きの神様みたいに…」

「きっちりしすぎたら本質から遠ざかるものよ…忘れるなんて無理よ」

「マリちゃんからはたくさんの栄養をもらった気がする」

「だったら嬉しい」

ぼくは小児科のポケットサイズの洋書を開いて、もう一度マリコが書いたぼくの名前と学籍番号と英語のメッセージを見た。マリコはしきりと文字が曲がったのではないかと気にしている。

「宿題の答えを教えて」

本をバッグにしまうと、ぼくは最後の目的を口にした。

「ヒポクラテスの誓いね。純粋と神聖をもってわが生涯を貫き、わが術を行う。つまり生涯を医療に尽くすって意味でしょ。ずっと考えたけど答えは分からなかった。でもね……」

「うん」

「渉さんは医者は神様なのかっていったけど」

「いった」

「神様とか崇高なことは分からないけど、あたしは自分の身の丈で考えたの。それでよければ言えるかな」

「聞きたい」

「心をこめて生涯にわたって医療を行うということは、六十をこえても体が動く限り働くってことね。医術って積み重ねだから知識も増えるだろうし、若いときになかった患者さんに向きあう慈愛の心も培われる。つまりね、神様でなくてもできることじゃない？」

「当たり前のことか」

「七十になっても八十になっても現役のドクターいるでしょ。渉さんのお父さんはどうなの」

「父は九大の医学部を卒業して、佐賀の県立病院につとめて、いまでもやっている。ぼくが小さい頃はよく夜中や日曜日に呼び出されて病院に行ってたよ。患者が自宅に電話してくることもよくあった」

「でしょ」

「父が若いころの話をよくしてた」

「聞きたいな」

「二つのことが忘れられないって」

「なに」

「一つは原爆、もう一つはコレラだって」

「長崎の原爆ね」

「うん、父は昭和二十年八月九日に佐賀の県立病院で診療してたんだ。腹減ったなって壁の時計を見上げたら時計がピカって光ったんだって。針は十一時二分を指してたそうだよ」

「長崎で爆発した原爆の光が佐賀市の病院までとどいたってこと……」

「翌日からトラックで長崎から次から次に患者が運ばれてきたんだって。小学生のときに当時のカルテを見せてもらったことがあるんだ」

「どうだったの」

「黄ばんだ紙カルテに青い万年筆で書いてあった。ドイツ語だから読めなかったけど父が教えてくれた。皮膚が爛(ただ)れて、髪もぼろぼろ抜け落ちたんだって。女の人が櫛(くし)で髪をすくだけで抜けたそうだよ。みんな水を欲しがったって。新型爆弾が落ちたって話がひろがり、もう日本は負けるっていう人もいたらしい。カルテはみんなステルベンで終わってた」

「……死亡」

「次から次に死んだんだって。どのカルテもステルベンの後は白紙だった。患者は子ども、学生、会社員、主婦でみんな民間人だった」

「国際法に違反した戦争犯罪よ」

「鳩山一郎も同じことを言ったけど、それを記載した朝日新聞は二日間の発禁処分になってる。GHQの言論統制だよ。原爆の地獄と恐怖は封印されたのさ。父がアメリカを批判するのを聞いた記憶がないんだ。でも日本の軍人は嫌っていた。叔父さん、父の弟がいってたけど、終戦後に父と映画館に行ってスクリーンに軍人がでると、父がバカヤローって叫ぶんだって。それがさ、他の客のなかにもパチパチと手を叩く人が数人いたそうだよ」

「患者さんが亡くなると医者に激しい怒りをぶつける家族がいるの。深い悲しみは否認、次に怒りになり、やがて受容になる。お父さんの怒りもその過程だったのかしら」

「なるほどね……、最近は父の口から天皇の悪口を聞かなくなったな。NHKが毎年やってる終戦記念日の番組は、日本が一方的に悪いように放映してる気がするんだ。テレビで『ルーシー・ショー』や『コンバット!』や『ローハイド』を観てたら、そりゃアメリカに憧れるよ。でね、戦後に佐賀にも進駐軍がきて、トラビスという将校かな、彼と父は仲良くなって麻雀をはじめたんだ」

「どうして仲良くなったの」

「彼の娘が病気で県立病院を受診して、父が主治医になったんだ。トラビスが父に麻雀できるかって聞いたんだって。それからトラビスは父に麻雀を教えて、弟、佐賀中学の学生だった叔父さんにも麻雀を教えて、奥さんが入ると四人だろ。麻雀をはじめたんだって」

「お父さんって人間が好きなのね」

「そうかな」

「人としての魅力があるのよ。じゃないと敵国の将校が麻雀やろうなんて誘わないでしょ」

「誰にでも話しかけるな。掃除のおばさんにも、やばそうなヤンキーの兄ちゃんにも」

「でしょ。その友情はつづいたの」

「うん、ぼくが中学になって英語を習うと文通したくなるじゃない。そしたらトラビスの手紙を出して見せてくれたよ。毎年クリスマスには奥さんから綺麗なクリスマスカードが送られてきたんだ」

「奥さんから？」

「トラビスは朝鮮戦争で亡くなったんだって。写真は軍服だった。ハンサムでカッコよかったよ。奥さんも美人だったな。で、奥さんの姪っ子と英語の文通をはじめたよ」

「その子と会ったの」

「中学生だよ。写真送ったりして何通かやりとりしたけど自然に終わった。そんなもんだろ、英語のペンパルって」

「そうね」

「もうひとつはコレラ。戦後に復員者が大勢海外からもどってきてコレラが大流行して、自転車にリンゲル液をつんで看護婦と患者の家を廻ったんだって」

「コレラって下痢がすごくてほっとくと脱水で死ぬのよね」

「夏の暑い陽射しのなかで汗だくになってやったってさ」

「そんなお父さんを見て育ったのに、どうして、生涯を医療につくすことに疑問を持つの」

「父の時代がうらやましいんだ。若い頃の話をするときの父はイキイキしてた。それに原爆のインパクトが強かったようで、毎週土曜日に診療が終わると列車に飛び乗って九大に通って皮膚の研究をした話もよくしてた。マウスを使っての研究でたくさん死なせたからって供養してた。当時のプレパラートが残ってる」

「立派なお父さんじゃないの」

「いい時代だったなって思うんだ。不治の病といわれた結核がストレプトマイシンの普及で助かりだした時代だよ。医者はお医者様と尊敬されてた。それが今はどうだい、治すのが当たり前、治らなかったら藪(やぶ)医者、訴訟も当たり前だよ。なんだか嫌な時代になってる気がするんだ」

「マスコミがあおってるところはあるわ。あたしたちも患者から権利意識を盾に暴言を浴びせられることがあるの。もちろん医者も謙虚でないといけない。それでも理不尽なことがある。だから渉さんの気持ちはすごく分かるの。あなたは感受性が豊かで優しいの、だからよけいそう感じるんじゃないかな。でもね、渉さん、あなたの不安はまだ実際に患者さんに接していないからだと思うの。もうすぐ、四月になると五年生でしょ。そしたら臨床実習で病院を廻り、ほんとうに生死の境にいる患者さんを担当して学んでいく。大学病院は他の病院で治らなかった重篤な患者さんが紹介されるところよ。担当した患者さんが亡くなることもある。患者さん自身も学生に勉強してもらって自分の病いが医学の発展に貢献できればと思って、同意のもとに自分の人生のすべてを提供してるの。だって病歴って個人情報そのものでしょ。あなたの心の不安が消えるとは言わないけど、渉さんはそんな患者さんから学んでいくと思う」

「患者から学ぶ、教科書じゃなくって……」

「佳世ちゃん覚えてる？」

「白血病が再発した看護学生だろ。マリちゃんが主治医になって十一月まで診てた。一月十三日に亡くなったんだよね。その夜、君は僕に電話してきた」

「そう。…あたしね、医は仁術っていうけど、ほんとかなって医学生の頃から考えてたの」

「初耳だな」

「医は仁術……心のど真ん中すぎて、答えをさがしてる最中でもあって渉さんにいえなかったのかな。別に隠すつもりはなかったけど。病気を治すことができる医者が患者にいいに決まってる。愛や慈しみ、つまり仁にどれだけの意味があるのかなって。渡辺淳一の本はかたっぱしから読んだし、ドラマは全部観たわ」

「怜子の結婚式で、ぼくが渡辺淳一が大嫌いっていったら、大嫌いってことは大好きってことよって言ったよね」

「似てると思ったの。渉さんと出会ったのは病院で働きだして五カ月が過ぎたころだった。上の先生たちは常に最先端の治療を文献で探してた。十月には佳世ちゃんの主治医になって、あたしも英語の文献を読みまくった。忙しくて図書館に行く時間はなくて、薬屋さんに頼んで新しく出た論文を集めたの」

「佳世ちゃんを救いたくって真剣に勉強したんだ」

「うん。白血病や骨髄移植はもちろんだけど、副作用の骨髄抑制や敗血症についても熟知する必要があったの。でもね、現実は残酷だった。治療に反応しないもどかしさ、彼女の髪が抜け落ちて、肌には出血斑が青く浮かぶ、鼻血がでる、なのに彼女は治らない。重症感染症、敗血症を予防できず佳世ちゃんは亡くなった。医療の遅れを恨んだ」

「……医療は進歩してるよ」

「白血球を増加させ感染予防の可能性を示す研究論文はあったの。でも新薬には至ってない。最先端の医療でも佳世ちゃんを救えなかった」

「……ぼくの兄ちゃんは中学二年の春、三月二十九日に死んだ。担任の先生の好意で三年生の名簿に載り、中三の修学旅行は基兄ちゃんの遺影が同級生に抱かれて南九州を周った。兄ちゃんは白血病だったんだ。二十年くらい前だよ。そのとき九大教授が父に提案した最先端の治療がプレドニンの内服だよ。まだ確立してない治療法だけどアメリカで効果を認められたって手紙に書いてあった。あのプレドニンが最先端だなんて、目を疑ったよ。……もし、いまならぼくは喜んで骨髄ドナーになったよ。そして基兄ちゃんは治癒して医者になってる。福岡家の長男は勘当されてるんだ。末っ子のぼくじゃなくて、基兄ちゃんが医者になって立派に福岡家を継いでるよ」

「そんな大切なこと、どうして話してくれなかったの」

「家族になれない人にいうことじゃないと思ったんだ。……マリちゃんは十二月には佳世ちゃんの主治医から離れたんだよね」

「うん。仁なんて不要って気持ちになってた。小児科を離れても彼女が心配で、新しい文献がでるたびに同期の主治医に届けたの。研修医って忙しすぎて文献を探す時間ってないから感謝された。佳世ちゃんの病室に寄ったけど、彼女の表情が主治医の時と違うの。あたしを見る目が柔らかいの。楽しそうに笑うのよ。渉さんのことも彼女に、彼女だけに話しちゃった。彼女はいったわ。主治医のときの先生には感謝してるけど少し怖かったって。彼女は看護学生ってこともあって、何気なく医は仁術ってどういうことかなって聞いたら、今のマリコ先生だよって即答されたの……」

「そして彼女はぼくに電話をするようにいったんだ」

「そうなの。佳世ちゃんが亡くなった夜、あたしは浴びるほどお酒を飲んで、気づいたら渉さんと話してた。……生涯を医療に、人道に尽くす、といえば神様みたいだけど、臨床実習、そして医者としての日々のなかで患者さんと向き合って問い続ければ必ず答えがみつかると思う。渉さんに質問されて、まっさきに救えなかった佳世ちゃんを思い出したわ。……あたしにはこんなことしか思いつかなかった」

「マリちゃん、……カッコいいよ」

「その言葉は素直にもらっとくね。佳世ちゃんのおかげでもあるし」

「ありがとう。会えてよかった。……これでみんな終わったよ」

自然にそんな言葉がでてきた。マリコに会ってよかった。

「終わってないわ」

「……」

「夜はまだ明けてないもの」

「昼で帰るつもりだった」

「会えると思ってなかった」

マリコは僕の目を見つめている。

「ぼくも十二月までは。でも年が明けて、電話がかかって、会いたいっていっちゃった」

「あたしが会わないっていったら……、そんなこと言うと思ってなかったでしょ」

ニッコリ笑う。

「いや、会わないといわれても会うつもりだった」

「どうやって」

「マリちゃんのアパートの住所知ってるもん。こんこんって。昼間ならいいじゃない。茶店でもいいし」

「仕事が今日で終わって、送別会でしょ。夜しかなかったの」

「そうみたいだね」

「渉さん来たのね。福岡から来たのね」

「俺ね」

「うん」

「俺」

「なに?」

「マリちゃんのこと、す…」

「わあー、あたし聞かないわ、わかってるもん」

「みなぎる自信、あふれる自信か」

「そうよ」

マリコがぼくに抱きついてきた。

「俺、寝落ちするかもしれない……、いい？」

「…いいわよ」

試験が終わり、一日中歩き回り、体が睡眠を求めている。でも、今夜はぼくらの過ごす最後の一夜でもあった。マリコのスリップ姿は美しい。形のいい胸、ヒップ、そしてきれいな脚。いつまでも眺めていたかった。彼女をみているうちに睡魔はどこかへ消えた。

彼女は窓から夜空をみあげた。

「月も星もないわ」

「羞花閉月（しゅうかへいげつ）」

「…どういう意味」

「花は恥じらい月も隠れてる。マリちゃんが美しすぎるんだよ」

「……」

「マリちゃんは女はなんなのって聞いただろ」

「うん」

「友達に聞いたんだ」

「みんな、なんていってた？」

「至坊は歴史のロマン、子を産むことの意義かな……松浦佐用姫は死なずに大伴狭手彦の子を産んだっていうんだ。大病院を継ぐ重責があるのかな。稲場は家族の要……彼は母子家庭で育って愛のある家庭を夢みてる。清三郎は、好きにやってもらい明るく笑ってもらったらいいって。作田は、酒のつまみをうまく作って晩酌ができる人といってた」

「いろいろ聞いてくれたのね」

「菜々美にも聞いたよ。彼女はモーパッサンじゃなくって、杉村春子の『女の一生』がマリちゃんだって」

「どうして」

「決め台詞があるんだ」

「なに」

「〝だれが選んでくれたのでもない、自分で選んで歩き出した道ですもの。間違いと知ったら、自分で間違いでないようにしなくっちゃ〟杉村春子は家を護るんだ。結婚して病院を支えていくのだから、マリちゃんはこっちかなって」

「……菜々美さん、すごいな。渉さんの答えは」

「生命力。男は弱いよ。だから生命力のある女性に惹かれてしまう。小児科研修中の先輩の話だけど、新生児室では女児のほうが生存率が高いんだって。寿命も女のほうが長いだろ」

「渉さんは弱くないの」

「弱虫さ」苦笑いが浮かんだ。「行動力のある気っ風のいい女性に弱いよ。……男って孤独で不器用なんだ。怒鳴ったり、殴ったりする人は弱さを隠してるんだ。本能的に孤独な死に向かう生き物だと思う。……旦那さんもきっとそうなんだ。分かってあげなよ」

「渉さん、そばに来て」

「タバコ吸ってる」

「いいからそばに来て」

僕がタバコを消すと、マリコは僕の腕を握ってひきよせた。

「あたしね、よりによって……」

マリコは僕の目をまっすぐ見つめた。……二人の最後の夜が過ぎてゆく。

ぼくはバスルームにはいってシャワーを浴びた。マリコの生暖かい血液が水とともにぼくの下半身を伝って流れ落ち、床にたまったうす赤色の水が渦を描いて排水溝へ流れた。ぼくは不思議な気持ちだった。彼女の子宮の内膜から剝がれ落ちた細胞の死骸がぼくの身体にへばりつき、次の刹那(せつな)には水とともに消え去った。ほんの一瞬だがぼくはマリコとひとつになった錯覚を感じた。……ぼくは幻を抱いたのだろうか、それともぼくが抱いたのはマリコの亡霊だったのだろうか。

三月一日

「朝はいいわね」

夜明けの淡い光のなかでマリコがいった。

「うん」

「いちばんいい。すがすがしくって、朝がいちばん好き」

「ぼくも、そして夕方はいやだ」

「うん」

「黄昏はいやだ」

「うん」

「死にたくなるほど寂しくって…」

マリコは首を縦にふった。

「もう朝なのね。もう何時間もいられない。ねえ、十時がチェックアウトでしょ。十時にでましょう」

「うん、マリちゃんが初めてぼくの部屋に来た十月十日がいちばん長くいられたな」

「二晩も泊まっちゃったもの。あたしたちそんなに会ってないのね」

「うん、四回しか会ってない。出会いをいれた四回。今日が四回目で最後」

「もう、あたしたち会えないの」

「うん」

「電話もだめなの」

「うん」

「もう、渉さんの声きけないの」

「うん」

「……渉さんの声きけないの」

「きりがないだろう。そのために来たんだ」

「ねえ、渉さん。くだらないこといっていい？」

「うん」

「稀にあるんだって」

「……」

「こんなときでも子どもができることがあるんだって」

「ないよ」

「もしもよ、もしも、あたしたちの赤ちゃんができたら、渉さんもあたしも同じO型なんだから」

「O型だね」

「誰にも分かんない」

ベッドを出る時間が近くなった。あと三十分、……マリコは狂ったように抱きついてきた。強い力で痣（あざ）ができるくらいにぼくの両腕をつかむ。マリコの目は泣いていた。ずっと一晩中、起きている時は機知と諧謔を飛ばし、愛くるしく動いていたマリコの目から涙がハラハラと落ちてきた。「渉さん、渉さん」ぼくの名前を繰り返し呼ぶ。マリコは頬をぼくの頬におしあてた。濡れていた。

ベッドからでるとマリコはいった。

「ねえ、電話していい？　就職のお世話してくださったかたなの」

ぼくはうなずき、マリコはダイヤルを回した。そつのない電話だった。見事な日本語だった。敬語も完璧だった。でしゃばらず、いいすぎず、事情を知らない僕が聞いていても手に取るように内容がわかった。目上の人との会話のお手本をみているようだ。……ぼくのすべてが奪われたのもしかたないことだと思った。

結納、引っ越し箪笥（だんす）、折り鶴、新しいアパート、そんな単語が会話のなかに聞こえる。彼女がかかえた現実を目の前で見せつけられている。一夜を共にした至福の代償がこんな残酷な形でやってくるとは……、いいんだ。目を逸らすことはできない。どんな苦しみも甘受すると僕は決めたのだから。

受話器を置いてマリコがいった。

「ごめんね。もうひやひやした。汽車の音がするんだもの。あたしの住んでるところは汽車は通るけど、一時間に一本くらいなの。しかもブーって通るのよ。ああ、大切な時間を二十分も損しちゃった」

ぼくは笑うしかすべがなかった。

マリコはぼくに抱きついてきた。静かにその身体を抱きしめた。

もう部屋を出なくてはならない。

「綺麗なバラ」紅い花弁を見ながらマリコはいった。「あたしバラってあまり好きじゃなかったけど、このバラ、綺麗だわ……。十二本ある」

ぼくらが出会ったのは九月十二日。薔薇を見た瞬間に躊躇なく店員の子に十二本と告げた。薔薇は花屋のなかで圧倒的な華やかさで、まるでぼくが来るのを待っていたかのようだった。もうそんなことを口にする意味もない。ぼくは黙って笑った。

「あたしペンダントしてこなかったの。どこか、そんなに何もかもしてきたくなかったの、どこか抜けていたかったの」

病院を辞めて送別会を抜けて彼女は来た。ぬくもりが冷めない病院の思い出が彼女から次々とでてくる。白衣を着て勤務するマリコの写真、同僚の先生たちと写った写真、退職の祝いの寄せ書き。結婚を祝福する手紙もたくさんあり、彼女の人気の高さがうかがえた。

「この手紙、病院の女の子からなの。ひとつだけ渉さんの知らないところがあるの」

そういうと、その部分を押さえて僕にみせた。

「なに?」

「結婚式の日にち」

今更どうしてそんなものを見せるんだ。見る気もしない。……まさかマリコは、いや、……ぼくにはそれ以上考える気力など残っていない。

時間は確実に時を刻んでいく。

「俺、調べてきたんだ。汽車は十時四十八分。あと五十分だ。まだじゅうぶんあるね」

「うん」

「時間、いいの」

「うん」

「できたらお茶でも飲みたいね」

「うん」

「次にのばしていいかな」

「いいわよ」

「十一時三十分だ」

「うん」

「いいかな」

「うん」

「やったー、ありがと」

ホテルの茶店へ行った。

「ここにいること、誰も知らない。あたしたちだけが知ってるのね」

マリコはモダン・ジャズ・カルテットをリクエストした。『朝日のようにさわやかに』が流れてきた。

「手紙書いたよ」

「知ってる。コートに入ってる。帰って読むね」

「平凡な文章になっちゃった」

「うん」

珈琲のカップのなかで漆黒の水面に映った光が揺れ、甘酸っぱい酸味の香りが漂ってくる。秒針が何周も文字盤を回り、時間が過ぎ、珈琲はしだいにぬくもりを失ってゆく。

「あたしだめなの、電話もだめなの?」

「だめ」

「したらだめ?」

「だめ」

「そうね、きりがないものね」

「そのために来たんだから」

「あたしたちもう会えないの」

「うん」

「会えないの」

「だめだ。きりがないよ。そのために来たんだ」

珈琲は冷たくなった。駅に向かう時間だ。

「送ってよ。プラットホームまで来てほしい」

電話では改札口までしかいかないとマリコはいいはったが、ぼくはどうしてもふたりの最後を見たかった。

「……いいわ」

駅までの石畳を踏みしめて、ぼくらは肩をならべて歩いた。どんよりとした曇り空で雨がぱらついている。駅に着くとマリコは改札口で立ち止まり、躊躇したが、ぼくの願いをきいてくれた。入場券を買って改札をいっしょに通った。マリコは駅員に頼み込んでその切符をもらっている。それからぼくの好きなハイライトを買ってきた。

汽車が来て、ぼくらはプラットホームで別れた。ぼくらは四回会ったけれどもはじめてぼくはマリコに見送られた。列車のドアに立って離れていくのはぼくで、プラットホームで見送るのはマリコだ。……初めて目にする光景だ。

マリコの潤んだ目は視線がさだまらない。二歩、三歩と汽車とともに進み、手をふった。彼女が視界から消えても、彼女の顔がぼくの脳裏からはなれない。胸がつまる。席につくと外の景色をみることができずに下ばかりをみていた。

やっとの思いで頭を上げて窓外の景色に視線をうつした。窓は心と外界が出会う場所だ。硝子(ガラス)

越しにながれる風景に走馬灯のようにマリコの面影が重なってゆく。

この世に永遠なんてものはない。あるとするなら、それは極限を迎えた人の心のなかに宿るのだろうか。この胸にはあつい炎とともにぬぐうことのできない涕涙が混在している。彼女を愛し、彼女に愛されているという真実が胸に突き刺さり、心臓が拍動してその記憶を全身の細胞に送っている。

虚しい……。ぼくは空っぽになった気がした。自分は大丈夫なのだろうか。心細く、不安だ。マリコへの最後の手紙に立原道造の詩を引用し、〝それらはすべてここにある〟と書いた。〝それら〟とは愛と幸福、〝ここ〟とはマリコとみるあだし野の一夜の夢……その手紙をマリコに手渡す自分に陶酔し、それと引き替えに永遠の別離という奈落の扉が開いた。マリコとの再会を決意した時に予見した寂寞が胸にひろがり、想像をはるかに超えた寂寥と苦痛が追随してくる。汽車は大分からマリコの住む別府を通過した。そこから博多に着くまでの記憶がない。

周りの乗客が立ち上がり博多駅に着いたことを知った。汽車を下りて博多駅のなかにある喫茶店に入り珈琲を注文した。ただ椅子に座って構内の人の流れをみていた。行き交う人々がそれぞれの待つ人のところへ向かって足早に歩いている。冷たくなった珈琲を残して店を出た。ふらふらと揺れて歩いた。中洲、川端、那珂川、ホテルニューオータニとマリコの思い出をたどり、気がつくと僕は天神への橋の歩道にいた。目の前ではトワが観客を前に弾き語りをしている。歌が終わるとトワは僕に近づいてきた。

「今日は一人なの？」

「……覚えてるんですか」僕は我に返った。

「彼女はマリコさんでしょ。月夜に『悪女』をリクエスト、そして『スローモーション』でジルバを踊ったでしょ。よく覚えてる。十月の終わりも『スローモーション』だったけど、チークになったね」

「…彼女、結婚するんだ」

「あらっ、そうなの」

「今朝までいっしょにいたんだよ」

「……そうなの。すごく仲が良く見えたけど……、何か歌いましょうか」

「…リクエストを考えたけど、思いつく歌の歌詞がどれも思い出とつながって辛くなるんだよ。なんとなく君と話していると辛さがまぎれるけど、人の話は聞きたくないって感じ」

「talking without speaking, hearing without listening って心境なのね。……『サウンド・オブ・サイレンス』はどう？ 参考までにこんな感じよ」トワはギターをつまびき歌を口ずさんだ。

「Hello darkness, my old friend. I've come to talk with you again」

「こんにちは暗闇くん　僕の古い友達　また君と話しに来たよ。……なんだかピッタリくるなあ。しんみりするけど落ち込まない」

「これでいきましょ」

「でもさ、その曲ってダスティン・ホフマンとキャサリン・ロスの『卒業』のラストに流れるだろ。結婚式で花嫁を奪ってバスに乗って逃げる二人がラストなんだよな。僕にそれをやれっていわれてるような気になる」トワが相手だと会話が苦痛ではない。

「あの映画はハッピーエンドだと思う？」

「そうでしょ。愛する二人が結ばれるんだから」

「二人はバスの最後部に座って笑うのよ。でもその次に正面をみつめる二人の表情は笑ってないの。みつめるというより遠い視線でこれからの未来を見据えているようだけど、私には決意や希望の光が見えない。真顔のままで映画は終わる。このラストの数秒で私はこの曲と、この映画が好きになったの」

「気づかなかったな」

「悲劇のはじまりよ。だからあなたが真似する必要はない」

「でも、若いからできることだよ。それが青春なのかな」

トワは笑って首を左右に振った。そして『サウンド・オブ・サイレンス』をギターにあわせて歌った。何度も聴いたサイモン&ガーファンクルの曲が『卒業』のラストシーンと重なって心に染みていく。

「ありがとう。今はすべてを忘れたいけど、トワさんがいったように捨てたいけど捨てきれない過去になるのかな」

「いつか思い出して懐かしんでね」

「いつだろう」

「半年、二年、十年、ひょっとしたら四十年後かもしれないね」

トワはボロンと弦をならして微笑んだ。神さまのような笑顔にいつまでも抱かれていたいと思った。

野芥のアパートにもどると、高校生のトロが遊びにきた。彼の姿をみて救われた思いがした。一人でこの苦しみを耐える自信がない。中学の塾で教えた男子生徒で、しゃべりがトロいのでトロと渾名（あだな）がついている。今でも恩師を慕って訪ねてくるといえば美談だが、タバコをたかり、雑談をし、暇をつぶして帰るだけだ。僕のアパートにはドロップアウトや落ちこぼれ的な子がやってくる。

「新婚旅行はどうでした？」

制服姿のトロは勝手にハイライトから一本抜き取り、火をつけてうまそうに吸っている。

「誰に聞いた？」

「山中さんが言ってました」

山中のアパートにも足しげく通い、タバコを吸っているようだ。

「ハネムーン離婚だよ。再会の喜びと別れの苦しみが混在してる」

「先生、医学生のいうことは難しくって高校生にはわかりません」

「トロは彼女はいるのか」

「先生、僕の高校は工業ですよ。工業。女の子はいますが、可愛い子はいませんよ」

「夢はなんだ？」

「ロケットですよ」

「まじか」

「はい、ロケットを作りたい」

「頑張れよ」

トロが帰ると再び静寂がおとずれた。耐えようのない寂寥がおそってくる。夜が訪れた。いつものように走っても体をいじめてもだめだった。酒をのんだ。冷蔵庫に入っていたビールを二本空にして、家から持ってきたナポレオンをストレートで飲んだ。マリコにもらったハイライトはあっという間になくなった。煙を出しているとなんとなく落ち着くので、タバコがなくなるとしけもくをした。

自分に言い聞かせた。今夜だ、今夜をのりきれば僕は大丈夫だ。自分の苦しみと向き合うだけのゆとりがでてくる。電話が鳴ったらまた逆戻りだ。たのむから鳴らないでくれ。彼女のダイヤルを回そうと思ったが、僕は耐えた。時計の針が十時をまわり、十二時をまわった。ほっとした。酒をあおって寝た。

11

三月二日

十時過ぎ、マリコと別れて二十四時間たっていない。部屋の電話がなった。

「もしもし……、もしもし……、福岡ですが……」

受話器はなにも答えない。マリコだ。もう電話をしないと約束したのに……。声を聞けば苦しみがさらに深まり、振り出しに戻る。どうして電話をするのだ。君の結婚式は日取りも決まって心の準備もととのっている。君は僕を選ばなかったし、これから選ぶこともない。僕らはすでに十分話し合ったし、終わるための最後の逢瀬も終わったじゃないか。……なのに僕は受話器を切らずに手にしたままでいる。罪はマリコだけにあるのではない。

「誰？　誰なの？……福岡ですが……、マリ…、もしもし……、誰……」

「ごめんなさい、ごめんなさい、ごめんなさい……」泣き声だった。マリコは何回もつぶやきつづけた。「ごめんなさい。もう電話しないって言ってたのに」

マリコは泣いている。

「ううん。いいよ……。うれしいよ」

僕の言葉は本心だった。

「電話しないって言ったのに……」

「ううん、うれしい。声がききたかった」

「バラ…、バラがね、とて、とてもきれいよ。病院の女の子たちにもらったものは二階の人にあげちゃった。バラ……きれい」

涙が瞳にあふれて頬をながれている。彼女の涙がみえるようだ。

「……渉さん、何時ごろついたの」

「六時かな」

「どうして」

「博多駅で茶店にはいった。苦いコーヒーを飲みたくって」

「苦かった？」

「口をつけなかった。茶店を出て、あてもなく歩いてたら天神への橋の歩道に着いた」

「…トワさんに会ったんだ」

「『サウンド・オブ・サイレンス』をギターで弾いて歌ってもらったよ」

「こんにちは暗闇くん　僕の古い友達、か。その歌って『卒業』のテーマソングよね」

「トワはいうんだ。あの映画はハッピーエンドじゃない、笑顔のあとの二人の視線には未来への決意も希望も見えないって。彼女が歌うと暗くないんだ。分かって歌うからかな」

「さすがね。あの歌はベトナム戦争の頃ね」

「聴いてると落ち着いたよ。トワと話をして救われた気がした」

「渉さん、やるの？」

「結婚式をぶち壊してほしいの？」

「…だめよ。映画は無責任よ」

「……アパートに戻って高校生が来てほっとしたけど、彼が帰ってまた放心状態だった」

「私も何もできなくって。昨日一日……、ぼーっとして、ダンナと三時間もいたの。あれ、渉さんだったらって思ったのよ。私、ダンナの顔見れなかったのよ」

「ダンナの話はいいよ。聞きたくない」

「……私の友達にね、両親におしつけられて学生のときに結婚式をあげた子がいたの。新郎は山口で医者をしていたの。式が終わって披露宴に花嫁はあらわれなかったの。その時にみんな初めて知ったのよ、彼女はマンションで別の男の人と同棲してたって。その男の人、披露宴の前にホテルから電話して、もう僕は君とは限界だっていったらしいの。そしたらその子、そのホテルに走ったのよ。披露宴の前に。披露宴に花嫁があらわれないんだもん。みんなすごく非難したわ。でも、私、もう、その子のこと悪く言わない。勇気がいったと思うの。周囲の批判を受けてでも結局は自分の心に正直にしたかったんだな」

「どうせ人は死んじゃうんだ。生きたいように生きるべきだよ」

「そうね……。今朝、早く起きてね、一番の〝ゆふ号〟に乗って福岡に行こうと思ったの。夕方帰ってくればね、わかんないもの」

「それは、僕も思った。ひょっとして、来るんじゃないかって、そんな気はした……。でもマリちゃんは乗らないよ。今までだって乗らなかったじゃない」

「だって、無理よ。私、日曜はずっとあの人の家にくぎ付けだったのよ。土曜日の晩から、どうして行けるの。暇があったらいつでも飛び乗ってた。あたし、不安だわ……。今はいいの、忙しいから。でも、あの人と二人きりになって、暇になったら何を考えるかって」

「やさしくしてくれるよ」

「そうかしら。あの人、私に五十パーセントくらいしか満足してないのよ」

「やさしくなるよ」

「結婚して、すぐ新婚旅行よ。十日以上も……」

「いいね」

僕は唇をかんだ。

「よくないわ。だって、これが渉さんとだったら……。だって、好きでない人と十日以上、二十日近くも二人きりなのよ。ほかにだれも知った人がいないのよ。ぞっとする……。渉さん、たった一日だったけど、あんなに楽しく過ごせたのに……、私……」

泣きじゃくりながら話している。自分が捨てた男を前にして話す配慮のない言葉をやめてくれと言えない。胸がつまった。

「結婚ってすごいわ」

「うん」

「ものすごい勢いで動いてゆくの。もちろん、はい、いいえってのは私に選択肢があったんだけど。一言、はいっていったら、どんどん、どんどん周りが動いてゆくの。もう、どうしようもないの。止めようとおもっても……、どうしようもないの……。こんなこと言ってもしかたないけど……、二回、チャンス……あったのよね。去年、もめた時、だんな…、あの人……、まじめに、真剣に言ってくれたのよね。渉さんのこと、…私、否定しつづけたけど……。俺が悪かった、マリコを信じるっていったけど、たぶん全部おみとおしなの。福岡くんの所へ行ったらどうだって、あれ、やけで言ったんじゃないのよね。まじで考えてくれてたのよね。学生よって言ったら、いいじゃないかって、今どき多いって…。私の両親はって言ったら、いい、俺があやまる。自分の監督不行き届きだって言ってやるって。でも、こんなことといったら渉さん、怒るかな」

「いいよ、言って」

「あたし、渉さんとの生活は考えられなかったの」

「学生だから?」

「たぶんそうだと思う。それに、ご両親のこと考えたら、とてもだめだったわ。学生……、そりゃ、私、働いて稼いだわ。でも……」

やはり僕の両親のことは彼女にとって大きなハードルだったのだ。手紙では僕の両親のことは結婚とは関係ないと強調しつづけていたけれど、それは彼女の真意の裏返しだった。

「恋はできても、生活はできないんだ」

「うん、ごめんね」

「しかたないよ。学生だから……親には頭あがんない」怜子の結婚式でマリコが指摘したように私立の医学部の学費は六年で三千二百万円かかり、父は借金をしている。入学時は特待生で免除されたが、それも初年度だけで多額の借金があることには変わりない。「もし、僕が働いていたら？」

「そしたら、あたし走れたと思う」

怜子の結婚が二年後で僕が研修医のときにふたりが出会っていれば、もしくは僕が二浪で国立大学をあきらめて私立の医学部に行っていれば、僕はマリコと結ばれたのだ。

「じゃ、僕が大きくなったら走れるの？」

「でも二年かかるじゃないの。そしたら無理よ。あたしには家庭があるもの」

「医者じゃないんだ」

「医者じゃなくってどうして大きくなれるの」

「ふたりの事を小説に書いて話題になれば、マリちゃんを奪えるのかな」

「小説が話題になってダンナから愛想つかされて家を出るってこと…、でも、あたしね」

「結婚したら離婚しないんだよね」

「そうなの」

「ポセイドンのサチがいったとおりだ」

「文学部四年で中森明菜のようにとろける笑顔の子」

「離婚しないって言い切ったよ。それでも君は僕と会いたがるだろうって……」

「あたし、あたしね、渉さんのこと調べることができるのよ。アパート出るの？」

「うん、たぶん」

「でも、わかるもん……。怜子さんもいるし、かっちゃんもいるし、それに福大に知ってる人もいるし、私、その気になったらなんでもやるの」

「…しないよ」

「するわ」

「マリちゃんはしないよ」

「菜々美ちゃんの住所知ってるもの」

「受け取らなかったじゃないか」

今回の大分行きのとき、もしものときのために菜々美と会っていたことにしたらどうだろうという浅知恵だった。菜々美に話すと住所をメモして渡してくれた。

「でもしっかり覚えてたの。福岡市花園4―7―3……、山本菜々美。それだけ書けばとどくの。たとえアパートの名前がなくっても郵便屋さんってちゃんと知ってるのよ。探してくれるのよ」

鼻をすする音が激しくなる。涙はとまらない。

「昨日大分にいってマリちゃんと会ったりして、俺、悪いことしたのかな」

「ううん、会えてよかった」

「どうしても会いたかったんだ。じゃないと……」

「会えてよかったわ」

「プラットホーム、自分で見たいといったけど、つらかった」

「…お城みえた？」

「見えないよ。ずっと下をみてた」

「ずっと下を？」

「うん、動けなかった。マリちゃん、歩いてくれたね。汽車の進む方向に」

「うん」

「でも、消えちゃった」

「うん、汽車が消えて、プラットホーム、あたしと駅員さんだけだった…駅員さんにもらった切符をにぎりしめて、あたし思ったの。どうして飛び乗らなかったかって」

「僕も思ったよ。どうして手を引っ張らなかったかって」

「でも、私、どこかで降りなきゃだめでしょ、だったら…同じことのくり返しだもの」

結婚は決定的なものだと言葉を変えてくり返し言われている気がする。

「渉さん……、渉さん……、私思うの……。この世の、この空の下で渉さんが、同じ空の下で渉さんが、生きてるって」

「読んでくれた？」

「うん、如月と弥生がひとつになる夜……。ねえ…、バラ、バラがね……。とても、とってもきれいよ……。バラ……きれい。ねえ、渉さん、渉さん……、あの世で、私、……見つけたら、来世で…私のこと、見つけたら走って来てね」

「……うん」

「私のこと、見つけたら……、結納持って……、走って来て……。そして……あたしのこと…離さないって…約束して…。おねがい…おねがい…約束して…」

「うん」

「私、怜子さんとは、一生友だちでいるわ。そしたら、渉さんとつながるもの。怜子さん、渉さんの同級生だもの……。私、一生、怜子さんと友だちでいるわ」

「……」

「渉さん、元気でね」

「よしてくれよ！」僕は叫んだ。「やめてくれよ。こんなこと、何度も何度も言えないよ……。おれ、昨日の、プラットホームで精一杯だったんだ……。自分の気持ちみつめて、耐えるのに、苦しくって、気が狂いそうで、人と話して救われて、酒を飲んで、夜を耐えて、日付が変わって、ようやく苦しみの輪郭がみえてきたのに、マリちゃんが電話してくるんだ。どうしようもない感傷ばかりが降り注いでくるんだ。何度も、何度も、元気でねって言えないよ。魂を振り絞っていってるんだよ。これで終わり、電話もしない、手紙も書かない、そんな約束が破られ、破られたのに声を聞くと嬉しくなってしまうなんて、これって拷問(ごうもん)じゃないか」

「……きりがないわね。いくら話しても」

「菜々美に言われたよ」

「なんて言われたの」

「君は逃げられない、この愛を最後まで見とどける責任がある……地獄を見る権利だよ」

「どうして」

「神無月の終わる十月三十一日、天神バスセンターヘマリちゃんを見送りにいっただろう」

「前期試験が終わって野芥のアパートに行って渉さんに嫌な思いをさせたときね。あたしは渉さんを選べなかった。バスセンターに行く前にトワさんが弾き語りをしてくれたね」

「マリちゃんがバスの窓から身を乗り出して手をふりつづけた話をしたら、菜々美はそうさせたのは君で彼女の愛は本物だ。マリコさんの裸の魂ととことん対峙すること、こんなチャンスは平凡な人生を生きてる人には与えられないって言ったんだ」

「……」

「いままでも苦しかったけど今はもっと苦しい。菜々美の言葉が重いよ」

「あたしが約束を破るたびに渉さんを苦しめてるのね」

「苦しみに耐えることができると思いはじめると、電話がかかる。でも会いに行ったのは僕だからお互い様だ」

「三月五日にあたしはアパートを出るの。電話も切れる、住所ももちろん変わる」

「あと三日か」

「明日は電話するね」

「どうして」

「だって誕生日でしょう」

「うん、……でも試験の発表だし、家にちょっと帰るかもしれんよ」

「うん、いいわ……、そのほうがいいわね。でも電話してみる」

「三、四、五、三日の辛抱か」

「五日以降、渉さん、電話しちゃだめよ」

「しないよ」

「だって、私……、電話、テレフォンサービスにするの。だから私の行先がわかるの。私だったらするわ。そしてプー、プーってなるのを確かめる。いつか、渉さんがいないときにしたもの。あっ、渉さんのあの部屋でなってるって」

「しないよ。辛いばかりだ」

「ひとつだけ方法がある」

「なに?」

「渉さん、大分に来るの。私、昼間はひとりよ。電話わかるし」

「いいね、それでいこうか」

「だめ、だめよ、ぜったいだめよ」

「じゃあ、どうしてそんなこと教えるんだ。期待させて突き落とす。瀕死の心をもて遊んでるようで意地が悪い。何のために行ったと思うの。けじめをつけるために行ったんだよ」

「ごめんなさい」

　電話が終わると、棚の上のロートレックの絵葉書をはずして久しぶりに二人の写真をみた。マリコがつくったハート型のピンクのカバーの中に二人が満面の笑顔でこちらを見ている。ほんとうに幸せそうだ。写真を裏返しにした。マリコの書いた文字が胸にしみた。生き地獄はあと三日で終わる。

夕食は作田と食べに行った。

「バレンタインデーもらった？」

試験漬けの毎日でこんな話をする余裕もなかった。

「うん、友達の彼女から」

「彼女からは」

「ない」

「別れたの」

「うん」作田が弁当を他の女の子に作らせたと思い込んで怒ったらしい。ひとしきり彼女の話をして医学部の学生を批判しだした。

「医学部にアホ多いよね」

「なんで」

「マンションに住んで、車乗り回してさ、外では自分は医学部じゃ、医学部じゃいうて、変なエリート意識持って言い回りようがね」

最近の作田は夜の深酒はやめて授業中に寝ることがなくなった。なんといっても彼のノートはよく書かれているので参考になる。作田は本学の連中とも交友関係が広いのでいろんな情報が入ってくるようだ。

「そんなん、おるん？」

「うん、おるおる」

「アホやね」

「うん、臨床いったらなんもできんくせに、バカみたい。エリート意識持ってなんじゃろね」

「何があったん」

「僕は本学のサークルで音楽やってるでしょ。一緒に入った連中は四年生でもう卒業。就職するんよ。彼らはしっかりしちょるとよ。優秀な学生もおるとよ」

「僕が最初に入った学生寮には工学部の特待生で池山って優秀なのがいたな。初対面で語り明かしたよ。雷の電気は上に向かうのか下に向かうのかって話を始めた。去年卒業だったけど関東の有名な会社に就職したよ。首席ってのは学校が推薦するんだな」

「僕もね、入学したときは医学生は偉いって勘違いしてたとこあったけど違うんよ。金がある連中のなかにはだめなのがおるっちゃ」

「そんなもんかね。貧乏人の僕にはわからんけど、作田は変わったな」

「そうかな」

「うん、朝まで飲むのをやめて、プロの音楽家への道をふっきって、医者になることに決心がついてまともなことをいいだした」

「バンドはちょっとしたヒットはあったけどね。それをつづけていくのは大変なんよ。それに僕にはリスクをおかしてまで音楽をやる覚悟がないっちゃ」

「医学部四年も終わりになると、みんなまともになっていくなあ。ちょっと寂しいけど……。作田くん、俺はね、ほんとのところ他人がどうのってあまり関心ないんだ。いまは自分のことで精一杯なんや。なんとか生きていかないとって」

「その顔みてたら大げさでもなさそうやね」

「そう」

「マリコさんと会ったんやね。最後の晩餐、最後のセックスはどうだったと」

「真っ赤に燃えた」

「よかったんね」

「作田、俺は思うんよ」

「なんですか」

「人は本当に落ち込んだ時には、作田のようなバカ話にいちばん心が癒される気がする」

「…ひょっとして俺、ほめられちょるとね？」

「めちゃほめてる」

「ちょっと家で酒でも飲まんね」

友達はありがたいものだ。作田の街はずれの一軒家へ行って酒を飲んだ。作田はいつもの焼酎だ。

「渉さん、恋の終わりで辛いときはこの曲がいいよ」そういって作田はカセットテープをセットした。優しい音色が流れ出した。

「フランス語やん」

「いいしょ」

「だれが歌ってるの」

「フランソワーズ・アルディ」

「なんて曲？」

「『さよならを教えて』」

「今の僕の心境だよな。さよならと言ったのに彼女から電話がかかってくるんだ。このフランス娘に、さよならのやり方を教えてほしいよ」

「つらかねー」

「彼女は三月五日にアパートを出るのであと三日だよ。そしたら彼女の電話番号も住所もわからない。僕も上の大家さんがおかしいのでアパートを出る。そしたら終わるしかない」

「引っ越し手伝うね」

「ありがとう。この歌はなんていってるのか分からないけど、メロディーがいいね」

「歌詞は、あなたはいらなくなったのね　二人の白い夜も　灰青色の朝も」

「えっ、白い夜　灰青色の朝って、俺は昨日みたぞ」

次の曲は聴き覚えがある。

「『沿線地図』で流れてた曲だ。曲名はなんだっけ」

福大に入学した年に放映された深夜ドラマで、しっとりした曲にフランソワーズ・アルディの憂いのある繊細な歌声が溶けあっていた。

「『もう森へなんか行かない』ですよ」

「ドラマ観てたよ。高校三年の優等生のふたりが中退して同棲をはじめるのがまぶしかった。私立の医学部に入学した自分を投影したよ。金で入学したような挫折感があった」

「僕も親のあとをついで医者をやることへの疑問があったんよ。高校一年だったかな、深夜ラジオで『裏切りの街角』を聴いて全身に電気が走ったんよ。付き合ってた子がいて、〝とぎれた電話は生きてゆく　悲しさに泣く君の声〟って歌詞に二人を重ねて泣いたっちゃ。甲斐バンドに憧れたし歌も上手いとおだてられたからね。宮崎から福岡に出てきて、一般教養は暇なこともあって音楽に入り浸ったんやが」

「とぎれた電話は生きてゆく…」

「うん、悲しさに泣く君の声」

三月三日

アパートに戻ってしばらくするとマリコから電話がかかってきた。〇時十二分だ。

「今、僕も電話しようと思ってたよ」

「なに考えてたの」

彼女の声は静かだった。

「マリちゃんのこと」

「ほんと?」

「うん、フランソワーズ・アルディを聴いてんだ。作田のとこに行ったら、いい曲だっていうから聴いたら良かった。いいよっていうから、もらってきた。優しいよ。聴く?」

「うん」

僕は受話器をスピーカーの前に置いて二十秒ほどそうしていた。

「どう、聴こえた？」

「うん」

「いいやろ」

「うん、今夜みたいな日にはしみるわ」

「今夜は中森明菜じゃないんだ」

マリコが笑った。布団を敷くあいだ、受話器をスピーカーの前においていた。

「全部聴けた？」

「うん、あたし言おうとしたの。ひとりにしとくなら受話器をおいてててって。そしたら聴こえてきた。あたしね、『もう森へなんか行かない』の歌詞を知ってるのよ」

「すごい」

「あのドラマ、『沿線地図』は観てたの。哀愁がただよう曲と歌声なのに、なんだかあたしの心に寄り添っているようで心地よいの。でね、フランス語はわかんないから調べたの」

「なんだった？」

「もう私たちは森へ行かない　もう一緒に行かない　私の青春は行ってしまう　あなたの足取りとともに　あなたが知っていてさえくれたら　どんなに青春があなたに似ているかを　でも、あなたは知らない　でも、あなたは知らない」

「青春か…」

「二十六で青春っていうのも変だけど、渉さんはあたしの青春よ。死なないでね」

「死なないよ。……もしも自殺するときは連絡するよ」

「線路に飛び込む前に電話するなんてやめてね。遠く離れててそれを止めるなんて、いくら私でも自信はないわ。……ただ不可抗力ってことがあるでしょ。どうしようもなくって死ぬこと。そんなことね、自分で胸をはって生きていたらないんだって。だから死なないでね。生きててね。ちゃんとこの世の中のどこかで、生きててね」

「……わかったよ。生きてるよ」

「よかった。渉さん、お誕生日おめでとう」

「あっ、そうか。もう三月三日になってる」

「一番におめでとうしたくて電話したのよ。あたし少し元気になったみたい」

「あしたになればもっと元気になるよ」

「渉さん、男の子なのにひな祭りに生まれたのね」

「うん、小学校のときはクラスメートにからかわれるので、誕生日が来るのが嫌だった」

「お父さんやお母さんも女の子と思ったでしょうね」

「俺が生まれた時はみんなガッカリしたって。今度こそ女だろうって」

「あたしね、別に金持ちの家に生まれたわけじゃないけど、お父さんもお母さんも、雛祭りとか、七夕とか、クリスマスとかはちゃんとしてくれたの。それは感謝してるの」

「うん」

「だから私、家を出てひとりになっても、そういう季節、季節の節目っていうものはやってきたの。たとえ形だけでも」

「いい子だね」

話はつづいた。

「渉さん、いつか大分にくるよ」

「会ってくれんの？」

「会わない」

「じゃ行かないよ」

「だって大分、見るところたくさんあるよ」

「そんな地獄にいけるか」

「おじいさんになった時、なつかしくなって」

「行かないよ」

「渉さん、いつまでも大分を毛嫌いしているの？」

「思い出は人だよ。じいさんになって思い出すこともなければ行くのかな」

「思い出は人…」

「うん。今の大分は地獄だよ。おとといの天神は暑くて気分が悪くて嫌だった」

「じゃあ、来なければよかったのに」

「……」

「もう、いやだ。渉さん、悪い冗談よ」

「嫌いだ」僕は声を荒げた。「マリちゃんの嫌いなのはそれだ。なんでも冗談にしてしまう。人の心を踏みにじるんだ。ずっと思ってた」

「だって、渉さん、暑くって、気分悪いっていったじゃない」

「冷たさや寒さは、苦しみや悲しみを凍結して麻痺させてくれるんだ」僕は感情的になった。「逆にぬくぬくと暖かいっていうのは、苦しみ、悲しみ、むなしさが胸に蘇ってくる。いやなことがどんどん頭をもたげて出てきやがる。冬のウィンドサーフィンの魅力は、冷たくって寒くって指が痛くなって苦しい事を忘れさせてくれることだよ。バイクだって冷たい風が心地よくて寒ければ寒いほど嬉しい……。だから僕は大分へ行く前、天神の陽気に気分が悪くなった。なのにマリちゃんは軽く言い放つんだ。来なきゃよかったって。君は言葉が巧みで機知にとんで冗談の工場だけど、人を傷つける冗談はやめなよ」

「ごめんなさい……。私、悪いところだらけね」

「……それだけだよ」

「ううん、バカっていうし、足で渉さんのこと蹴るし…」

「すぐあやまるじゃない」

沈黙がつづいた。三月五日までのタイムリミットが徐々に近づいている。口論などしている場合ではないけど、自分の気持ちを偽りたくない。

「渉さん、バラ……、きれい、とってもきれいよ。上を向いてるのよ。また場所を変えたの。元気だわ、このバラ」

「バラって弱いの？」

「うん、あたしお花してるでしょ。すぐだめになるの。…でもこのバラ元気よ」

「いつか散るよね」

「そうね…。短いのよね、バラって」

「ほんとに朝の電話より少し元気になったみたいだよ、マリちゃん」

「うん」

「明日になるともっと元気になる。次の日になるともっと……」

「そうかしら」

「うん」

「……ねえ渉さんの味方はだれ」

「作田、稲場、至坊、清三郎。…女性は菜々美、サチ、至坊の彼女のアサリちゃん」

「私たちのこと知ってるのよね」

「うん。菜々美には泊まってきたらっていわれた」

「お互いに苦しいわね」

「経験したことのない苦しみだよ。心のなかが寂しくて、精神がだんだんと変になっていくのが分かる。トワや高校生のトロや作田と話して救われた」

深夜に寝たが、朝起きて困った。マリコの声が耳にこびりついている。会いたくてしかたない。やはり、あのプラットホームで最後にしなきゃいけなかったんだ。でも、あと二日耐えればいい。フランソワーズ・アルディの曲が心地よくてずっと聴いていた。シャンソンは今の僕の心にピッタリだ。でもピッタリしすぎてだんだんつらくなってきた。中森明菜のカセットを取り出した。

今日は十二時に試験の発表がある。

これといって何が悪いという科目は思いつかないのだが、自信がなかった。ひとつくらい落としている気がした。そのほうがいいような気がした。再試験は三月四、五日なので地獄の二日が試験勉強で気がまぎれる。再試が終わり、マリコはアパートを出て、あの愛しくも忌まわしい電話は消え、天使と悪魔が同居する二重人格のささやきはなくなるのだ。

大学に行ってみると精神科を落としていた。再試は明日だ。これをなんと表現するのだろうか。修羅場、阿修羅、阿鼻叫喚(あびきょうかん)……しかし、とにかく再試の勉強をするしかないからマリコとの地獄は忘れることができる。マリコに最後の仕事をお願いしよう。今夜は徹夜なので寝過ごさないように明日の朝起こしてもらうのだ。

郵便受けにマリコからの手紙がとどいていた。読むとこれで最後という決意で書いたことが分かるが、その翌日の十時過ぎに彼女は電話をしてきた。差出人は〝福岡燁子〟になっている。住所は久留米市亀川町という架空の地名。久留米は二人が逢うならとかつて話していたところだ。部屋は僕と同じ一〇五号室。

石井真理子はこの手紙で福岡燁子になっている。福岡は僕の姓、燁子は夫をすてて愛する人のもとへ走った柳原燁子。ほんとうは久留米のアパートの105号で僕と暮らしたいと彼女の心が叫んでいるような気がした。

私の方から約束やぶってごめんなさい。
でも　これで　おあいこ…。
あなたばかり　かっこよくおわるなんて許せないもん。
あなたに許してもらった一通の手紙です。

燁子

涉さんへ
今頃、あなたは、博多駅のホームにおりたところだと思います。心の中は元気ですか。

私、こんなにきれいなバラの花を見たのは、生まれて初めてです。荷物が片付きはじめて、少し殺風景な私の部屋に、まるで妖精が舞い降りたようです。モスグリーンの壁を背景に、白磁の花器…白木の椅子の上に飾ったら、まるで絵のようです。私、今までバラは華やかすぎて、なんとなく好きになれない花でした。でも、これからは、きゅっと胸をしめつける、でも、あたしを励ましてくれる花になると思います。すてきな十二輪の薔薇、ほんとにありがとう。

今もそうだけど、ホームから帰ってからの私は、予想もしなかったほどにまいっています。薔薇は、やさしく見つめてくれるけれど、それ以上のことは望めません。でも誤解しないでください。あたしは、あなたが知っての通り、きちんと気持ちを決めたのです。

私は誰かに殺される要素がある…その時、彼はこう言いました。

「俺が　必ず　守ってやる」

それを聞いて、私は本当に心を決めました。でも、これからの生活も、苦難に満ちた道のりだそうです。予想できそう…だからこそ私は、背水の陣で頑張ります。もう二度と〝ゆふ号〟に乗らない為にも。

両親が立派な花嫁道具を揃えてくれました。私はそれと、そして今の決意と、もうひとつ誰にものぞかせない心の中に、小さな思いをもって嫁ぎます。あなたが無事、医師になることはもちろん、その後もずっと白衣を着て活躍される事、大分の空の下でお祈りしています。

「生涯を医療に人道に捧げる」の答え、出せなくてごめんなさい。

あなたのように、お別れらしいお別れの用意、何もしてなくてごめんなさい。そんなにきっちりとしたくなかったの。もちろん、これからずるずるというつもりもなく、あなたと同じだけ、厳粛な気持ちで臨みました。

あたしは、あなたの栄養にしてもらってかまいません。でも、栄養は、地中で根の先から吸収されていくものです。地上では何もわからないものです。あなたも、はやめに私の事をふっきって、地下で、そっとそばにおいていて下さい。

これから5年、6年といよいよ勉強も本格的になります。体だけは十分気をつけて、早目に交友関係ももとのサイクルにもどして下さい。他にも栄養っていっぱいありますから。

この半年、楽しい夢をありがとうございました。

細かいお心遣い、ありがとうございました。

つらい事もたくさんあったけど、あなたにお会いできてよかった。

あなたは、私にとってかけがえのない栄養でした。

今日で、ほんとうに、さようなら。

もう一度、心をこめて、さようなら。

昭和五十八年三月一日　　燁子
福岡渉様

俺が必ず守ってやる……男と生まれたからには、これはという女に使ってみたい台詞をよりによってここで使うのか。キザな台詞が好きな人だ。映画の『卒業』を思い出した。熟女のアン・

バンクロフトが大学を卒業したばかりのダスティン・ホフマンを誘惑するシーンがある。手玉にとられているのは僕も同じだ。

ちょっと待てよ。俺が必ず守ってやる――これはふたりの学生時代に、婚約者の彼がマリコを暴力的な恋人から救ったことと重なっている。部屋の物が壊れ、彼女の体に痣が絶えなかった日々、身も心もボロボロで、自分を見失っていたマリコを陸上部の部長だった彼が救ったのだ。ふたりの距離は縮まり、彼は求婚しマリコは結婚を決めた。心が揺れるマリコの前で彼はこれからも同じように彼女を守ると誓った。……僕はようやくマリコと婚約者の関係を理解した気がした。マリコの結婚は定められた宿命だったのだ。

マリコは僕との約束を破って電話をしてきたが、それもあと二日で終わる。その後もマリコは約束を破るのだろうか。不確かな未来のなかに確実にみえたものがある。マリコと婚約者との絆(きずな)を知ってしまった僕の心は完全に決まったということだ。それにしても恋敵の魂の叫び声を、またしても愛する女から聞かされてしまった。……もういいよ、マリちゃん、十分だよ。……精神科の再試験は西園医学部長が僕の失恋に心をいためて提供する心づくしに思えてきた。

夕方五時にマリコに電話した。

「いろいろ出てきたよ。渉さんがくれたもの」

引っ越しの準備をしているようだ。

「精神科を落とした。明日が再試験だよ」

「渉さんらしい。そういう人好き。私と似てる。いつもたいへんなの通って、人が落とさないようなの落としてた」

「できすぎてるよ。神の贈り物だ」

「どういうこと?」

「だってこれから一日は再試の勉強で忙殺されて苦しみから救われる。そして試験のあとは一日たっぷりマリちゃんについて考えることができる。きっと精神科が仕組んだんだ。これが一日ずれて、明後日が試験だったら、明日はとてもマリちゃんのこと考える余裕がないし、試験が終わったときにはマリちゃんは引っ越して電話は通じないだろ」

「そっか」

「手紙来たよ。まいったね……。俺が必ず守ってやる、にくいよ。マリちゃんは学生の時も彼に守られたんだ。ダンナさん闘ってきたんだな」

マリコは答えなかった。

作田の精神科のノートを借りた。彼のノートは迫力があった。軽く僕の倍はやっている。なによりも意地でも通ってやるという熱意が感じられた。それにひきかえて僕のノートは大きな山は押さえているものの迫力の欠片もない。精神科の講義が始まって二カ月間、そこにあるのはそつなく、要領よくやろうという狡さだった。そして随所に書かれた〝マリコ〟の文字。彼女に対する未練が僕の心を支配していた。精神科を落としたのは当たり前だという気がしてきた。

三月四日

早朝に電話がなった。マリコのモーニングコールだ。昨夜は精神科の再試験の勉強で徹夜だったので、寝過ごさないように電話をお願いしていた。短い時間だが安心して熟睡できた。しかし、なかなか目が覚めない。

「あっ、まだ、六時十五分だ……、うーん、あと十五分あるじゃない」

六時半にお願いしていたはずだ。

「昨日渉さんといっしょだったのよ」

「うん」

「あまり渉さんでてこなかったけど」

「……うん」

「渉さん」

「寒い」

「何時までやったの」

「四時半。まだ六時半じゃないよ」

「少し寝たら」

「七時に電話して」

「七時……、うん」

七時に電話がなった。

「まだ…眠たい」

「七時よ」

「うん……、ありがとう」

「起きないの」

「うん、起きるよ」

「…涉さん」

「…うん」

「起きないの」

「……起きる」

「もう、そのまま寝たら」

マリコの言葉が少し荒くなった。目が覚めた。

九時に髭剃りをあてていたら電話がなった。

「渉さん」マリコの泣き声をおさえた声がする。「どう？」

「うーん、多い」

「頑張ってね」

「うん、応援しといてね」

「渉さんの知ってるところがでるわよ。うん、大丈夫よ」

「でもねぇ。多いんだよ。覚えきれん」

「大丈夫、渉さんが落ちたら誰がとおるの」

「でも…応援して。十時から十二時」

「十時から十二時、わかった。いっしょうけんめい応援する」

「ありがとう」

「渉さん、終わったらどうするの」

「さぁ……」

「寝るんでしょ」

「わからん。遊びまわろうかな。バイクで海岸線を走ろうかな」

「だめよ」

「どうして」

「だって今夜は語り明かすのよ」

「そっか……、今夜……最後の夜だね」

試験勉強は永遠の別れを忘れさせていた。

「そうよ」

必死で涙をおさえた声が聞こえてくる。

教室にはいった。精神科の再試は十人ほどいるが同級生は僕と立川のふたりで、他は留年生だった。部屋は緊張ではりつめていた。これを落とせば留年なのだ。三百五十万の授業料が吹っ飛び、学食で五年に進級した同級生と顔をあわせ、すでに通った科目の講義をまた聞かなくてはならない。全科目再履修なのだ。これから書く数枚の紙きれでそれが決まる。発表を見てから二十一時間がたっている。その間に乱れた心をおちつけ、ろくに寝ずに、アパートから一歩も出ずに再試の準備をした。

試験用紙が配られた。修羅場としか形容ができない。もうあとはない。むずかしい。せめてあと一日あればこの答案を埋め尽くせるというのに。どう甘くみても六割、厳しく見れば五割を切りそうだ。

留年生以外では二人しか落ちなかったのは解せなかったが、試験を解くうちに落ちた理由がわかった。〝偏見〟の設問で簡潔に書けとあるのに、本試験では自分の考えを書いたのだ。しかもアパートの二階の大家さんがおかしくなったことを例にあげて、スラスラと自論を書いてしまい、教授の逆鱗に触れたのだ。医師が絶対に持ってはならない偏見を、僕は素直に素人目線で文才豊かに書いてしまったのだ。大家の精神異常に対する偏見そのものを書いたということだ。まいった。反論したい気持ちは山ほどあるけれど、再試の答案では簡潔に書いて、いらないことは書かなかった。自信がないときは知っているかぎりのことを書いて、出題した先生の情けを誘うが、精神科のこの設問では禁忌事項だったのだ。

試験が終わった。後ろを振り返ると、

「落ちた」

と立川が溜息をついた。

「ボウリングしようや」

二人で七隈ボールへ向かったが、腹が減っていることに気づいた。病欠した臨床科目の追試を受けた至坊もやってきて三人でロッテリアへ行き、ハンバーガーを食べた。三百円は高くないかという話になった。物価の違う東京でも福岡でもチェーン店の値段が同じなのは変だと話しながら、バーガーにかぶりついたが、テーブルに漂う空気は重い。

マリコとの最後の会話が近づいている。

夜になるといつものようにジャージを着てスニーカーをはいて外に出た。走りながら涙で目がうるんでくる。走っても、腕たてふせをしても、空手の型をまねて体をいじめてもこの胸の切なさは消えない。胸の重みも軽くならない。

酒屋にビールを買いに行った。タバコも買った。いつもいるマリコに雰囲気の似た明るく気さくなおばさんの笑顔をみたかったけど、店にいたのはおっさんだった。

苦しい。血液が体内を流れて体を温めているのだが、そんな自分の命が面倒だ。生きていることがなんだか面倒くさい。今、誰かがひとつきに刺してくれるなら、喜んで刃(やいば)の露になれる気がする。どうしてこんなに辛いんだ。この胸のなかにあるものの正体は何なんだ。愛の終わりを見極めようとした者への仕打ちなのか。死をずいぶん身近に感じる。

僕はこの部屋でマリコと最後の会話をしなくてはならない。涙があふれてきた。声をあげて泣いた。マリコを想うと涙がとまらない。泣いている自分が不思議だった。こうして泣いたのは四浪のときに国立の医学部を受けて落ちて以来だった。

僕には精神科の再試験の結果よりも、もうすぐかかってくるマリコとの電話のほうが怖かった。気を紛らわすように友人に電話をして、今日の再試験に〝落ちた、落ちた〟と報告した。稲場は〝なんいいよーと、落ちるわけがない〟と相手にしなかった。清三郎は、〝大丈夫、大丈夫、精神科の一科目で落ちない。安心しなっせ〟といってくれた。

友達と話をするとずいぶん楽になった。友達がとても大きくみえた。明日の朝になるとマリコは引っ越し、電話は切られる。すべては終わり、僕らに未来はない。

電話で僕らはふたりの思い出を何ひとつ語らなかった。嘘を巧みに交えた会話、それが僕らが選択した最後の夜の会話だった。

「できた?」

「大丈夫よ」

「だめだ、もう下駄を預けたよ」

「どうして」

「あかん、死んだ」

僕は精神科の試験を落とした理由を話した。偏見を簡潔に書けと問われたものをアパートの大家さんがおかしくなったことを事例として論じたことが、偏見をもって精神疾患をみているととられたのだ。

「それはまずかったね」

「よく分かってもいないのに怖いとか措置入院とか書いてた。手が勝手に動いたんだよ」

「今回はそんなドジしてないわよね」

「それは大丈夫。自分の意見なんて書いてないよ。大家さんのことも一切書いてない」

「じゃ大丈夫よ。だって現役で落としたのは二人でしょ。教授は渉さんの解答に、大家さんに対する偏見が書かれてないか、それだけしか見ないわよ。よかった、これで五年生になれる。発表は明日ね」

「うん」

「アパートの引っ越しは？」

「今日決めたよ」

僕はとっさに嘘を口にした。

「もう？」

「うん、試験終わって不動産屋に行った」

「はやいのね」

「気に入ったのがあったから決めた」

「どんなところ」

「二階でね、陽が朝から晩まで入るよ」

「わあ、いいわね。いつうつるの」

一日中陽がはいる部屋なんてあるわけがない。なのにマリコはそんな部屋が存在するように話をつづける。

「十五日」

「引っ越し大変でしょ」

「うん」

「あたしも手伝ってあげたいな」

「何言ってんだよ。マリちゃんはお握り作るんだよ」

「あたし、お握り作るの？」

「うん。塾の生徒や高校生のトロや菜々美や作田とか至坊とか手伝いに来てくれるからさ、お握り作るの」

「あたし荷造りとか得意なのよ」

「じゃあ、それもやってもらおうかな」

「そのアパートどこにあるの」

「大学の裏」

「梅林？」

「うん」

「電話はそのままよね」

「そうだよ」

「そのままか……へへ」

「……」

「なんてとこ」

「松美荘だったかな」

「住所は？」

「さあ」

「もう、私だったらすぐ覚えとくわ」

不思議なものだ。こうして思い出をさけ、嘘を散りばめた話をつくり、わざと明るい声で話していると、心まで明るくなっていく。マリコは朝の涙声とはうってかわって明るく元気だ。頭の回転のはやい彼女は沈黙が始まろうとすると、すぐに明るい声で諧謔をとばした。ただ、その諧謔は脈絡がなく、支離滅裂だった。

「引っ越しの整理で出てきた五年書きの日記みてんの……。知ってる？」

「いや」

「あのね、五段になってるの」

「タイムマシンだね。一年前、二年前とかのことが分かるんだ」

「そうね」

「ねえ、二年前のことわかる?」

僕らが出会ったのは半年前でそのとき聞いた話では、婚約は三年前といっていた。婚約中の彼女のことに興味があった。マリコは大学五年生の最後の月にいたはずだ。

「うん」

「マリちゃんはどんなだった?」

「それなりに楽しかったみたい。でも、よく泣いていたみたい。やっぱり私たちうまくいかなかったみたい。恋とかなかった。好きという感情もなかった。でも決めたのはね……、たしかに私だわ」

「一年間子どももつくっちゃだめだよ」

「どうして」

「怒らない?」

「怒らないわ」

「マリちゃんのこと小説に書くんだ。それで新人賞をとって芥川賞をとるんだ」

小説は僕の高校の時からの夢だった。嘘ではないが、会話に弾みをつけたかったのが本心だ。

「そしたら私を迎えに来るの」

「いかないよ」

「どうして」

「フィクションだといいはって、否定しつづける」

「じゃあ、私が渉さんのところに走るってこと？」

「そう」

「…渉さん、こんなことといっちゃ…、あのね、占いの人にみてもらったとき、私たち九十九パーセントうまく行かないだろうって言われたの。子どももダメだろうって。そのとき、あの人いったの。僕は闘うって。だから子どもははやく欲しいって…。私一度結婚したら離婚しない」

「話題の渦中の人だよ」

「でも、渉さんフィクションだっていうんでしょ」

「うん」

「じゃ、私も否定する。そんなことないって」

「書けば楽になる気がする。そして、万が一そんなことになったら、僕はマリちゃんいらないのかもしれないな」

「そうね、私なんて……そうなったら」

「こんな気持ちになる子はもうあらわれないし、こんな苦しみをもたらす子は近づいてほしくないよ」

「一年ってのは、子どもがいなかったら離婚しやすいだろうって思ったのね」

「うん」

「でも、私結婚したら離婚しないわ。渉さん…」

「うん」

「でもね、万が一、私が渉さんのところに走ってもご両親許して下さるかしら」

「許してくれる」

「どうしてわかるの」

「僕の親だからさ」

「……」

「書いていいの？」

「うん、楽しみにしてる。……私、まっさきに買いに行く」

「よかった」

「そうか、渉さん芥川賞とるのか」

「うん」

「あたし……芥川賞とる人と友だちなのね。すごーい」

「書いていいんだ」

「楽しみにしてる。真っ先に買いに行くわね」

「サインしてあげるよ」

「やったー。ねえ、もうすぐ五年ね」

「再試に通ればね」

「偏見を簡潔に書いたから大丈夫よ」

「だったらいいけど」

「そしたら渉さん、白衣着て病院歩くのよ。ぜったい似合うと思うな。聴診器はリットマンかな、首からかけて。耳鼻科の額帯鏡なんか頭につけて、あれほとんど使わないから買わないで友達のを借りるといいよ。それであと一年したら六年生で、国家試験を通ったらお医者さんね。ねえ、渉さん、福大病院に残るの」

「分かんないよ。先のことなんて」

「渉さん、お医者さんになったらもてるだろうな。看護婦さんたちがワーワーいって騒ぐわよ。渉さん椅子にどっかと座って、おい君たち、何ボケっとしてんだって注意するんだ。カッコいいなあ」

「若い医者が来たってなめられるんだろうな」

「渉さん、病院廻りし出したら注意するのよ。女の子に、おい君たち、ブーツなんか履いてくるなって」

「しないよ」

「どうして」

「…なんとも思わない人には何も言わないよ」

「…あたしは」

「言い続けてきた、考え続けてきた。この六カ月、毎日、一日も欠かさず、君のことばかり……」

マリコはしばらく、息をとめるように沈黙した。

「渉さんの顔変わったわ。高校のときの写真と比べると。ほら渉さんの部屋でみたでしょ。あれスリムでなんか、とっても若いっていうか」

「今はおじさんだ」

「ううん、いい。誰でも、なんていうかな、昔の面影ってあるでしょ。どこかに。でも渉さん、がらっと変わった。男っぽいっていうのかな。しぶい…いい顔してる」

「うそいえよ」

「ほんとよ。昔よりずっと今がいいよ」

「……苦労が多いのかな」

「人生はいろんなものが積み重なっていくのよね」

「中学から高校はじめまでは天真爛漫(らんまん)で、単純で、すぐに怒って、なんにでも喜んでた」

「わかる」

「それより前は」

「可愛かったでしょう」

「無邪気だった」

「無邪気……、わかるな……かわいかっただろうな」

「うん、かわいい、かわいいって声が聞こえてた。女の人なんか僕を抱き上げるんだ。胸が柔らかかったな、気持ちよかった」

「えっちね」

「うん、やわらかかった。でも、親父は怖かったよ。よく殴られた」

「……」

三月五日

マリコの引っ越しの日だ。電話は切れるので、僕からかけることができなくなる。

「昨日考えたの」マリコは話し出した。「たしかに渉さんの書いたものが日の目をみたら、私いられないわね」

「小説は誰かを不幸にする。だからマリちゃんが楽しみにしてるっていって、旦那さんも闘うっていってるなら、書けるのかなって思った」

「私がやめてとでもいうと思ったの」

「うん、怖かった」

「そんな、あなた、小説の主人公になれる人なんて、この世にそうないのよ」

「そうだけど」

「そうよ…、もちろん確率は小さいけど」

「ゼロじゃないよ」

「そうね……、でも、それ読みたいな。日の目を見なきゃだめなのかな」

「読めるよ」

「どうして」

「書き上げればコピーして読める。賞はとれなくてもね。春休みになったら書くよ」

「書いたらぜったい送ってね」

「……」

「もちろん直接じゃなくって……、菜々美さんでも、怜子さんにでもお願いして」

「うん」

「わー、……なんか楽しいな」

「聞いてもらえる？」

「うん」

「最後の会話だから明るくしようってふたりで話してきたけど」

「うん」

「だから思い出には触れないで嘘も交えて話した」

「うん、過去を語れば暗くなる。でも最後の最後に小説を書くなんて言うんだもの。まさに二人の思い出そのもの、核心の話になっちゃった」

「ふっと心に浮かんだんだ……」

「なに」

「春休みに執筆を始めるとするだろう」

「うん」

「春休みが終わるころには一次原稿を仕上げる。でさ、小説を書くには、まずマリちゃんの手紙をすべて読み返し、二人の写真をみつめ、僕が殴り書きした大学ノートを読み返す作業が必要だろ。あらためて振り返る過去には、その時には気づかなかった自分やマリちゃんがいるんだろうな。まるで新しい恋路を進む気分になるのかな」

「……」

「僕の事を話すよ」

「うん」

「僕は君を忘れる。結婚する君を忘れるよ。じゃないとこのままじゃ苦しくて生きていけない。再試で精神科受けただろ」

「うん」

「精神科の二カ月のノートには〝マリコ〟の文字があっちこっちに書いてあったんだ。偏見の解答で教授の逆鱗に触れたのはまちがいないけど、こんなことつづけば僕は医者になれっこない。終止符を打たないと」

「ごめんなさい」

「それがさ、嬉しいんだよ。そんな文字を見つけて嬉しいんだ。電話も手紙も約束を破られるけど、嬉しくなる。でも未来はない。過去を引きずる。これってまずいよ」

「そうね」

「誰かがいってたよ。人妻と浮気したいなんて誰でも望んでることじゃないかって。でもね、僕にとってマリちゃんは違うんだ。燕じゃだめなんだ」

「もう会えないの」

「愛する人の燕にはなれない」

「どうして」

「遊び心がないと気軽に空を飛べないだろ」

「……」

「愛を知ってしまったんだ」

「……小説書いたらぜったいに送ってね」

「約束するよ」

「楽しみだわ」

しばらく沈黙がつづいた。

「渉さん、歯医者さん行くのよ」

「うん」

「虫歯なおすのよ」

「うん」

「このあとどうするの」

「みんなで海に行く。それから呼子に行くよ。従弟が帰って来てるんだ」

「ひさしぶりでしょ、海。しっかり準備体操してね。いつもの二倍はしてね。渉さん、もてないんだから」

「えっ？」

「渉さん、もてないんだから、誰も汗をふいてくれないのよ」

「ああ」

初めて僕の部屋へ来た夜、マリコが僕の汗を一晩中ふいてくれたことを思い出した。

「渉さん、もてないのよ。風邪をひいても、汗ふいてもらえないのよ。だから、海行っても……」

「分かったよ。俺、もてないから、汗ふいてくれる人なんていないから、分かったよ。海、注意しとく」

「うん、注意してね」

「あっ、電話局の人が来た」マリコは受話器をテーブルにおいたようだ。遠い声が聞こえた。「はーい、ちょっと待ってください」パタパタと足音がする。「あ、渉さん、電話局の人が来たよ」

「うん」

「海は気をつけてね。しっかり、普通の二倍は準備体操するのよ」

「うん」

「……」

「じゃあね」

「渉さんから切って」

一転してマリコの声が冷静になった。受話器を置こうにも手が動かない。受話器の中の沈黙はつづく。何かを口にしようとして出てきた言葉は「負けた」。勝負をしているなんて思ってもない自分の言葉に驚き、自分を蔑(さげす)んだ。

「……渉さん、負けてなんていないわ」

切ろうにも切れない。

「女はすごいよ」

「神経が太いだけよ」

昨日の涙、さっきまでのしおれそうな会話。それが急転して冷静になっている。その理性が僕の腕を固く縛り付けて動かさない。

「神経が太いだけよ」

彼女は冷静にくり返し、僕は憎しみを感じた。最後だという約束を破り、心の準備をしてけじめをつけようとしても、それを破り、涙を流す。そして理性にかえり冷徹な言葉を放つ。憎しみが心の底からわいてくる。それなのに僕はマリコを愛している。

電話を切ると周囲から音が消えて、静けさが筋肉を震わせ、体の芯に向かって大音響のようにおしよせてきた。切なさが一瞬にして全身に拡散した。彼女は部屋を出る。そして僕も新しいアパートを探してこの部屋を出る。二人の旅立ちは交わることのない旅路をゆく。

電灯の紐に細い緑の糸でつるしたバッグスバニー、おまえはいつも悪戯っぽく笑っている。憎めない兎の首にかけたマリコのペンダントが揺れている。台所のマリコが縫った刺し子の布巾、洗面室のランドリーバッグ、そして歯ブラシとデンタルフロスたち……。

モジリアニとロートレックの絵葉書をどけると、下から現れた二人の写真に窓から入る白い光が射した。地上の幸せのすべてを集めたように写真がまぶしく輝いている。なんて楽しそうな笑顔なんだ。……僕は微笑もうと試みたがだめだった。

12

三月七日

二日後、呼子の従弟の家の二階で朝を迎えた。ずっと県立病院の官舎住まいだった僕は、ここに来ると故郷に帰ってきたような気持ちになる。子どもの頃は夏休みを呼子ですごした。ワクワクした気持ちで佐賀、唐津、呼子と汽車とバスを乗り継いで母の実家を目指したものだ。

呼子は佐賀県の北西にあり、玄界灘に面している。島々が多く荒波を静め、天然の良港として歴史を担ってきた。目視で壱岐、対馬を経て朝鮮半島に行くことができる。中国への最も重要な足がかりの港で遣隋使や遣唐使はここを経由した。使節団は呼子湾に浮かぶ加部島(かべしま)の田島神社に参拝して航海の安全を祈願した。境内には佐用姫神社がある。五三七年、朝廷から任那(みまな)、百済救済の命をうけた大伴狭手彦と恋におち、別れの悲しみのあまりに石になったと伝わる松浦佐用姫が祀(まつ)られている。呼子の地名は、佐用姫が海のかなたに消えてゆく夫の狭手彦を呼びつづけたことに由来するという説がある。

母が生まれ育った神社は小高い丘にあり、境内から見下ろすと鳥居から階段が下り、その先の道はまっすぐに海へ至る。鶴岡八幡宮を模して中世にできた参道だ。町屋の瓦屋根が呼子湾に連なり、青々とした海には加部島が横たわり一幅の絵のように美しい。

母の兄は十八代目の神主で姓は龍泉坊。初代は英彦山(ひこさん)から来て没年は大永二年(一五二二年)と神社の過去帳にある。神社としての鎮座は松浦党が八幡さんを信仰していた平安末期にさかのぼる。松浦党は海賊、交易を行い、頻回にあった朝鮮からの攻撃を防御してきた武士の連合体だが、蒙古による元寇で戦い、本土防衛に功績をあげた。従弟の家の裏には池がある。神社の南坊として古くから山伏が住んで八幡神社を護ってきたのだが、元寇のあとは無住となり、いかに壊滅的な被害だったかがうかがえる。

ベッドから起き上がりカーテンを開けた。朝の光がまぶしい。物心ついたころ、おじさんにこの朝の光が神さまだと教えてもらった。二階の四角い窓から家々の屋根越しに紺碧の海が広がり、呼子湾に堂々と浮かぶ加部島の横に小さな子どものような弁天島がみえる。夏休みの宿題で弁天島を描いたことを思い出した。引き潮なのだろう、島は陸つづきだ。青空に白い雲がひとつ、ふたつ、みっつ、くっきり浮かんでいる。一羽の鳶が両翼をひろげて大空に輪をえがいて飛んでいる。

従弟の龍泉坊盛寿が昨夜酔いつぶれた僕の様子をみにきた。

「なつかしい風景でしょう」窓の外に遠い視線を投げて僕の横に座った。

盛寿は三つ下で僕が中学に入るまでは夏休みになると、ふたりで海や海岸、神社の境内や穴が塞がれていない洞窟のような防空壕で、日が暮れるまで遊んだものだ。末っ子の僕には年下の盛寿は弟のようでちょっと威張ることができて嬉しかった。皇學館大学で神職の資格を取得し、いまは大学院で宗教学仏教学を専攻している。ちょうど帰省中ということもあり、電話がかかってきて久しぶりに会おうということになった。きのう佐賀市の実家で合流し、彼の運転する車で懐かしい場所に寄り道をしながらゆっくりと呼子についた。おばさんの手料理、なかでも絶品のイカ料理を堪能し、子どもの頃は怖くて仕方なかったおじさんの笑顔に心が癒され、夜はこの部屋で盛寿と酒盛りをした。

「うん」

「そこ、ここに懐かしいものがあるでしょう」

しばらく一緒に外の景色を眺めた。

「心が癒されるよ。きのうの立神岩も小友の浜も大友の浜も……。『肥前国風土記』をはじめて読んだよ。神功皇后が立った同じ砂浜に立ったなんて感動だな」

小友の浜に寄ったときに『風土記』に記載されていると盛寿がいうので、夕食のあとに分厚い『肥前国風土記』を見せてもらったのだ。右のページの原文は漢文で読めなかったが、左のページに書き下し文が載っていたので意味がなんとなくつかめた。

「三三二年、神功皇后が新羅征伐のときに呼子に来たんですよ」盛寿が丁寧にもう一度解説してくれる。「彼女は男装をして武装を整えた時、革製の武具の御魚がついていた鞆というものがポトリとおちてここを鞆の驛と名づけたと書いてあります。鞆が友になった。昨日行った小友の浜です」

「驛はなんなの」

「駅ですよ。街道の駅には馬が備えられていたんです。交通機関の駅ですね。呼子は文化交通の要衝だったんです。亡くなった夫の仲哀天皇の遺志をついで鞆の驛に着いた神功皇后は、懐妊していたんです。だから男装の鎧を着たけど脇があわず、矢を射る際、左手首につける丸い革製品の〝鞆〟をつくろいの時に落とされたので、この地を〝鞆〟としたんです。ちなみにミッションを終えて帰国して皇后が生んだ子がのちの応神天皇です」

盛寿は大学院だと聞いてはいたが、『古事記』『日本書紀』に加えて『風土記』も読んでいることに驚いた。子どものころは僕がボスで年下の盛寿は背が低くて子分のように従えていたというのに、今では身長一九〇センチになる。母もそうだが龍泉坊の血筋の彫り深い美貌を兼ね備えた美丈夫で、しかも碩学だ。龍泉坊盛寿という姓名もカッコいい。歳月はこんなに人を成長させるのかと思うと感慨ひとしおだ。呼子に所縁ある歴史を彼と追っていると辛い現実を思い出すこともなく、心が落ち着いてくる。盛寿とずっと話していたい。

「加部島に佐用姫神社があって、狭手彦との別れが悲しくて、死んで石になった佐用姫を祀ってるだろ。でも同級生に厳木出身の友達がいて『肥前国風土記』を裏読みすると佐用姫は生きていたっていうんだよ」至坊とアサリちゃんと焼肉を食べた時に、至坊がマリコは佐用姫に似ていると言いだしたことを思い出した。

「大伴狭手彦が半島に去ったあと、毎晩、佐用姫のもとに狭手彦に似た若者が現れて一緒に寝て暁(あかつき)になると帰っていった」盛寿が『肥前国風土記』を要約してくれる。「佐用姫が怪しんでひそかに若者の裾(すそ)に麻糸を縫いつけてあとを追ったら、若者が蛇になって佐用姫を峰の頂上の沼に引きずりこんだと書いてありますね」

「友達は古代史で蛇は神だから佐用姫は神と結ばれ、死んだことにして狭手彦とのあいだに子はなかったと『肥前国風土記』に記載し、証明したっていうんだ」

「大伴狭手彦と佐用姫の悲恋が五三七年、『肥前国風土記』が七三二年くらいだから、約二百年後に佐用姫は死んだことにする必要があったということですね」

「でもさ、大伴狭手彦は神じゃないんだよ」

　盛寿なら僕の疑問に答えてくれそうだ。

「神ではないけど大伴氏は神武天皇のときからの側近で天皇を守ってきた名門ですよ。神の使者でよくないですか。一方佐用姫の祖先は日下部(くさかべ)氏で隼人なんです。七二〇年に隼人の乱がおきて、朝廷の命を受けてこれを平定したのが大伴旅人で、彼はこのときに佐用姫の出自を知ったのかもしれませんね。もし隼人の血が流れる佐用姫と大伴の間に子があったと公になれば、大伴にとってはまずかったんでしょう。そのころ都では政権の主導権争いが激化していましたからね。狭手彦の子孫の大伴旅人が大宰帥として福岡の大宰府に赴任したのは七二八年なので、旅人が『肥前国風土記』を編纂し、佐用姫の死を証明する文章を加えた可能性は、ひょっとしたらあるのかもしれませんね」

「朝廷に反旗を翻した隼人の血統をひく佐用姫と大伴狭手彦の子が存在した、なんていわれたら政敵の大伴つぶしの口実になりかねなかったのか。そう考えると、ほんとうは、佐用姫は悲しみのあまり石になんかならず、狭手彦の子を産んでいたのかもしれないな」

「大胆な仮説ですけど面白いですね」盛寿は笑っている。「真相は闇のなかですが歴史のロマンですね。佐用姫と狭手彦の血はどこへ流れたか……人はロマンを求めますから」

「歴史のロマンか、友達も似たようなことをいってたよ」

ふと、六日前、大分で迎えた別れの朝にマリコが言った言葉を思い出した。「もしもよ、もしも、あたしたちの赤ちゃんができたら、渉さんもあたしも同じO型なんだから…誰にも分かんない」

盛寿は僕の肩をたたき、にっこりと笑って階下に降りていった。

窓外の景色は涙がでるくらい懐かしい。子どものころ遊んで叱られた瓦の屋根、風になびく冬枯れしていた木の梢、……マリコの幻が見えた。彼女は新しいアパートで旦那さんと新しい一日を迎え、彼を送り出したことだろう。ひとりになったアパートで今頃何をしているのだろう。引っ越しの整理に忙しいのだろうか。それともポツンと一人その部屋で僕のことを想っているのだろうか。約束を忘れて僕に電話をしようと受話器を握り、そしてここの電話番号を聞いていなかったことを悔やんでいるのではないだろうか……。

ハイライトに火をつけた。そこに置いてあったラジカセのスイッチを何げなく押した。ビートルズの曲が流れてきた。高校一年のときに生まれてはじめて買ったアルバムはビートルズだった。従弟の家は四人兄妹で女の子が二人いる。男四人の僕の兄弟と違って、どこか華やかなところがあった。例えば音楽がそうで、いわゆる名曲といわれる映画音楽や流行りの海外のポップスが小さい頃から大きな家のなかに聴こえていた。このビートルズもリコ姉さんかハナが聴いていたのだろう。

流れてくる曲は何度も聴いた。しかし『イエスタデイ』の歌詞が心に刺さるような人生は高校生の僕にはなかった。マリコの影から逃れるための旅先で、彼女との思い出をふりかえる歌に出会うなんて神様も意地がわるい……なのに僕はカセットを切らず、ポールの詩に耳を傾けている。心が浮遊し過去の幻影に誘われた僕の心はマリコへの詩をうたいだした。

彼女と出会ったあの日　こんな別れが訪れるなんて思いもしなかった
半年が過ぎた今　苦しみが僕の心に巣くっている
それでも　マリコを愛した日々　地獄を彷徨う日々　僕に後悔はない

突然　彼女は僕に背を向け　僕は自分を見失った
彼女の影が僕にまとわりついて離れない
恋の炎が天を焦(こ)がすまで燃えたとき　霹靂(へきれき)の如く別れが訪れた

なぜ　彼女は僕から去らなくてはならなかったのだろう
僕には分からない　彼女は自分でも納得できない言葉を言いつづけたのではないか
僕は愛を口にするべきではなかったのではないか
それでも　僕はマリコと出会い　ふたりで歩いた日々が　愛おしい

恋愛なんて簡単なゲームだったはずなのに
彼女を失った僕は　こうして幼い日々を過ごした故郷のような呼子へ旅をしている
マリコを愛した日々　地獄を彷徨う日々　僕に後悔はない

ポール・マッカトニーは十四歳の時に死去した母を想って『イエスタデイ』を書いている。その曲を聴きながら、息が絶え冷たくなったマリコと僕の愛の物語を回想した。

ハイライトに火をつけた。今朝のタバコはおいしい。苦いコーヒーが飲みたい。四角い窓から見える海に白い波頭がたっている。風が強いのだ。横の窓からは山腹の木々の緑が大きく揺れているのが見える。漁船が三艘戻ってきた。そして二艘が沖へでていく。

カセットからビートルズの曲がつづく。

『I Want To Hold Your Hand』

カモメが三羽、心地よさそうに空を横切って海の上を飛んでいく。さらにタバコに火をつけた。

『Ticket to Ride』

逆光をうけていた白い雲はいつのまにか消えている。明るい青空がひろがっている。

『Help!』

最後の一本のタバコに火をつけた。空になったハイライトの箱を握りつぶした。タバコの煙がのどを刺激して嘔気がする。下に降りて苦いコーヒーを飲みたい。

ビートルズの曲を聞き終わって時計をみると十一時二十五分だ。一階ではおばさんが掃除をしていた。「おはようございます」とあいさつすると、おばさんが顔を上げて笑った。笑顔がうれしい。

僕は従弟の家でほぼ一昼夜をすごした。失恋の痛手で風前の灯だった僕の命は、今にも切れそうな細い糸にぶら下がっていた。しかし思い出の場所を従弟とともに訪れ、遥か昔の歴史のロマンを彷徨い、幸せだった幼い日々の思い出と再会し、優しいおじさん、おばさんの顔をみて話し、僕は生きる勇気をとりもどした。

生きてゆかなければならないのだ。与えられた生を生きていく。歯をくいしばり、拳を握り、下唇をかみしめれば我慢することができるし、クタクタになるまで走り、汗をながせば忘れることができそうだ。ここまでくれば大丈夫だ。馴染みのある許容範囲の苦しみの中に僕はいる。

車窓から唐津城が見える。いまごろマリコはダンナの帰りを待ち、夕飯の支度をしているのだろう。料理上手の彼女の今夜のメニューは……、アホらしい。勝手にしやがれ！　僕は目を閉じた。列車は僕を天神へ運んでいく。

三月八日

新しいアパートを探すために不動産屋へ行こうとドアをあけて、外へでた。郵便受けを開けると二通の手紙が入っていた。一通は封書で一通は絵葉書だった。部屋にもどって手紙を読んだ。

三月四日の日付は封筒だ。白い封筒に筆ペン。

差出人の名前はマリコではなく燁子になっている。

便箋は二枚の和紙。花と葉のすかしがはいっている。一枚の便箋に縦書き。

この果てしない
宇宙のなかで
渉さん、あなたに
めぐり逢えたこと
私にとって
とても大きなでき事でした。
昭和五十八年
桃の節句　　燁子

三月七日の日付は絵葉書だ。山の上におおきな月が描かれている。

差出人は燁子。郵便番号の枠には、夢の国より。


春の呼子いかがでしたか。

私の方、無事に家移りすみました。

案じておりました　じょんちゃん、3月6日6:40p.m.永眠致しました。
私も、仏壇に写真を飾り、お通夜を致しました。たった6年の生涯でした。
　新居　初の夜
あれからいっぺんに2~3キロやせました。
ばらは、旧居に飾ったままにしてきました。

　春望
国破山河在
城春草木深
感時花濺涙
恨別鳥驚心

六カ月つづいた恋文の最後には杜甫の『春望』の原文が書かれていた。この詩は五言律詩でさらに四句がつづく。怜子の結婚式で、余韻がいいからとマリコと二人で五言絶句にしようと盛り上がった。
「春を望む人は美しいはずの鳥の鳴き声にも心が痛むほどの辛い別れを体験する、そういわれてる気がするんだ」と僕がいい、彼女は僕の目をみつめて話し出した。「恋の悲惨な末路が心に浮かぶな、それは体験したわ。そのあとに涙するような花、つまりこころが震えるような恋が訪れるってことだとすると、そんな人はあたしにはなかったな。出会ってないから、鳥の声にも心が痛むように愛してしまった人との別れなんてない。つまり『春望』の深みを知らない平凡で浅薄な二十六年があたしの人生よ」

杜甫の原詩ではつぎの四句がつづく。

烽火連三月　　ほうかさんげつにつらなり
家書抵万金　　かしょばんきんにあたる
白頭掻更短　　はくとうかけばさらにみじかく
渾欲不勝簪　　すべてしんにたえざらんとほっす

意味は以下のようになる。

戦火は何カ月もつづいており、
家族からの手紙は万金に値するほど貴重だ。
白髪頭をかくと（髪は）ますます短くなって、
冠をとめるためのかんざしも挿せないようだ。

マリコに聞けばなんというのだろう。
苦しみはずっとつづいている。あなたからの手紙はすごく貴重だ。歳月が過ぎて白髪になり髪は短くなって、思い出という冠をとどめるかんざしも挿せなくなってきた。春望は春を望んだ過去なのか、春を望んでいる現在なのか、それとも苦しみとともに生きる今の情景の呼称なのだろうか……。
『春望』を五言絶句でとどめればどこか夢を見るような余韻があるが、原詩の律詩には歳月という人生をふまえた深い味わいがある。

封筒の中から小さな電話のダイヤルの形をした紙がポトリと零(こぼ)れ落ちた。そこには電話番号が書いてある。その数字のダイヤルを回した。

「おかけになった電話番号は現在使われておりません。番号をお確かめになってもう一度ダイヤルするかあなたの局の電話案内係をおよびになってお尋ねください」

電話を切り、もう一度ダイヤルを回した。同じことだった。テープに録音された女性の声が同じ言葉を繰り返した。マリコの最後の伝言なのか――電話はテレフォンサービスにするの。私の行先がわかるように――そう言ったくせに、彼女の大好きな悪戯がつづく。僕は笑うことができた。

受話器を置き、部屋のなかを見回した。薄暗い部屋の本棚の写真のなかでマリコと僕が笑っている。中央の電灯の紐にぶら下がったバッグスバニーが、首に金色のペンダントをかけニンジンを食べている。お前はいつも悪戯っぽく笑っている。流しにはマリコが縫った刺し子の台拭きが下がり、風呂場のドアにはランドリーバッグがかかっている。僕は両手を挙げ、力を抜いて重力にまかせた。両大腿の側部に腕は落ちていきパシッと音がした。ひとつ大きくため息をついて外へでた。

マリコと僕はよく似ている。情熱的で行動的で素直で自分の気持ちに正直だ。鏡面のふたりだった。しかし僕は思う。女の心に最後という言葉はあっても、行為には最後がないのかもしれない。男の行為に最後という文字はあっても、心には最後がないのかもしれない。鏡面を境とした実像と虚像の空間に果てしないむなしさが漂っている。

13

不動産屋のおじさんといくつかアパートを見て回り、干隈（ほしくま）五丁目の南向きのアパートに決めた。アパートに帰ると休学中の山中から電話があった。

「アパート変えたよ」

「どこにしたの」

「干隈。リンガーハットの裏だよ」

「１ＤＫ？」

「２ＤＫ」

「いやー、リッチやね。リッチ。はれて五年生。前途洋々。家では鯛（たい）の活き造りがでた？」

「俺だってまだ決まってないんだよ。まな板の鯉さ」

「大丈夫、一科目じゃ落ちないよ」

「なこといったってわかんないよ。不安だよ」

「大丈夫。いいなぁ、お前は。ネクタイ買わにゃ。はは、病院廻るんやけん。あっ、おまえ、ネクタイ持ってたか」

「山中、ネクタイ持ってなかったよな」

「俺は……」

山中が泣き出した。五年になると病院実習がはじまり、白衣を着てネクタイをしめる。留年して休学し、四年にとどまる山中にはネクタイは無用だった。悪いことを言った。別に悪気があったわけではない。彼がネクタイの話をするから……。

僕は言葉を失った。受話器を持つ大の大人がはばかることもなく泣きじゃくっている。傷つくことに慣れてしまった僕の心は痛いほど山中の心中が分かる。

「山中、元気出せよ。俺だって決まったわけじゃない。俺だっていろいろ辛いことはあるよ」

「…おまえはいいよ。おまえは頭がよくって」

「頭なんかよくねえよ。四浪して福大だぜ。おまえは現役じゃん」

「特待生で入って、高校のときは県下三番で」

「一回だけそんなこともあったけど、三年の卒業のときはクラスで俺の下に二人しかいなかったんだぜ。頑張ろうよ。呉下の阿蒙にあらずっておまえが教えてくれただろ」

「みんなやめていく……、俺は留年で、みんな進級していくし」

「元気だせよ。トロだっているじゃないか」

僕が塾で教えていた中学生は高校生になり、山中のアパートにもよく遊びに行ってタバコをたかっている。

「あいつに俺の気持ちなんか分かってもらえんよ」

胸を突かれる思いがした。自分には人の苦しみが理解できるものだと思っていた。なんといってもマリコとの失恋では地獄を体験した。最後の逢瀬のあとに列車に乗って大分から福岡に帰った僕は死線を彷徨った。そんな体験をしたのだから人の心の傷はわかる、とうぬぼれていた。高校生のトロだけじゃない、留年の経験のない僕には山中の気持ちは分からないのだ。同じ体験をした者同士でも完全にわかり合えるものではないのだろう。僕にできることは受話器を切らずに山中の話を聞くことしかなかった。

「2DKか、広くなっていいね」

「うん」

「リッチやね」

「うん、遊びに来いよ」

「うん、行くよ」

「元気出せよ」

「うん」

山中は繊細すぎて弱いところはあるが素直で優しいやつだ。高校のときの同級生で特に仲が良かったわけではなかったが、彼からは浪人のときに手紙をもらったことがある。〝福医に来い、俺は寂しい。待ってる〟それを見た時は意味不明だったが、今ならわかる。あいつも俺も孤独だったのだ。人は寂しさに耐えられずに人のぬくもりに近づいていく生き物なのだ。

夜に電話が鳴った。まさか……、不安は的中した。

「……あたし」

マリコだった。胸が裂けるような別れの苦しみからようやく立ち直りかけているというのに、またマリコが電話をしてきたのだ。

「どうしたの…、えっ……旦那さんは」

「いるわよ。風呂に入ってる」

「だめじゃない……。電話なんてしてたら」

「呼子行ってきたの？」

「行ったよ……。楽しかったよ」

「あたし、五日、職場のみんなに感謝されたの。私も必要とされてたって思うと、嬉しくって。胴上げなんかされて嬉しかった。楽しくって……ごめん」

「いいよ、事実だもん」

「それで、タクシーの運転手さんが大丈夫ですかって……。いい気分でね。おつりいらないよーって。でもって、寝る時あたし言ってたの……。酔ってる時のことって覚えてるでしょ。〝渉さん、渉さん、お休み〟ってずっとくりかえしてたわ」

「だめじゃない。電話したら、旦那さんがあがってくるよ」

「うん」

「切るよ」

「うん」
○時半にまた電話がなった。
「もうあたしの……旦那ったら」

「もういいよ。聞きたくないよ。ダンナの話なんて」

「ごめん……聞いて」

「……話しなよ」

うんざりだ。

「誰と話したかって問い詰めるの」

事実じゃないか。

「あたし、家に電話してたのよ。ずっと。渉さんと話したあとよ。なのに、バスタオル持っていったのは、俺が風呂にいることを確かめるつもりだったんだろうって言うの」

悲しい声だ。でも悪いのはマリコだ。家に電話する前に彼女は僕に電話をした。その気配を旦那さんが不審に思い、問い詰めたのだ。

僕はぽつりぽつりと三月五日から今日までのことを話した。冬の海は冷たかったこと、従弟の盛寿の車に乗って懐かしい風景をみながら故郷のような呼子へ行ったこと、『肥前国風土記』を初めて読んで古代史のロマンを探訪したこと、松浦佐用姫は死なずに大伴狭手彦とのあいだに子があったという仮説。そしてビートルズの歌詞に僕の気持ちを上書きしたこと……それは二人の間では禁句の、振り返ってもむなしいだけの過去だった。マリコは弱々しくいった。

「ごめん、もう遅いから」

これだ。いきなりかけてきて、いきなり切る。すべては終わったと心の整理がついてきたかと思うと電話が鳴る。心が柔らかくなり、ゆらめきはじめると切ってしまう。僕は彼女の電話番号を知らない。一方的にマリコからの電話の拷問を受けているようだ。

「待ってくれよ。そんな急に…」

「ごめんなさい。今日は全面的にあたしが悪かった」

何が今日だ。今日という言葉は明日につながるけれど、僕らに明日はないじゃないか。君は、いや、僕らは明日を捨てたじゃないか。君はいったい何をいっているんだ。

「マリちゃん。五分だけ待って」

彼女の気まぐれが起こらなければ、僕らが話すのはこれが最後だ。言っておきたかった。

「マリちゃん、俺、呼子のこと話して悪かったかな」

「ううん」

「話すことなかったから」

「いいの」

「ごめん。ビートルズの歌は感傷的すぎたかな。ふたりの過去は思い出すだけつらいよね」

「ううん。いいのよ。謝ることなんてないわ」

「マリちゃん」

「はい」

「いい、よく聞いてね」

「はい」

「もう、僕らには話すことがないんだよ」

「…うん」

「楽しかった過去をたどっても未来がない。つらくて、せつなくなるばかり。努力して未来を切り開こうにも式の日取りは決まっているし、マリちゃんはそれを決めたんだよ。もう、どうしようもないんだ」

「うん」

「こうやって電話がかかって、声だけ一方的に聞かされて……俺、たまんないよ……。また、苦しまなきゃいけない。もう嫌なんだ。やっと自分の苦しみが見えるくらいに回復したんだ。昨日、そして一昨日、一昨昨日の想いをするのは嫌だ。自信がないんだ。はたして次にはそれを乗り切れるかどうか……。もう嫌なんだ」

「……わかったわ……。あたしも……もっと、頑張ってみる」

寂しい声だ。

「マリちゃん……、聞いて」

「うん」

「待ってて」

「うん」

「えっ」

僕は耳をうたがった。マリコはきっぱりと肯定した。結婚をしたら絶対に離婚はしないといっていた彼女はそこにはいない。行きづまった恋のエピローグで交わされる嘘が散在する会話のなかでひょいと露(あら)われた本音。僕が小説を書いて、賞をとって、脚光をあびて、彼女は家庭にいづらくなり、僕のもとへ走る。虚言の連鎖が生んだ希望という名の幻。

「俺、迎えに行くよ、待っときいいね」

「うん」

空耳ではなかった。

三月十五日

引っ越しの日がきた。朝八時にトロがきた。彼のばあちゃんが軽トラックを貸してくれるというので、バイクで向かった。

十時すぎに作田と田口が手伝いにきた。二人ともよくやってくれた。

大学の一年目にいた寮の敬友荘のおじさんからも軽トラックを借りた。

昼食をおごることを条件に塾の女の子が三人来てくれた。トロと三人を軽トラックの後ろに乗せて〝キャプテン〟で昼食をとったが、彼女たちは遠慮なく食べてデザートまで頼んだ。

部屋にもどった。

「なーん、ここ、ごみ箱やん」女の子たちはワイワイと遠慮なく言いたい放題だ。

「さすが、先生の生徒ですね」トロが目を丸くしている。

なんやかやといいながら部屋がかたづいていく。

「なにこれ？ マリコさーん」

電灯にぶらさげたバッグスバニーの首にかけたペンダントをトロがみつけた。

「うっせーな。返せ」

ペンダントヘッドに〝Mariko〟と刻まれているのだ。マリコからもらった物だがもう持っておく意味はない。屑箱に棄てるのか？ バッグスバニーは悪戯っぽく僕を見ている。

どんどん部屋が綺麗になっていく。やはり女の子はすごい。流しの掃除も圧巻で百回交代と声を出しながら、それぞれ百回ずつ三人が拭いて、流しが輝きだしたのには驚いた。

五回往復すると荷物はなくなった。女の子たちを送ったが、後部座席はまるで修学旅行のような騒ぎで、引っ越しよりもこの子たちを相手にするほうが疲れてしまった。

新しいアパートに腰をおろしてトロが買ってきた缶コーヒーを飲んだ。お礼にリンガーハットでご馳走するというと、トロはうれしそうに顔をくずした。それを見て作田も田口も楽しそうに笑った。

みんなが帰って野芥から運んだ荷物に囲まれて一息ついた。アパートから持ってきた黒い電話がぽつんと部屋の隅の窓際にある。ここは前のアパートと同じ早良(さわら)区なので電話番号は変わらない。六カ月のあいだ、何度も何度も、ある時は日に何度もマリコと話した電話だ。愛おしくてそっと黒い光沢のある表面をなでた。

三月十六日

十二時過ぎに起きた。新しいアパートで荷物の整理をするでもなく、ぼーっとして過ごした。四時頃にトロがやってきた。本をかたづけてと頼んで外へ出た。小雨が降っている。バイクで郵便局へ行き、移転手続きをした。

その足で野芥のアパートへ行った。部屋に入ってなかを見回した。住人がいなくなった部屋は寂として、狭かった部屋は荷物がなくなりずいぶん広くみえる。赤茶けた畳が目にしみる。ここで三年を暮らしたのだ。懐かしく、愛おしく、そしてせつない。台所の流しの横に立って、タバコに火をつけた。夕暮れ時で奥の六畳の部屋は薄暗い。

畳に正座して広中平祐に書いてもらった色紙の〝素心〟をじっと見ているマリコがいる。僕の右手を一心に握ったマリコの左手がみえる。僕に視線を時折投げながら、行ってもいない福岡浄水場の公衆衛生レポートを書いているマリコがいる。外科Ⅱのコピーの山の中で暗記に没頭している僕の前にチョコンと座り、〝福岡に出てきたら私の支えになってくれる〟といったマリコがいる。本棚の前で僕に抱きつき、〝渉さんのこと好きだから何でもしてあげる〟と僕を見上げたマリコのすがるような顔がみえる。キスのときに僕の口に空気を吹き込んで、驚く僕を悪戯っぽく笑って見ているマリコがいる。

洗面所に目を移した。歯ブラシを上下に動かしながら、歯の正しいみがき方を教えてくれたマリコがいる。そしてこの台所では、コトコトと手際よくビールのおつまみや朝食を作ってくれたマリコがいる。１ＤＫの狭い空間のいたるところにマリコがみえる……。

僕はドアを開けて外へ出た。あたりは闇につつまれ、小雨に煙る冷たい空気が頬にひんやりとする。大きく吸い込んだ空気は胸のなかに入るとちょっとだけ暖かくなった。もう一度マリコを見ようと思って振り返った。殺風景で、薄暗く、だだっ広くなった部屋、色褪(あ)せた畳、古びた台所……どこにもマリコはいない。マリコの幻も思い出も何も見えない。

ドアを閉め、鍵を差し込みロックした。僕はこの鍵を不動産屋に返しに行く。これでマリコと過ごした部屋を二度と見ることはできない。ドアの横に郵便受けがある。マリコのときめきが詰まった便りが何通も何通も届いたボックス、そのネームプレートに僕の名前はない。蓋を開けたが何も入っていなかった。タバコに火をつけて深く吸い込んだ。街灯にちらちらと映る細やかな糠雨（ぬかあめ）のなかを吐き出した煙がフワリとながれていった。

三月十八日

よく晴れた気持ちのいい日だ。陽射しはあたたかく、暦のうえではすでに春。ほっほクラブのメンバーは志賀島のポセイドンに集結した。志賀島への往路のそこかしこに桜の蕾（つぼみ）がそわそわと三月三十一日の開花を待ちわびているようだった。なかにはやんちゃで気が早く、花弁を開いている桜もあった。天気予報では大分の開花予定日は福岡から一日遅れの四月一日になっている。

稲場、至坊、作田、清三郎とみんなの顔がそろうのは年末のクリスマスパーティーのあと、はじめてだった。今日のテーマは、〝ほっほクラブ・ウィンドサーフィン部の夏の壱岐合宿〟。立案はいつものように打ち上げ花火の稲場だ。彼なしでは〝ほっほクラブ〟は存立しない。壱岐には福大が指定した宿があり、安く宿泊できるという情報を作田がゲットしてきた。壱岐といえば三月七日に結婚した岡田さんが嫁いだところだ。試験前の二月二日に彼女から電話をもらったときの僕は、マリコを失った絶望の闇から抜け出ようともがいていた。大学ノートには愛や永遠や死という単語が乱れ飛び、マリコとの再会にすがる思いで希望を求め、後期十七科目の試験を乗り切ろうとしていた。そんなときに受話器から聞こえてきた岡田さんの声は音楽のように、混沌とした僕の体をすり抜けて心の真ん中にとどいた。懐かしくて愛おしく、安寧な気持ちにみたされた。詩人は絶望とは裸の生の現実に傷つくことであり、絶望からしか本当の希望は生まれないという。たしかにそうなのかもしれない。彼女の電話からさらに一カ月のあいだ地獄を彷徨いつづけた僕には、詩人の言葉が真実だとわかる。闇からしか光は生まれないのだ。そして今の僕には、人妻となり新しい人生を歩みはじめた岡田さんは二度と会うことのない人だった。未来を語る言葉は偽りの根を夢にして拡散するだけだ……。

僕らはポセイドンの茶店のカウンターに座った。窓の向こうは青い空と青い海がどこまでもひろがっている。

「稲場さん、ウィンドサーフィン部じゃないでしょ。部にはなってないから同好会かな。クラブのほうがいいか」

清三郎がいつものように正論をぶちあげる。誠実な男で外連味がない。

「部だろうが同好会だろうがクラブだろうが関係ないったい。よく聞いて。壱岐の夏の海を初めてウィンドサーフィンの帆が駆け巡る。僕らはスターになるんよ。ビキニの女の子たちがわんさか集まってくること間違いなし」

稲場節は健在だ。

「かわい子ちゃんをボードの後ろに乗っけて海を走ろう」

至坊はアサリちゃんという愛する彼女がいるくせに浮気なやつだ。まあ甘いルックスで女にもてるからしかたない。

「ノートとボールペン、それとカメラは必須やね」

作田がニヤリと笑う。

「夏休みの海で勉強するつもり？」

僕は作田の目をのぞきこんだ。

「まさかー。写真送りますリストですがね。二泊三日として僕らが出会う女の子は二十人は下らないとよ。住所と電話番号を書いてもらって福岡に帰ってから写真を送るっちゃが」

「いいねえ、夢があるな。俺がカメラとノートを持っていくよ」

トントントンと白い指がカウンターを叩いた。

「君たちさ、遊ぶこととなるとどうしてそんなにオーガナイズされるの」

汐風が流れこみ、甘い花の香りがする。カウンターの向こうのサチが笑っている。襟元に青い線の入ったアイビーセーターを着て、ポニーテールを解いた黒髪が揺れている。

「サッちゃん、ちがう、ちがう。オーガナイズじゃなくってオルガニズムでしょ」

稲場がチャチをいれる。

「稲場くん、いいたいことはわかるよ。でもそれはオルガニズムじゃなくってオルガスムスじゃないの」

「そうだった。それ」

稲場は舌をペロリとだした。顔が赤くなった。

「僕たちと遊べばオルガスムスまちがいなしって言いたかったわけね。夏には病院実習がはじまるから薬(ヤク)も手に入るかもね。翔(と)びまくりじゃない」

この子をやり込める男を見てみたい。

「サチは大学院に行くの？」

気になっていたことを聞いた。

「そうする。二年間だから渉くんといっしょに卒業ね」

「ちょっと、僕らも卒業するけど、渉さんご指名とはやけるな」

作田が笑っている。

「みんな素敵な彼女がいるじゃない。今の渉くんは失恋ほやほやの正真正銘のフリーでしょ。そして二年後に医師免許証を手にするのよ。傷ついた心に優しく寄り添うのは、本音では星空なんかに興味のない女の本能よ」

サチはニッコリと笑った。思い出したくもないマリコとの過去だけど、この子に言われると心が痛くならない。

「文学部大学院に行く才媛に将来の心配はないだろう。しかもその美貌があればなにも医者をパートナーにすることはないさ」

サチには本音をぶつけることができる。

「ねえ、五木寛之は早稲田の文学部を抹籍されたのよ」

「中退と違うの」

「学費を払えなくて追い出されたってこと。作家になって授業料を払って、中退あつかいになったの。昇格ね」

「金がなくて売血をしてたって話は聞いたことがあるけど……、なにが言いたいんだよ」

「五木寛之は福岡くんの憧れでしょ」

「早稲田の文学部か、行きたかったな」

「彼の奥さんは医者なのよ」

「話が飛ぶな」

サチは笑っている。脈絡のない語りは僕への気遣いなのだろう。僕はなんだかおかしくなって笑った。こんな風に笑うのはひさしぶりだ。

「サッちゃんと渉さんは話が弾むんだよな。女の本能にはだれも勝てないっしょ。しばらく二人きりにしてたほうがよくないっすか」

清三郎がスツールから腰をあげた。

「渉は今回ばかりは真剣だったみたいだよ。サッちゃん、あまり難しいこと言わないで慰さめてあげて」

至坊は真面目な顔だ。鼻がぴくぴくと動いている。

「僕はずいぶん飲みに付き合いましたよ」

作田が楽しそうに顔を崩す。

「作田は大好きな酒が飲めるし、人助けをしているという大義もあるしで、これってウインウインの関係じゃないの。鍋作って待っとうけん」

稲場はニッコリと笑い、立ち上がった。みんな外に出て鍋の準備をしている伊藤さんのほうへ向かった。

「ほっほクラブっていいなあ、仲いいのよね。実際に彼女になったら苦労しそうだけど…。渉くん、私たちが最後に会ったのはいつかな」

「十二月六日」

「よく覚えてるね」

「サチに言われたことを手紙に書いてマリコに送ったんだ。手紙を読んだ彼女から電話がかかってきたからよく覚えてるよ」

「ほんとに手紙書いたんだ」

「すごい子だっていってたよ。会いたかったって。ポセイドンで鍋料理をつくってみんなにふるまいたいともいってた」

「私も会いたかったな」

「あのときもサチはポニーテールをほどいていて、セミロングの髪が揺れていたな。ぼくに説教するたびに」

「あら、説教じゃないよ」

「そうだね、僕がお願いしたんだ。文学部の才媛の率直な感想を聞きたいって」

「いいたいことをいったな。ひとりの女としてね。でもそのあとで思ったの。あたしが言ったことって所詮他人の無責任な言葉じゃないかって。なにか後味がよくなかった」

「嘘はいってないだろ」

「本音よ」

「感謝してるよ」

「ならいいけど」

「サチはアルページュしてんの？」

「してるよ。去年の九月に渉くんがここから友達の結婚式に行ったじゃない。あの日も軽くつけてたのよ」

「そうなんだ」

「……マリコさんに贈ったのよね。初めての夜に」

「うん」

「運命を導く香水なのよ」

「知らなかったんだ……。彼女がはじめて僕の所へ来た日、天神地下街で待ち合わせして、ふたりで福ビルに行ったんだ。彼女は封筒や便箋を熱心に見ていた。僕はぶらぶらしてたまたま香水が目に入ったんだよ。手に取ってみると懐かしい香りだなって思って気がつけば買ってた。なぜかなって思ってたけど、サチの香りだったのか」

「マリコさんとあたしと、どちらにこの香水はなじむのかな」

「彼女の香りはもう思い出せないんだ。引っ越しが終わると鍵を不動産屋に返すだろ。最後にアパートを見にいったよ」

「彼女の面影がいたるところにあったでしょ」

「そうなんだ。居間や台所や洗面所のあちこちに。でもね、部屋を出て振り返ったんだ。彼女をもう一度見ようと思ってね。ところが何も見えなかった。見ようとしても見えなかった」

「……」

「忘れないと前に進めない」

「あたしにはマリコさんが見える気がする」

「今の僕の目に見えて、僕の鼻に香りがするのは、サッちゃんだよ」

「どんなふうに見えて、どんな香りがするの」

「ほっとする」

「口説かれてるのかな」

「どうかな」
「……海が青くてきれい。春の陽気ね。福岡くんは今日はウィンドサーフィンに乗るの？」
「乗るよ」
「いつまでもこうして坐って居たい
新しい驚きと悲しみが静かに沈んでゆくのを聞きながら」
「……」
「神を信じないで神のにおいに甘えながら
はるかな国の街路樹の葉を拾ったりしながら
過去と未来の幻燈を浴びながら」
「……なんだか俺のこと言われてる気がする」
「青い海の上の柔らかなソファを信じながら
そして　なによりも
限りなく自分を愛しながら
いつまでもこうしてひっそり坐って居たい」
「でもね、サチ。僕は青い海に出てウィンドサーフィンを走らせるよ。ここに座りつづけたりしないよ」
「マリコさんなの。彼女がここに座って渉くんのウィンドサーフィンを見るような気がするの。そして彼女はこんな気持ちじゃないかなって」
「……僕らが愛したのは自分だったのかな。お互いの幸せを願うなんていいながらさ、サチはそういったよね。はっきりと、まず自分だって」

「いった。君がマリコさんにしたことや言ったことは偽善で嘘っぽいって。……いつまでもこうして坐って居たい……これね、谷川俊太郎の詩なの」

「愛は嫉妬や憎しみを生む。人を殺すこともある。それを乗り越えるために本能的に人は忘れる。でも魂には深く刻まれてるんだろうな」

サチはカウンターを回って僕の目の前に立った。僕を見つめ、首を少し傾げ髪をかきあげた。形の良い耳たぶのスタッドピアスが光った。彼女の両手が僕の背に回り、鬢に垂れた髪が揺れて仄かな花の香りがとどいた。ハグにしては少し長い。白い扉を開けて僕らは外へでた。陽気と冷気が体をつつみ、サチの髪が汐風になびいた。防波堤の近くにサーファーが集まって賑やかな鍋会がはじまっている。エプロン姿の伊藤さんが僕らにはやくおいでと手招きをしている。

サチは手をふった。

「春は来たのね」

ポセイドンの横の桜がいまにも蕾を開きそうだ。小枝に小鳥が集まってさえずっている。青空には数羽のカモメが飛んでいる。

「なんだか信じられないな。僕も春を迎えるなんて」

「心は痛むの」

「…もう痛まない」

「出発点に立ててみたいね」

14

二年後

アパートは太宰府駅の近くに見つかった。三階の部屋の窓を開け放つと、水色の空がひろがり地平線は刷毛（はけ）ではいたような白い雲がながれ、彼方に大伴旅人の邸宅があった坂本八幡宮の社（やしろ）がみえる。爽やかな古都の風が窓枠にとどき、どこからともなく小鳥のさえずりが聞こえてくる。

僕は医師国家試験に合格し、福大筑紫野病院の小児科に入局することになった。細分化する医療のなかで小児科は子どもの全身を診るのが魅力だと思った。なによりも自分自身が生きてきた年数は確かな人生で、胸を張って僕の歳まで生きることは素晴らしいことだ、頑張れ、人生は捨てたものじゃないんだよ、そういって病気の子どもたちに向き合うことが許される気がした。しかし大人はそうはいかない。自分よりはるかに長い歳月を生き、人生の辛酸を耐え、乗りこえてきた人に、なんと言葉をかければいいのだろう……。

高校、浪人、大学と迷路に入りずいぶんと寄り道をしてきただけに、今までの自分とは思えないほど体の中にやる気が満ちあふれている。いよいよ医師として生身の患者さんと向き合い、誤りの許されない医療の世界にはいっていくのだ。覚えのある春陽射しが青空、山並み、社叢（しゃそう）、太宰府の街を巡って部屋のなかでチラチラときらめいている。来週から多忙な病院勤務がはじまると味わえないような、のんびりとした夢見るような午後だ。

部屋の隅に置いた電話が鳴った。医学生時代の五年、六年を過ごした干隈から大宰府へ住所が変わって電話番号も変わった。新しい番号を知っているのは両親と数人の友人だけだ。鳴りつづける黒い電話をみながら誰だろうと思った。ふと、予感がした。受話器を取るとしばらく沈黙があった。予感は確信になった。

「石井です」

「……」

「渉さん」

「うん」

「国家試験合格おめでとう」

二年ぶりに聞くマリコの声だ。

「…ありがとう」

後期試験のあと——如月のおわりと弥生のはじめがひとつになった夜に僕はマリコと大分で会った。立原の詩を綴った手紙を手渡し、小児科の参考書に彼女の手で僕の名前を書いてもらい、生涯を医療に捧げる意味を聞き、プラットホームで別れを直視し、二人の物語に終止符を打つためだった。——しかし最後の逢瀬とは僕の一方的な思いだったのかもしれない。マリコは僕の気持ちに寄り添いながらも〝きっちりしたくなかった、どこか抜けておきたかった〟と繰り返した。

三月二日の朝に約束を破って涙声でマリコから電話がかかってきた。翌日には決意が刻まれたマリコの手紙がとどいた。僕は精神科の試験を落とし三月四日に再試を受け、三月五日の彼女の引っ越しの朝に最後の電話がかかってきた。僕は苦しみから逃れるために従弟の運転する車で優しい思い出のあふれる呼子へ小旅行をした。新居に移ったマリコからもう一度だけ電話があった。僕も新しいアパートに移った。しかし不思議な電話……受話器から一言も声が発せられない無言電話がかかってきた。数カ月つづいた無言電話はやがてかからなくなり、僕の記憶からマリコは消えた。……しかし、とぎれたはずの電話は生きていたのだ。二年ぶりに聞くマリコの声だった。心なしか彼女の声は上ずっているような気がした。

「『サザン・ウインド』が聴こえる。テレビで明菜ちゃんを見ない日はないわ」

ラジカセから中森明菜の曲が流れている。来生えつこの歌詞が玉置浩二の曲にのり、軽やかなステップを踏んでロマンティックな夏の海に誘っている。

「この曲を聴くとポセイドンを思い出すんだ」

「渉さんは海から結婚式に来たのよ。トワさんが明菜ちゃんの『スローモーション』を歌って、ふたりでジルバを踊ったのよ」

「中森明菜か……十一月、君が僕から離れはじめたときは『セカンド・ラブ』だった」

「……」

「『サザン・ウインド』は安心して聴けるよ。あいさつするのよ海風に…」

「自然に体がリズム取る　パナマ帽くるくると指でまわして……青い海、渚、ポニテの女の子、日に焼けた男の子がウィンドサーフィンを楽しんでる。渉さんが話す海の情景は水彩画のようだった。怜子さんの結婚式で少年のような目で話してた。渉さん、海に行ってるの」

「行かないよ。青い海……遠い異国の夢物語のような気がする。来週から病院勤務が始まるんだ。

ほっほクラブのみんなも新しい医局の準備で忙しくしてる」

「作田くん、稲場くん、至坊くん、清三郎くん……」

「元気だよ」

「渉さんも白衣にネクタイに聴診器して小児科の先生ね」

「聴診器はリットマンにしたよ」

「良いものでないと、聴こえる音も聴けないの」

「僕の初任給でステーキをおごるんだったよね」

「覚えていてくれたのね」

「二年半になるのか……、マリコさんにおごってもらった」

「そうね」

マリコがはじめて野芥のアパートに来た夜、中洲のロンで彼女にステーキをご馳走になり、僕は約束した。〝じゃあ、僕が医者になって初任給をもらったらマリちゃんにご馳走するよ〟十月九日の夜だった。電話の予感がしたときから僕は約束を実行するつもりだった。約束だけは破ったことがない。ところが、僕の耳が聞いた自分の言葉は違った。

「結婚してるんでしょ」

「……うん」

「そんなこと、だめだ」

「……」

「もう会えない」

「……」

「僕がどんなに苦しんだか、もう嫌なんだよ。あんな思い」

マリコの前では何も隠さずに正直に話す自分がいた。二年前の三月に終わった彼女との会話がつづいているような、懐かしい、神にあまえるような錯覚を覚えながら、僕の心が憎悪で膨らんでいくのをどうすることもできなかった。

「……」

マリコは何もいわない。

「君は結婚している。旦那さんがいて家庭を築いている。会っちゃだめだろ。裏切りじゃないか」

「……」

「会いたくないんだ」

本心だった。僕の心に彼女への恋情はなかった。過去への幻燈はなく、あふれるような憎しみでいっぱいになった。

「……」

「僕らが愛したのは自分だったんじゃないかな」

「あたしは渉さんを心から愛した」

「それは僕も…」

「じゃあ、どうして……」

「君は手紙に書いただろ、〝私はその人のために死ねない〟って」

「……書いたわ。渉さんのことを死ぬほど好きなのに……、じゃあ貴方のために死ねるかって自分に問うたの、答えはノーだった」

「それを読んだときは寂しかった。でも今は分かる気がする。僕らは限りなく自分を愛してたんじゃないのかって……。でも、だからこそ、思いは互いの心に伝わった」

「……渉さん、鳥の声に心が痛くなる？」

「考えもしないよ。……君の人生は？」

「平凡な人生よ。でもそれでいい。だって花にも涙するような恋をしたんだもの」

「……」

「鳥の声にも心が痛くなる別れも経験したけど、深い心がのこったわ」

「国破れて山河在り…、『春望』だね」

「うん。渉さん、来週から医師としての人生を歩きはじめるのね」

「うん」

「看護婦さんや患者さんのお母さん、それに女医さん……女性には気をつけてよ」

「マリちゃんにいわれるのか、笑えるな」

「嬉しいな」

「なにが」

「渉さんが笑ったもの。そしてマリちゃんっていってくれた」

「……」

「春は来るのよ。…人生はすてたものじゃない」

「人生か…」

「頑張ってね」

「頑張るよ」

マリコはしずかに受話器を置いた。僕の心には約束を守らないことに対する罪悪感がひろがったが、後悔はなかった。

ふと思う。マリコは僕のことを心配して電話したのではないだろうか。二年がたち、マリコからの電話を待ちわびているのではないかと僕を気遣ったのではないだろうか。そこには彼女の母のような優しさがあったのかもしれない。

そして彼女と会うことはなく、僕の人生は流れた。つまずき、迷いながらも進んでいった。いくつかの恋をし、いくつかの恋を失い、愛する人と結婚して、僕の人生は冒険のようなものになった。

マリコと話したキリマンジャロに登ることができたのは妻が背中をおしてくれたおかげだった。入局四年目に協力隊のボランティア医師としてタンザニアの地方の病院に赴任し、休暇を利用してキリマンジャロの麓のモシから頂上をめざした。最後の山小屋、キボハットでは一羽の鷹が大空を音もなくゆるく舞っていた。深夜に起きて山頂アタックを開始し、氷の雪を踏みしめ、高山病の頭痛に耐えて五八九五メートルの頂上にたどり着き、岩の上に座った。はるかに連なる峰々を凝視した。やがて稜線は赤く染まり、昇りくる太陽の美しさに心を打たれた。……『力尽きた豹』は神の宿るこの朝日を目指したのだ。

小児病棟では現地の子どもたちを診た。マラリアや結核や麻疹が多く、エイズが急増し、日本ではみたことのない狂犬病の患児は翌日に死亡した。小児病棟では一日に三人から四人の子どもが亡くなり、母親の号泣が絶えなかった。死因は栄養失調やマラリアが多かった。それでも病院の外に出て、郊外に行くと子どもたちの無邪気な笑顔に囲まれて心が癒された。時はゆっくりと流れた。夜になると南十字星が地平線にあらわれ、降り注ぐ星空に時を忘れた。

協力隊の任期が終わるとNGOの公衆衛生のプロジェクトに参加し、カンボジア、ラオス、タイ、ミャンマーなどアジアで仕事をした。その体験を書いた論文が英国の著名な医学雑誌に掲載され、都内の大学に講師として招かれる機会を得た。

大学に勤務中にアフリカとアジアの体験を新聞に投稿し、そのコラムを読んだ出版社に本の執筆を勧められた。編集者と二人三脚で四カ月かけて本が完成した。自分が書いた本を手にして僕は有頂天だった。初めての出版本の表紙は、アフリカでお世話になったメイドのマイさんの三人の息子たちだった。彼らのこぼれんばかりの笑顔をみながら、本の表紙をさすりながら、僕はマリコとの物語を一行も書いていないことを思い出した。特別なきっかけがあったわけではない。ふと僕の本を彼女に読んでほしいと思った。急に思い立ったのだ。マリコがどこで何をしているのか知らない。怜子に相談すると、〝喜ぶよ〟と本を送ってくれた。

しばらくして日付のない手紙が届いた。差出人の名前は〝燁子〟ではなく〝真理子〟だった。苗字は〝石井〟ではなかった。

二枚の便箋の文字は昔と変わらず華麗で流れるようで美しかった。少し文字が小ぶりになったような気がした。

年末で超多忙です（おまけに年末年始泊まりの客まであり…）。

ゆっくり読ませて頂いてから、お手紙さし上げたいと思っています。
著作本、わざわざ私までお送り頂きありがとうございました。
お正月の初風呂までに読了できますよう、祈りつつ。
まずは御礼まで
　　　　　　　　　　　　　　　　　　　　真理子

福岡渉様

師走最後の日よう日、郵便やさんのバイクの後のボックスにゆられて〝その本〟は、私のところへやってきました。

あとがきと著者のプロフィールだけ読みました。本文も少々よませて頂きましたが、理系なのに、すごい文才です！


二枚目の文章の書き出しを読んでマリコの文体を思い出した。あの頃――もう三十年くらい前になるけど――と同じだった。時間をあけて手紙を書き足すクセも、あとがきから先に読むクセも変わっていない。自然に笑みがこぼれた。文章をマリコに褒められて子どものように嬉しかった。期待したけれど、読後の感想をかいた手紙が送られてくることはなかった。

大学を辞めて日本の離島やへき地の病院で働いた。患者の話をきき、患者の胸に聴診器をあて、医師としての歳月が流れた。地方から都内の病院に転勤することを決めてマンションの整理をしていると、父の形見の机の収納スペースからビニール袋に入った手紙の束がでてきた。……マリ

福岡 渉●ふくおか・わたる
内科医として都内の病院に勤務。医大を卒業後は、国立病院の小児科を経て、アフリカの病院に勤務した。アジアの途上国、日本の僻地、離島での医療活動の経験あり。趣味はバイクで、週末は伊豆や箱根、奥多摩でワインディングを楽しんでいる。

香りの消えたバッグスバニー
——ぼくと彼女の188日間

二〇二四年一月二十日 第一刷発行

著者 福岡 渉
装幀 長坂勇司
装画 高橋千賀子
発行者 首藤知哉
発行所 株式会社いそっぷ社
〒一四六—〇〇八五
東京都大田区久が原五—五—九
電話 〇三（三七五四）八一一九
組版 有限会社マーリンクレイン
印刷・製本 シナノ印刷株式会社

ISBN978-4-910962-04-7 C0095
定価はカバーに表示してあります。